NOUVELLE BIBLIOTHÈQUE CHOISIE

à 1 franc le volume

Les

44 34

Aventuriers de Paris

PAR

PIERRE ZACCONE

PARIS

E. DENTU, ÉDITEUR

LIBRAIRE DE LA SOCIÉTÉ DES GENS DE LETTRES

PALAIS-ROYAL, 15-17-19, GALERIE D'ORLÉANS

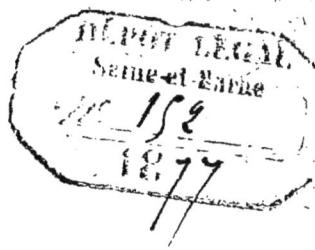
LES

AVENTURIERS DE PARIS

LIBRAIRIE DE E. DENTU, EDITEUR

DU MÊME AUTEUR

LES DRAMES DE L'INTERNATIONALE, 2 vol. . . . 6 fr.
MÉMOIRES D'UN COMMISSAIRE DE POLICE, 2 vol. 6
LES NUITS DU BOULEVARD, 2 vol. 6
LA CELLULE Nº 7, 1 vol. 3

F. Aureau. — Imprimerie de Lagny.

www.ingramcontent.com/pod-product-compliance
Lightning Source LLC
Chambersburg PA
CBHW052006020726
47501CB00004B/1036

LES
AVENTURIERS
DE PARIS

PAR

PIERRE ZACCONE

PARIS

E. DENTU, ÉDITEUR

LIBRAIRE DE LA SOCIÉTÉ DES GENS DE LETTRES

PALAIS-ROYAL, 15-17-19, GALERIE D'ORLÉANS

—

1877

LES

AVENTURIERS DE PARIS

I

Minuit venait de sonner.

On était à la fin du mois de septembre de l'année 1850.

La bise soufflait avec une âpre violence ; des nuages lourds et noirs couraient dans le ciel, voilant de temps à autre le disque rouge de la lune : de toutes parts régnait un silence profond et morne, et c'est à peine si de loin en loin on entendait le pas rapide d'un piéton attardé.

Le dernier coup de minuit tintait encore dans l'air, déchiré pas les tourbillons de la raffale, quand un homme, la taille serrée dans un étroit paletot, le front abrité sous les ailes d'un chapeau mou, déboucha de la rue de Constantine, et se dirigea résolûment vers le parvis Notre-Dame.

Une fois là, il s'arrêta. — Mais son hésitation fut de courte durée ; la lune venait de se voiler tout à coup ; l'ombre était devenue plus épaisse, et reprenant sa marche, il enfila la rue du Cloître d'un pied assuré et ferme.

Quelques secondes plus tard, il poussait une porte massive enfoncée sous une sorte de porche gothique, et disparut en la refermant derrière lui.

La maison dans laquelle il venait de pénétrer avait un aspect particulièrement honnête : Le corps de bâtiment qui donnait sur la rue se composait d'un rez-de-chaussée et d'un étage ; et si l'unique fenêtre du rez-de-chaussée était armée de solides barres de fer, celles du premier étage n'étaient protégées que par des volets verts de forme presque élégante et qui, pendant le jour, semblaient sourire aux rares passants qui se rendaient à Notre-Dame.

Mais ce n'était là qu'un trompe-l'œil ; les familiers seuls savaient ce qui se dissimulait de redoutable et de terrible derrière ce masque de calme et de placidité bourgeoise.

Au seuil de la porte massive commençait une allée étroite et sombre qui aboutissait à une cour intérieure que le soleil n'avait jamais visitée et dont les murs s'étaient enduits, à la longue, d'une viscosité verdâtre.

A peine aviez-vous mis le pied sur le pavé éternellement humide de cette cour, qu'une chose vous frappait...

Dans le corps de logis qui faisait face à l'allée, une lumière blafarde, brillant à toute heure de jour et de nuit, à travers de mauvais rideaux de cotonnade rouge, attirait impérieusement le regard, et involontairement on sentait un frisson courir sur sa peau.

Qu'y avait-il derrière ces vitres voilées d'une buée

malsaine? Quel monde dangereux vivait là, loin du mouvement et de la lumière du jour? Quels drames mystérieux se tramaient ou se dénouaient sous ces murs où la police n'avait peut-être jamais osé pénétrer, et qui s'offraient comme un lieu d'asile aux plus redoutables criminels?

C'était un caboulot! un de ces sinistres établissements qui se sont créés, dans les temps modernes, pour recueillir l'abjecte clientèle des tapis francs d'autrefois, et dont on a pu dire qu'ils avaient une porte de communication avec les bagnes de Brest et de Toulon.

Mais on n'entrait pas là, comme on entre au bagne, et il fallait pour y être admis, avoir donné des gages aux hôtes habituels du lieu.

C'était probablement le cas de l'homme que nous venons de voir disparaître, car après avoir traversé la cour d'un pas délibéré, il mit la main sur le loquet de la porte, et fit aussitôt son entrée dans la salle commune.

Une lourde chaleur, mêlée aux âcres parfums du tabac et des liqueurs corrosives, le saisit à la gorge dès les premiers pas, et il s'arrêta un moment comme suffoqué.

Il y avait peu de monde encore dans le caboulot, à peine deux ou trois personnages interlopes assis aux tables symétriquement rangées autour de la salle; puis à côté du poêle de fonte qui en occupait le milieu, un groupe de sept ou huit individus, empruntés au pire contingent de la société.

Tous les regards s'étaient tournés vers la porte, et un murmure singulier s'éleva du groupe quand on eut reconnu celui qui venait d'entrer.

— Jacques, dit une voix éraillée et rauque. Eh bien! est-elle forte celle-là?

— Et pourquoi donc qu'il ne serait pas venu ? répliqua une autre voix.

— Dame ! Martin a des intentions sur lui et je ne donnerais pas deux sous de sa peau.

— Bon !... je connais Jacques et il n'a pas peur !

— C'est égal... ça va chauffer et nous rirons ! Moi, je ne bouge pas d'ici.

— Ni moi ! ni moi ! ni moi !

Cependant l'homme que l'on venait de désigner par le nom de Jacques s'était dirigé sans autrement s'inquiéter de l'attention dont il était l'objet, vers le le comptoir de zinc où trônait le maître de l'établissement.

— Jacques ! fit à son tour ce dernier, dès qu'il l'eut reconnu.

— Moi-même... répondit Jacques, je ne recule jamais devant une invitation au bal, quand elle est honnêtement formulée.

— Tu sais que Martin est là.

— Parbleu !

— Et cela ne te fait rien !

Jacques releva le front d'un air altier, et ses sourcils se froncèrent à la manière des tigres.

— Est-ce que tu m'as jamais vu reculer, toi, répondit-il d'un ton farouche... et as-tu jamais surpris un tressaillement de peur, à l'heure des dangers que nous avons courus ici même.

— Ça, c'est vrai...

— Eh bien ! ne t'inquiète pas davantage du reste.. Seulement, écoute, et retiens ce que j'ai à te dire : je vais entrer là !...

Et il indiqua du doigt, un cabinet contigu à la salle commune, dont la porte était en ce moment fermée.

— Je vais entrer là ! continua-t-il d'un accent incisif, et je crains bien qu'il ne s'y passe quelque chose de terrible! Or je n'aime pas à être dérangé dans mes exécutions, et malheur à celui qui voudrait se mêler de mes affaires! tu m'entends ?

— Parfaitement.

Une pièce de cinq francs tomba sur le comptoir de zinc.

— Voilà de quoi distraire les clients de la salle commune! ajouta Jacques, donne-leur à boire autant qu'ils voudront. Plus ils feront de bruit, mieux nous nous entendrons là-bas.

Et, ayant ainsi parlé, il gagna le cabinet mystérieux.

Mais, au moment où il se disposait à en pousser la porte, il sentit une petite main s'accrocher fiévreusement à la sienne.

— Jacques! murmura en même temps une voix faible comme un souffle.

L'homme tressaillit et se retourna.

Il y avait devant lui, affaissée, plutôt qu'assise sur son banc, une jeune femme, presque une enfant, pâle, tremblante, effarée, dont la poitrine se soulevait par bonds violents, et qui avait peine à comprimer les sanglots qui montaient de sa gorge à ses lèvres.

— Lolotte!... fit Jacques en serrant affectueusement la main qu'elle lui abandonnait, pourquoi ce trouble et cette agitation.

— Est-ce que vous allez entrer là.

— Sans doute.

— Vous savez qu'il vous attend.

— Certainement; et c'est pour cela que j'y vais.

— Mon Dieu !

— Qu'as-tu donc ?

— J'ai peur.

— De Martin ?

— Il est brutal, sauvage... il n'aime qus le sang et
vit de crimes ! s'il allait vous tuer !

Jacques repoussa doucement ses mains.

— Enfant ! répondit-il ; n'exagère pas tes craintes
et prends confiance ! Il y a un an, peut-être serais-je
allé de moi-même au-devant du couteau de cet ancien
boucher ; j'étais las de la vie. Je voyais fuir incessamment devant moi le but que je poursuis, et j'étais résigné à en finir ! mais aujourd'hui, depuis quelques
jours, tout est changé.

— Que s'est-il passé ?

— Je te le dirai, seulement cesse de t'effrayer.
Compte sur moi ; et espère !

Jacque poussa la porte d'un geste énergique, et dix
secondes plus tard, la jeune femme entendit la clef
tourner deux fois dans la serrure.

C'était Jacques qui la fermait, et ce mouvement attestait de sa part une résolution que rien ne devait
plus distraire.

Le cabinet était éclairé par un maigre suif qui fu-
mait sur une mauvaise table en bois blanc autour de
laquelle trois hommes étaient assis.

Trois hommes différents d'aspect, mais portant
chacun sur sa face fatiguée et blème, l'empreinte indélébile du vice et de la débauche.

La vue de Jacques qui venait d'entrer parut les arracher à leur torpeur habituelle, et un tressaillement
presque imperceptible tordit un moment les muscles
de leur visage.

Jacques le remarqua sans s'y arrêter, et son œil
chargé d'effluves fulgurantes, se dirigea aussitôt vers
un angle du cabaret que les rayons de la chandelle
n'éclairaient que faiblement.

Il y avait là un quatrième personnage.

Une espèce de monstre humain... un homme aux

...ges épaules, au front déprimé qu'ombrageait une broussaille épaisse de cheveux roux et qui, la tête dans les mains, l'œil fixé à terre, semblait poursuivre quelque rêve effroyable et sombre...

Au bruit de la porte qui se fermait, sa poitrine se souleva avec effort, un frisson courut sur sa peau, et, secouant le front, il se dressa de toute sa hauteur, imitant le mouvement du fauve, dont la narine dilatée a tout à coup saisi dans l'air quelque émanation humaine.

— Enfin! balbutia-t-il d'une voix frémissante, et en se tournant vers Jacques qui s'était arrêté sur le seuil de la porte.

Les regards des deux hommes se rencontrèrent, et deux éclairs jaillirent, comme au contact de deux épées qui se croisent!...

Un silence s'établit alors, et chacun des spectateurs attendit, anxieux, presque terrifié à la pensée du drame sanglant auquel il allait assister.

Et cependant, parmi les hommes qui se trouvaient là, il n'en était pas un qui ne fut depuis longtemps familiarisé avec des scènes de ce genre.

Les querelles, les rixes étaient fréquentes dans l'établissement de la rue du Cloître et, plus d'une fois, le sang, mêlé au vin bleu, avaient rougi le plancher de la salle commune.

Mais ici, la scène empruntait une importance inusitée au caractère même des deux adversaires, et chacun savait d'avance avec quelle haine implacable et sauvage la lutte allait s'engager.

Jacques avait alors cinquante ans au plus.

C'était un homme de taille élancée, à l'allure distinguée, au front intelligent, avec des muscles d'acier et des yeux dont le regard étrange exerçait sur tous ceux qui l'approchaient une influence magnétique à laquelle il était pour ainsi dire impossible de se soustraire.

D'où venait cet homme, et où allait-il ?

Il ne l'avait jamais dit à personne ; peut-être ne le voulait-il pas savoir lui-même.

Il vivait dans l'inconnu, et nul n'avait pénétré encore le secret de son existence.

Né avec d'admirables facultés, il était venu tout jeune à Paris, et n'avait pas tardé à verser dans le vice.

La chute cependant n'avait pas été immédiate, et il serait injuste de dire qu'il était tombé sans avoir lutté.

Il y avait dans son passé une histoire lamentable, — histoire d'amour, — vers laquelle il ne reportait jamais sa pensée sans une profonde amertume et de douloureux regrets.

Il avait aimé sincèrement, et il avait été aimé de même.

Mais on ne fait pas sa destinée, tout au plus peut-on la modifier à force de probité et d'honneur.

Il n'eut pas le courage de demeurer honnête, et la première fois que le pied lui manqua, ne pouvant se retenir à aucun sentiment fort, il roula jusqu'au plus profond de l'abîme.

Et cet homme, qui aurait pu prendre son chemin dans les hauteurs de la vie, finit par s'acclimater ou s'oublier dans les bas-fonds les plus abjects du monde parisien, et on le vit dès lors commencer cette existence d'aventures, qui souvent l'avait conduit à deux pas de la correctionnelle et de la cour d'assises.

Quant à Martin, c'était différent.

Sa large face couperosée, ses lèvres épaisses, son cou énorme aux veines gonflées et noires à force d'être rouges, tout attestait en lui une nature indomptable, adonnée aux plus sauvages excès, et réfractaire à tout joug social.

Doué d'une force herculéenne, il jouissait d'une autorité considérable sur ce monde interlope qu'il fréquentait, et depuis longtemps déjà il existait entre Jacques et lui une de ces haines farouches qui ne peuvent se désaltérer que dans le sang ou s'éteindre dans la mort.

Aucun des hôtes habituels du sinistre établissement, n'ignorait les dispositions des deux adversaires, et dès que Jacques eut refermé derrière lui la porte à double tour, chacun s'accota sur son banc, comme eût pu le faire un placide spectateur, au moment où le rideau se lève au théâtre, devant le premier acte de la pièce en vogue.

Toutefois, il se passa un fait singulier qui, pendant quelques secondes du moins, vint donner à l'attention générale un aliment tout à fait inattendu.

Jacques avait fait quelques pas en silence, et son premier regard était allé fouiller l'angle obscur où se tenait Martin.

Mais ce ne fut qu'un éclair..., car presque aussitôt les muscles irrités de son visage se détendirent, et il se tourna le visage presque souriant vers le groupe des trois hommes :

— Mes amis, dit-il d'une voix ferme, je n'ai eu jusqu'à présent qu'à me louer de votre zèle et de votre dévoûment, et il est juste que chacun reçoive ici le prix des services qu'il a rendus à l'association. Avant peu, je l'espère, j'aurai atteint le but que je poursuis, et vous n'aurez pas à vous plaindre de ma générosité. Mais en attendant et à titre d'à-compte, je désire que vous vous partagiez cette somme que vous avez bien gagnée !...

En même temps, sa main plongea dans la poche de

son paletot, et en tira un rouleau qu'il jeta négligemment sur la table.

L'effet fut instantanée !

Le rouleau s'était brisé en tombant, et à la vue des pièces d'or qui s'en échappèrent, une flamme s'alluma dans les yeux des trois hommes.

Pendant quelques secondes, on n'entendit plus que le grincement de leurs ongles sur le bois blanc de la table.

Cependant Jacques continuait de surveiller les mouvements de son redoutable adversaire.

Ce dernier n'était pas indifférent au bruit des pièces d'or, et son regard avait eu un éblouissement.

Puis, obéissant à un sentiment plus fort que sa volonté même, il secoua le front et se dressa, la lèvre ouverte, les bras et le corps en avant.

Sa cupidité lui faisait un moment oublier sa haine !

Mais il n'alla pas plus loin.

A peine eut-il fait deux pas qu'il se sentit le poignet serré tout à coup comme dans un étau, et qu'il demeura cloué à sa place.

Jacques était devant lui, pâle, résolu, menaçant.

— Où vas-tu ? lui dit ce dernier d'une voix impérieuse.

— Mais..., balbutia Martin hésitant, en jetant un coup d'œil sur la table.

— Reste ! j'ai à te parler... et tu sais bien pourquoi je suis venu...

Sans répondre, Martin dégagea brusquement son bras de l'étreinte de Jacques, et comme si l'incident l'eût subitement rendu à la réalité de la situation, il recula de deux pas en enveloppant son adversaire d'un regard aux sanglantes effluves.

— Ah çà ! c'est donc sérieux, dit-il, sans chercher

à dissimuler sa surprise ; et c'est bien toi qui vient me chercher ?

— Tu en doutes ? réplique Jacques.

— Tu es las de la vie ?

— Peut-être !

— Eh bien ! il y a longtemps que je cherchais cette occasion, et ça va être amusant pour la galerie.

Et se ramassant pour ainsi dire sur lui-même, il se disposa à fondre sur son adversaire.

Celui-ci était prêt.

D'un mouvement rapide comme l'éclair, il venait d'armer sa main d'un revolver à six coups, et le doigt crispé sur la détente il attendit.

Il y eut une seconde de silence poignant.

Martin poussa un rugissement et ses ongles s'enfoncèrent dans l'inextricable brousaille de ses cheveux roux.

— Il est toujours bon de s'expliquer avant d'en venir aux dures extrémités, dit Jacques d'un ton railleur ; accorde-moi une minute d'attention, et que ces messieurs qui nous écoutent profitent du spectacle auquel ils vont assister... Je disais tout à l'heure que chacun ici devait recevoir le prix des services rendus... Mais si l'on récompense le dévouement, il importe aussi, pour que notre sécurité ne puisse jamais être troublée, il importe que le châtiment n'hésite pas devant la lâcheté et la trahison.

— La trahison ! répétèrent les trois hommes qui écoutaient... Qui donc nous a trahis ?

— Martin.

— C'est impossible.

— J'en ai la preuve !

Martin se rua de sa place avec un hurlement sauvage, et frappa de son énorme poing sur la table un coup qui faillit tout renverser.

— C'est faux... il a menti... ce n'est pas vrai ! cria-t-il, la lèvre frangée d'écume... mille millions de tonnerre... si je savais que l'un de vous pût ajouter foi à une pareille invention !... voyons !... parlez... est-ce toi, *Chrétien* !... ou toi... le *Philosophe*... ou toi encore... le *Gommeux*... parlez... répondez... ou sinon !...

Nul ne répondit à cette provocation directe, et Martin sentit passer un frisson sur sa chair.

Il comprenait combien était dangereuse, l'accusation dont il venait d'être l'objet : dans ce monde de désordre et d'infamie, on peut bien être criminel, à tous les degrés : on n'est jamais traître impunément.

Le morne silence qui accueillit ses paroles figèrent le sang dans ses veines, et un voile passa devant ses yeux.

Cependant Jacques n'avait pas bougé ; seulement, quand Martin se fût tu, il avança d'un pas vers la table, et de la même voix froide et railleuse :

— Il y a un moyen bien simple de se justifier, dit-il en scandant ses mots.

— Lequel, dit celui qu'on avait appelé *Chrétien*.

— J'ai dit que je pouvais fournir la preuve de ce que j'avance, et cette preuve, Martin la porte sur lui !

Par un mouvement irréfléchi, Martin appliqua ses deux mains sur sa poitrine, comme s'il eût craint quelque brusque tentative de spoliation.

Ce geste imprudent leva tous les doutes.

— Vous voyez ! fit Jacques, je ne lui ai pas fait dire.

— Qu'est-ce donc... Que cache-t-il ainsi ?

— Eh ! pardieu... tout simplement une carte de police qu'il a reçue il y a huit jours.

Il y eut un moment de stupeur.

L'accusation était si grave que c'est à peine si l'on pouvait y croire.

Martin lui-même avait bondi sous l'accusation ainsi formulée et s'était précipité sur Jacques.

— Ah ! je devine tout ! s'écria-t-il, et je sais maintenant ce que tu veux... Mais ces papiers, tu ne les auras pas !... et avant que tu portes la main sur moi !...

En parlant de la sorte, le colosse agitait au-dessus de sa tête un énorme couteau catalan et cherchait à atteindre la poitrine de Jacques.

Ce dernier esquiva le premier choc et recula jusqu'à la porte.

Quant aux autres, ils regardaient avec une sorte de curiosité indifférente.

Du reste, ce fut moins long que l'on ne pouvait s'y attendre.

L'arme que serrait Jacques dans sa main ferme était plus redoutable cent fois que celle de Martin, et il ne s'agissait que d'éviter la première rencontre.

Il y réussit au-delà de toutes ses espérances, et c'est tout au plus si la lame du couteau catalan déchira son paletot, et entama sa chair.

Seulement quand Martin voulut revenir à la charge et rejoindre son adversaire qui s'était dérobé, la bouche du revolver vint toucher son front et le glacer.

Il voulut se rejeter en arrière ; mais il était trop tard : La détente était partie. Un bruit se fit entendre et le malheureux s'affaissa lourdement sur lui-même.

Jacques n'eut pas même un instant de pitié.

Oublieux de tout danger, indifférent à l'impression que ce dénouement pouvait produire sur ses compagnons, il s'accroupit sur le corps inanimé du moribond et commença à fouiller ses vêtements avec une ardeur pleine de fièvre qui lui arrachait de temps à autre des paroles entrecoupées et sans suite.

Tout à coup il tressaillit.

Sa main venait de rencontrer une feuille de parchemin qu'il tira vivement à lui et que ses yeux se mirent à parcourir.

Son visage s'illumina.

— C'est cela?... je m'en doutais... balbutia-t-il, la gorge serrée; et maintenant! maintenant!

Il se tut.

On venait de lui toucher l'épaule. C'était Chrétien qui s'agenouillait près de lui.

— Qu'y a-t-il? demanda Jacques inquiet et troublé.

— As-tu trouvé ce que tu cherchais? interrogea Chrétien.

— Oui, oui... Le voilà... ce document qui sera notre fortune, et que ce misérable avait dérobé.

— Prends garde!

— A quoi?

— Les autres attendent.

— Tu as raison.

— Il faut justifier le meurtre de Martin.

— Ne crains rien... laisse-moi faire... J'ai ce qu'il faut...

Et il se releva.

— Que tous ceux qui seraient tentés de trahir notre association, dit-il d'une voix forte, meurent ainsi que ce misérable. Je vous ai promis la preuve de sa trahison, et vous pouvez maintenant juger si je vous ai trompés.

En parlant ainsi, il jeta sur la table une carte qui ressemblait, à s'y méprendre par la forme et la couleur, à celles dont sont nantis les agents de la sûreté.

Au surplus, ce n'était là qu'un acte de condescendance qui n'avait qu'une importance relative. On n'y prit pas grande attention.

Martin n'était pas aimé. Nul ne le regrettait. On n'était pas fâché d'en être débarrassé.

On ouvrit une trappe qui donnait sur un trou béant dont personne ne s'était jamais avisé de sonder la profondeur, et l'on y jeta le cadavre.

— *Requiescat in pace!* dit une voix qui était celle du philosophe.

Et ce fut toute son oraison funèbre.

D'ailleurs, chacun avait sa poche pleine de l'or de Jacques, et, dans ce moment comme dans tous les autres, la puissance de l'or est souveraine !

On avait hâte de se séparer. Le *Gommeux* et le *Philosophe* s'empressèrent de se retirer.

Comme Chrétien allait les suivre, Jacques le retint.

— Un mot encore, et je te rends la liberté, dit-il; cette nuit est à toi, je te la laisse ! mais demain...

— Que faisons-nous, interrogea Chrétien intrigué ?

— Nous partons !...

— Diable !

— Trouve-toi demain matin à la gare Montparnasse, nous prendons le train express... et en route, j'abrégerai la longueur du voyage en te racontant une partie de mes projets !...

Chrétien fit un geste d'acquiescement, et, le lendemain matin, ainsi qu'il l'avait promis, comme la demie de sept heures sonnaient, il montait la rampe qui conduit à l'embarcadère du chemin de fer de l'ouest.

Mais au moment où il pénétrait sous la grande salle du départ, il s'arrêta interdit tant ce qu'il vit lui parut étrange... pour ne pas dire invraisemblable.

A vingt pas de lui, non loin de l'entrée des salles d'attente, il venait d'apercevoir Jacques, causant avec un jeune homme dont il ne put tout d'abord distinguer les traits, mais que son costume de bon goût, son air particulier de distinction, désignaient comme appartenant aux premières classes de la société.

Quel était ce jeune homme, et quelles relations existaient entre lui et l'hôte du caboulot de la rue du Cloître-Notre-Dame.

Il y avait là un mystère, et il hésitait encore sur l'attitude qu'il devait prendre, quand Jacques s'étant retourné de son côté, lui fit signe d'approcher, et vint lui-même à sa rencontre.

Machinalement, Chrétien s'inclina.

— Tu t'appelles François, dit alors Jacques à voix rapide et basse... tu es mon valet de chambre, et nous allons à Plouaret; ne t'étonnes de rien... fais le mort... et si, par impossible, on t'adressait quelque question indiscrète... tu appartiens au baron de Lippari, et tu accompagnes ton maître, qui ne t'a pas confié le but de son voyage. Est-ce compris?

— Parfaitement.

C'est tout ce qu'il faut... vas à tes affaires... moi, je vais aux miennes.

Et quittant son interlocuteur avec un clignement d'yeux significatif, il se hâta d'aller rejoindre le jeune homme avec lequel il s'entretenait à l'arrivée de Chrétien.

— Je vous prie de m'excuser, mon cher Frontenay, dit-il avec une grâce parfaite; j'avais quelques derniers ordres à donner à mon valet de chambre, qui n'est pas d'une intelligence hors ligne, et j'aurais crains, sans la précaution que j'ai prise...

— Vous êtes tout excusé, mon cher baron, interrompit le jeune homme, et puisque rien ne vous préoccupe plus désormais, gagnons le train, et allons choisir nos coins.

Le baron de Lippari consentit du geste, et un instant après, nos deux voyageurs étaient installés l'un en face de l'autre dans un compartiment de première classe.

Presque aussitôt le sifflet de la locomotive donna le signal du départ, et immédiatement le train se mit en marche.

— Vous ne sauriez croire à quel point je suis heureux de vous avoir rencontré, dit alors le jeune homme, j'appréhendais de faire tout seul, livré à moi-même, un aussi long voyage.

— A votre âge cependant, on n'a guère que des pensées agréables.

— Pas toujours.

— Vous arrivez de Trouville.

— Précisément J'y ai passé deux mois.

— Tant que cela... loin de madame la comtesse de Frontenay !

Un nuage glissa à cette réflexion sur le front soucieux du jeune homme.

— Eh bien, dit-il avec un charmant abandon, vous venez de mettre le doigt sur la plaie vive. Ma bonne et sainte mère ne m'accompagnait pas, cette année, et c'est peut-être à son absence que je dois rapporter cette sorte de mélancolie qui ne m'a pas quitté, pendant les deux mois qui viennent de s'écouler.

— Oh ! oh !... fit le baron de Lippari, voilà qui est dangereux, savez-vous... à vingt-deux ans... la mélancolie, c'est la pente favorable qui aboutit inévitablement à l'amour.

Le jeune homme ne répondit pas tout de suite, mais il ferma les yeux sous une impression presque douloureuse.

Lucien de Frontenay avait à ce moment là vingt-deux ans au plus : C'était un grand et beau jeune homme, au regard profond et doux, et dont le front, d'un blanc mat, était encadré d'une opulente chevelure noire. Au repos, le visage portait l'empreinte indélébile d'une tristesse que l'on eût pu croire native; mais quand le sourire entr'ouvrait ses lèvres où le sang pur abondait, laissant voir une double rangée de dents éblouissantes, sa physionomie changeait tout à coup d'aspect, et l'on se sentait attiré vers lui par une vive et impérieuse sympathie.

Jusqu'alors, il avait vécu dans ce monde de plaisirs et de luxe qui s'ouvre naturellement devant tout jeune homme riche et titré... Il s'était abandonné sans réfléchir à toutes les séductions qui l'attendaient au début et avait fait mille folies qui, un moment inquiétèrent ceux qui lui portaient quelque intérêt.

On craignait qu'il ne se perdit tout à fait, et qu'il n'allât augmenter le nombre si considérable de victimes que dévore chaque année ce minotaure moderne que l'on appelle Paris.

Ces craintes n'étaient pas exagérées, et Lucien de Frontenay eût succombé comme tant d'autres, s'il n'avait conservé au fond de son cœur, un sentiment d'inaltérable et sainte affection qui devait le sauver et le rendre à lui-même.

Lucien avait une mère dont il était l'unique tendresse, et à travers les entraînements d'une existence pleine de désordres, c'est vers son image sacrée qu'il avait tendu les mains et élevé son cœur, au moment du péril...

Madame la comtesse de Frontenay n'était point

d'ailleurs une mère ordinaire... Elle avait traversé de
mystérieuses et redoutables épreuves; restée veuve
avant l'âge mûr, elle s'était réfugiée en son amour
maternel comme en un sanctuaire divin, et son fils
était devenu toute sa vie.

Elle ne voyait que lui, ne songeait qu'à lui... pour
ainsi dire, elle ne l'avait jamais quitté..., et en le
voyant pour la première fois, se précipiter, plein d'oubli, dans le tourbillon des plaisirs parisiens; elle ne
perdit pas confiance une seconde, car son cœur lui dit
que son fils ne pouvait point ne pas revenir.

Et son cœur avait raison...

Du reste, un incident s'était produit dans la vie de
Lucien qui, tout à coup l'avait arrêté sur la pente où
il roulait...

Il venait de passer trois mois à Trouville, et bien
que la correspondance qu'il entretenait avec la comtesse ne contint aucune révélation sur ce qui s'était
passé, la mère avait tout compris, et quand son fils lui
annonça qu'il viendrait la prendre pour la ramener à
Paris, elle avait deviné pourquoi il revenait...

Cependant, le train continuait sa marche.

Lucien n'avait pas relevé les dernières paroles de
son compagnon, mais l'impression qui l'avait saisi
s'était peu à peu calmée, et il ne tarda pas à chasser
toute pensée importune.

— Vous allez donc en Bretagne? interrogea-t-il en
offrant un cigare au baron.

— Un hasard, répondit ce dernier. Il y a longtemps
que j'avais entretenu mon notaire de mon désir d'a-
cheter une propriété, et tout dernièrement il m'a avisé
qu'il était chargé de trouver un acquéreur.

— Le bien se trouve en Bretagne?

— A quelques kilomètres de Plouaret.

— C'est à merveille, nous serons voisins, et si vous

devenez propriétaire, nous pourrons chasser quelquefois ensemble.

Le baron s'inclina en signe de remerciement.

— Je crois avoir entendu dire, reprit-il au bout d'un instant, que madame la comtesse de Frontenay habite, entre Guingamp et Lannion, un château du moyen âge.

— En effet.

— Le château de Kersaint.

— C'est cela. Le château appartenait à mon grand-père. Mais, lorsque ma mère s'est mariée, elle est restée de nombreuses années sans vouloir y rentrer... Ce n'est que longtemps après avoir perdu mon père qu'elle manifesta d'elle-même le vif désir de revoir la demeure où s'était écoulée son enfance. Le château était alors dans un pitoyable état, et il a fallu bien des réparations pour le rendre présentable.

— Il eût été fâcheux d'abandonner un aussi beau spécimen de l'architecture du seizième siècle, dit le baron.

— Vous le connaissez donc ! fit Lucien avec surprise.

— J'ai eu occasion de le visiter.

— Il y a longtemps ?

— Il y a vingt-cinq ans.

Lucien se prit à sourire.

— Je m'explique, en ce cas, comment il se fait que je ne vous y ai pas rencontré... je n'étais pas né !...

Il y eut un silence.

Le baron songeait... tout en regardant les poteaux télégraphiques qui passaient à sa gauche avec une rapidité vertigineuse, et Lucien suivait d'un air distrait et vague la fumée de son cigare dont le vent du matin fouettait et tordait les spirales bleues...

On avait déjà franchi bon nombre de stations ; et bientôt le train s'arrêta au Mans.

Quand ils reprirent leur place après déjeuner, Lippari et Lucien avaient plus étroitement resserré ces liens d'intimité qui s'imposent forcément à deux voyageurs qui occupent le même compartiment.

Bien que le baron fut presque un vieillard pour Lucien, il était si jeune d'allures, il causait avec tant d'entrain et des formes si charmantes qu'on ne songeait pas à son age. Frontenay l'avait d'ailleurs rencontré à Paris dans tous les mondes. Il le connaissait peu, mais il savait qu'il s'appelait le baron de Lippari ; on lui avait dit, en outre, qu'il appartenait à une des premières familles de l'Italie, et il n'eût pas été bienséant d'en demander davantage à un homme qu'il voyait recevoir partout l'accueil le plus empressé.

Le reste du trajet s'effectua sans autre incident : on avait passé Rennes ; la nuit venait peu à peu ; déjà l'horizon se dorait des derniers rayons du jour.

— Nous approchons de la station où nous devons nous séparer, dit le baron.

— En effet, dit Lucien.

— Madame la comtesse de Frontenay vous attend.

— J'ai voulu ménager une surprise à ma mère, répondit le jeune homme dont le visage s'éclaira d'un sourire, et je ne lui ai point écrit !...

Et comment vous transporterez-vous de Guingamp au château de Kersaint ?

— Oh ! rien de plus simple, j'ai télégraphié à un loueur du pays que je connais ; il me tiendra prêt, pour mon arrivée, un cheval que j'ai monté quelquefois, et j'irai ainsi au château où l'on ne m'attend pas...

— Une fantaisie d'enfant gâté.

— N'en croyez rien..., dans cette résolution que j'ai prise il ne faut voir que le dessein de ne pas inquiéter ma mère ; si je lui avais annoncé mon arrivée à date fixe, le moindre retard l'aurait tourmentée, tandis que de cette manière...

— Vous avez raison, et l'on ne peut qu'être touché d'une attention aussi délicate... bien peu de fils témoignent une tendresse égale à leur mère.

— C'est que je suis fils unique.

— Madame la comtesse n'a jamais eu d'autre enfant que vous ! interrogea le baron...

Et il devait y avoir dans sa voix, à ce moment, une intonation particulière, car Lucien sentit comme un frisson mordre ses chairs, et son regard s'arrêta étonné sur son interlocuteur.

— Jamais ! répondit-il lentement. Mon père est mort fort jeune et je n'avais pas deux ans quand il nous a quittés... bien misérablement !

— Un accident ? fit le baron.

— Un assassinat, monsieur, un crime épouvantable, dont, malgré toutes les recherches de la justice, on ne parvint jamais à atteindre les coupables.

Le baron laissa échapper un geste de stupeur et regarda Lucien avec une attention toute particulière.

— Un assassinat ! répéta-t-il... est-ce possible... ah çà !... mais on assassine donc en Bretagne ?

— Oui, monsieur... répondit le jeune comte.

— Quelque vengeance de fermier.

— Mon père était l'honneur et la bonté mêmes, et il était aimé par tous ses fermiers à l'égal d'un bienfaiteur... Ce qui n'empêche pas qu'un matin, il fut trouvé la poitrine percée de plusieurs coups de couteau, dans les environs de la *lieue de Grève*.

— Un endroit mal famé, en effet ! j'en ai entendu

parler autrefois. Et l'on n'a jamais su quels étaient les misérables ?...

— Jamais !...

— La justice a mal cherché ; j'aurais fait fouiller toutes les campagnes, j'aurais remué ciel et terre.

— J'étais trop jeune pour rien faire au moment du crime, répondit Lucien, pendant qu'un nuage obscurcissait son front ; mais plus tard, quand j'ai eu l'âge d'homme, je me suis livré à des investigations obstinées.

— Eh bien ?

— Eh bien ! cela n'a servi à rien.

— Quoi ! pas une lueur... pas un indice ?

Le jeune comte secoua la tête avec force.

— Ah ! tout est singulier dans cette histoire, répondit-il d'un ton nerveux, et j'aurais tort de dire que je n'ai pas surpris quelque indice qui, entre des mains habiles, eût puissamment aidé à la découverte de la vérité.

— Qu'était-ce donc ?

— C'est très-grave.

— Mais encore ?

— Eh bien, à force d'interroger autour de moi celles des personnes qui avaient vécu à l'époque de l'assassinat, j'ai fini par apprendre...

— Quoi ?

— Qu'il y avait alors dans le pays un homme de mœurs suspectes, qui n'avait aucune attache dans l'arrondissement, et qui avait disparu sans qu'on eût jamais su ce qu'il était devenu.

— D'où venait cet homme ?

— On l'ignorait.

— Et vous n'avez pas dénoncé le fait au parquet ?

— Pardonnez-moi... mais tant d'années s'étaient

écoulées depuis, qu'il devenait impossible de retrouver la trace de cet homme.

— Au moins, vous avait-on confié son nom?

— Ses noms, vous voulez-dire?

— Comment?...

— Eh! sans doute, car on variait beaucoup sur ce
point comme sur les autres, et il est vraisemblable
que tout le monde se trompait. Les uns l'appelaient
Rodolphe, les autres l'appelaient Martin, plusieurs
même ont prononcé le nom de Jacques.

Le baron se tut. Une imperceptible pâleur s'était
répandue sur ses traits, un sombre nuage avait glissé
sur son front, mais Lucien n'eut le temps de rien remarquer.

Le train venait de s'arrêter, on était à Guingamp.

Le jeune homme tendit la main à son compagnon.

— Encore une fois, dit-il d'un ton affectueux et
doux, permettez-moi de vous remercier de la bonne
journée que je viens de passer. J'espère que nous nous
reverrons cet hiver à Paris.

Le baron serra vivement la main qu'on lui offrait.

— Ce sera avec un vif plaisir, cher monsieur, répondit-il. Je compte bien n'être retenu que quelques
jours dans ce pays et, dès mon retour, je ferai déposer
ma carte à votre hôtel.

— Mille grâces alors, et à bientôt.

— A bientôt, dit le baron.

Puis, Lucien traversa la voie, gagna le quai de la
gare, et se dirigea vers la ville.

Il n'avait pas fait vingt pas, qu'il avisa à peu de
distance une sorte de garçon d'écurie qui tenait en
main, un cheval qui, pour n'être pas de race n'en
avait pas moins assez bon air.

— Est-ce toi, Jeannic? demanda Lucien en allant à
lui.

— Moi-même, monsieur le comte, repondit le garçon.

— C'est mon cheval que tu m'amènes?

— Selon votre dépêche.

— C'est bien.

Lucien s'empressa de monter en selle.

Le garçon le regarda d'un air ébahi.

— Est-ce que monsieur compte s'en aller, comme
ça tout seul, jusqu'au château ?

— Et pourquoi pas? fit le jeune homme.

— Dame! c'est qu'il y a six bonnes grosses lieues
jusque-là..., et la lune m'a bien l'air de vouloir nous
brûler la politesse, pour cette nuit.

— Ah ça! tu es donc peureux?

— Moi! monsieur le comte..., moi, peureux! Si on
peut dire..., mais tout de même... à votre place.

— Bon! ne t'inquiète pas... je connais un peu la
route... j'ai ma couverture de voyage en cas de pluie,
et, après tout, à la grâce de Dieu... j'arriverai bien
avant le jour.

Sur ces mots, il serra les guides, fit un geste à
Jeannic et partit au grand trot sur la route qui dessi-
nait au loin son long sillon blanc et sinueux.

Toutefois, au bout d'un quart d'heure, il se vit contraint de changer d'allure, il comprit que Jeannic
n'avait peut-être pas eu tout à fait tort de lui con-
seiller la prudence.

II

La route qui conduit de Guingamp au château de Kersaint s'encaisse brusquement au sortir de la gare et longe, jusqu'à la mer, les sinuosités d'une vallée profonde, dont rien ne saurait rendre le charme pittoresque.

La vallée est étroite et couverte, sur les deux versants, de taillis épais où le chasseur est toujours certain de rencontrer un gibier abondant. Au fond coule une petite rivière rapide, sur les rives de laquelle pousse en toute saison une végétation luxuriante et prodigue, et quand on s'aventure dans ces parages au milieu du jour, sous les rayons d'un soleil de midi, doucement tamisés par les branches des peupliers élancés ou des chênes touffus, on se croirait vraiment transporté dans quelque aldée du Nouveau-Monde.

Lucien connaissait cette vallée pour l'avoir souvent parcourue, mais c'était la première fois qu'il s'y aventurait de nuit, et par un temps qui s'annonçait menaçant.

Dès qu'il se fut engagé dans le sentier, une forte bourrasque de vent tordit les cîmes élevées des peupliers, et il entendit quelques larges gouttes d'eau tomber avec un bruit sonore sur les feuilles des chênes et des ormes.

Il n'y avait pas d'illusion à se faire, — il maintint sa bête quelques secondes, enveloppa ses épaules de sa couverture de voyage pliée en forme de *plaid*, et, ayant repris les guides de son cheval, il poussa hardiment en avant !...

Il pouvait être dix heures ; le pays était désert, il ne rencontrait pas un piéton, et les rares maisons devant lesquelles il passait étaient endormies et comme mortes.

Au bout d'un moment, Lucien se familiarisa avec la nuit. Son regard acquit une acuité particulière, et, sous la rafale qui augmentait d'intensité, malgré la pluie qui pénétrait sous le couvert des grands arbres, il reprit bientôt ses rêveries de jeune homme et s'y abandonna tout à fait.

Il songea à la comtesse d'abord...

A son excellente mère, dont il savourait d'avance la surprise et la joie. On ne l'attendait pas ; il arriverait à la pointe du jour, et le lendemain matin, à la première heure, il irait se présenter à elle à son lever.

Et alors que de tendres caresses et de questions inquiètes.

C'était le moment attendu par Lucien pour faire à sa mère la confidence d'un secret qu'il portait en son cœur depuis deux grands mois.

Il avait rencontré sur la plage de Trouville, une belle jeune fille, une enfant, dont le regard l'avait troublé, dont la physionomie chaste et pure l'avait charmé, et qu'il aimait depuis lors avec toute l'ivresse d'un premier amour.

La jeune fille était riche, et, quoiqu'elle n'appartînt pas à la noblesse, il ne doutait point que la comtesse approuvât le choix qu'il avait fait et ne consentît à une union où son fils devait trouver le bonheur.

Lucien connaissait trop la tendresse de sa mère pour s'effrayer à l'idée d'un refus impossible.

Sous l'empire de ce rêve enivrant qu'il berçait ainsi dans son esprit, le jeune cavalier ne s'était pas aperçu du chemin qu'il faisait et se laissait aller au caprice de sa monture.

Les ténèbres les plus épaisses l'enveloppaient maintenant; la pluie s'était mise à tomber avec une violence désordonnée, et le bruit du vent mêlé aux roulements du tonnerre se prolongeait dans les profondeurs lointaines de la vallée.

Tout à coup, son cheval se cabra et exécuta un arrêt si brusque, que Lucien faillit être désarçonné.

Il se réveilla en sursaut, plongea son regard dans la nuit noire.

Il ne vit rien.

Tout au plus distingua-t-il le miroitement du ruisseau changé en torrent, qui se précipitait à vingt pieds sous lui.

Il recula effrayé. — Deux pas de plus, cheval et cavalier disparaissaient dans le ravin!...

Alors il chercha à s'orienter...

Heureusement la foudre, qui déchirait la nue, jetait par instants de rapides clartés sur les bois environnants, et pendant les intermittences de l'orage, Lucien aperçut sur la rive opposée une habitation dont l'une des fenêtres était encore éclairée. La lumière brillait avec de vifs éclats et semblait l'inviter dans la nuit...

Il n'hésita pas.

La pluie continuait de lui fouetter le visage avec violence, son plaid était trempé; la prudence la plus élémentaire lui commandait d'aller à ce refuge qui s'offrait à lui.

Il reprit donc les guides de son cheval, chercha un endroit de la rivière où il pût trouver un gué sûr, et enfin, au bout de quelques minutes, après bien des tentatives qui n'étaient pas sans danger, il atteignit la rive opposée.

Une fois là, il sauta lestement à bas de sa monture, qu'il attacha à un arbre, et alla frapper à la porte de la maisonnette.

Autant qu'il put en juger, c'était une habitation de plaisance, où quelque fantaisiste était venu chercher la solitude et le pittoresque... Elle n'avait qu'un étage, et les chênes, les ormes et les hêtres poussaient dru alentour, formant une sorte de rempart contre la tempête !

Comme on tardait à répondre à son appel, il frappa de nouveau, et, cette fois, il vit la lumière aller et venir, puis la porte s'ouvrit et une jeune fille parut sur le seuil.

Lucien entra.

La lampe qui brûlait à l'intérieur ne jetait qu'une faible et douteuse clarté dans la pièce, mais un rapide regard le convainquit aussitôt que la jeune fille était particulièrement belle, et sa mise presque élégante, quoique fort simple, indiquait surabondamment qu'il n'avait point devant lui une paysanne.

Elle l'accueillit, d'ailleurs, avec une grâce parfaite qui le charma.

— Que de remerciements ne vous dois-je pas, mademoiselle, dit-il un peu ému... Sans vous, vraiment, je ne sais pas ce que je serais devenu !

— J'ai hésité à ouvrir, répondit la jeune fille ; il me semblait si extraordinaire qu'un voyageur se fût hasardé dans ces parages par un temps pareil et à cette heure de nuit... qu'un moment... j'ai eu quelque appréhension... Vous n'êtes point de ce pays, monsieur ?

— Pardonnez-moi, mademoiselle.

— Alors, vous n'y venez pas souvent... et les che mins ne vous sont pas familiers.

— Mon Dieu ! c'est vrai... ou plutôt, je n'ai guère parcouru ce pays que le jour, en chassant, et j'avoue que je ne suis doué que d'une médiocre mémoire locale... Suis-je donc bien loin ici du château de Kersaint ?

— Oh ! vous en êtes encore à trois bonnes heures.

— Tant que cela ?

— Mais vous ne vous remettrez pas en route par cette tempête, qui ne fait que redoubler. Si mon père était ici, il insisterait pour vous retenir, et j'espère qu'en son absence...

Lucien remercia du geste, alla déposer son plaid sur un bahut et revint s'asseoir auprès de la cheminée sur un siége que lui indiqua la jeune fille.

— Je compte bien avoir le plaisir de voir, avant de m'éloigner, l'hôte qui exerce si généreusement l'hospitalité... Mais, si je devais partir sans lui avoir serré la main, vous voudrez bien, mademoiselle, lui dire à quel point je suis touché, et l'assurer de toute la reconnaissance du comte de Frontenay.

Jusque là, la jeune fille avait à peine levé les yeux sur son interlocuteur... Mais ce dernier n'eut pas plus tôt décliné son nom et sa qualité, qu'elle laissa échapper un mouvement de surprise et qu'une vive rougeur colora ses joues.

Lucien s'en aperçut et sourit.

. — Vous voyez, dit-il, que je porte un nom qui n'est pas tout à fait inconnu dans le pays... Le château de Kersaint appartient à ma famille depuis un grand nombre d'années et la vicomtesse, ma mère, a l'intention d'y venir habiter quelques mois tous les ans.

La jeune fille s'inclina sans répondre et se dirigea

rapidement vers une porte qui communiquait avec une pièce contiguë.

Mais au moment où elle posait déjà la main sur le bouton de la serrure, la porte s'ouvrit d'elle-même et un homme entra.

Un homme de vingt-cinq ans à peu près, grand, élancé, le front hardi, le regard assuré, et sur le visage duquel était répandue cette belle pâleur de l'ambition que l'on ne retrouve guère que chez les natures d'exception.

Que se passa-t-il, à la vue de ce jeune homme, dans l'esprit et dans le cœur du comte de Frontenay?

Nous ne saurions le dire.

Mais il lui fut impossible de dissimuler l'impression profonde qu'il ressentit ; un trouble étrange voila ses yeux, et instinctivement il porta ses deux mains à ses lèvres comme pout étouffer un cri près de lui échapper.

C'est qu'aussi il y avait pour le comte, dans cette apparition inattendue, quelque chose d'inouï, d'invraisemblable, de bizarre tout au moins, qui était bien fait pour provoquer et justifier la stupéfaction qui l'avait saisi.

Ce jeune homme, qu'il ne connaissait pas, qu'il n'avait jamais vu, c'était le portrait vivant de la comtesse.

En le voyant, il avait cru voir la comtesse elle-même. C'étaient les mêmes yeux noirs aux longs cils soyeux ; la même matité chaude de la peau, le même nez aux ailes frémissantes, la même lèvre mobile, relevée aux coins par un pli railleur et fin.

Rien ne manquait à cette ressemblance vraiment inexplicable, et il retrouvait même, à l'extrémité de l'un de ses sourcils, jusqu'à ce petit signe brun qu'il avait remarqué souvent sur le front de sa mère !

C'était effrayant, et il demeura interdit.

III

Cependant la jeune fille s'était effacée pour laisser passer celui qui venait d'entrer, et, s'adressant au comte :

— Mon frère Rodolphe, dit-elle, en le présentant.

Et elle ajouta, en se tournant vers son frère :

— M. le comte de Frontenay, notre hôte.

Puis elle gagna la porte et disparut, laissant les deux jeunes gens en présence.

Rodolphe avait fait quelques pas vers Lucien, qui n'était pas encore revenu de sa surprise, et il venait de le saluer, avec une aisance sans humilité.

— Monsieur le comte, dit-il, vous êtes ici chez vous ; en l'absence de mon père, je remplirai tous les devoirs de l'hospitalité.

Lucien ne put s'empêcher de tressaillir au son de cette voix, dont l'intonnation, à la fois pénétrante et douce, lui rappelait celle de la comtesse.

Il secoua vivement le front pour chasser une préoccupation importune.

Il y avait là un mystère, mais il ne lui convenait pas de laisser paraître l'étonnement qu'il provoquait en lui.

— Je vous remercie, monsieur, répondit-il ; je n'ai

vais besoin que d'un abri, et j'accepte l'hospitalité que vous m'offrez de si bonne grâce. Puisque vous m'y autorisez, j'attendrai que l'orage ait cessé, et aux premières heures du jour, je reprendrai la route du château.

— Il sera fait comme vous le désirez, approuva Rodolphe ; vous devez avoir besoin de repos, et si vous voulez me suivre...

Il prit la lampe qui était sur la table, et, suivi de son hôte, il monta l'escalier qui conduisait au premier étage, et pénétra dans une chambre de proportions modestes, dont l'ameublement attestait le soin exquis qui présidait à l'entretien de l'habitation.

L'unique fenêtre de cette chambre donnait sur la rivière.

— C'est un véritable nid que ce réduit, dit Lucien en se tournant vers son hôte.

— En été ! vous avez raison ! répliqua Rodolphe avec un sourire mélancolique, mais l'hiver, ce doit être presque sinistre.

— Il n'y a pas longtemps que vous demeurez ici.

— Mon père a habité cette demeure, voilà bien des années : quand nous y sommes revenus, au printemps dernier, avec ma sœur Bertha, je l'avais complétement oubliée.

— C'est singulier.

— Quoi donc ?

— J'ai chassé souvent dans les environs de Kersaint, et, comme je ne me souviens pas d'avoir remarqué cette fraîche oasis, je m'étonne qu'elle n'ait pas attiré mes regards.

Rodolphe remua la tête.

— C'est que mon père, ma sœur et moi, répondit-il, nous faisons peu de bruit, et tenons peu de place...

3

Notre existence est des plus modestes, et l'horizon qu'elle nous offre suffit à notre ambition.

Lucien fit un mouvement : sans qu'il eût pu expliquer ce qu'il éprouvait, il se sentait pris d'une sincère sympathie pour son hôte.

— Je conçois cela pour votre père... je le comprends encore à la rigueur pour mademoiselle Bertha, votre sœur, dit-il ; mais pour vous !...

— Moi !...

— A votre âge, intelligent comme vous paraissez l'être, il n'est pas possible que vous viviez sans ambition, et que vous n'ayez pas entrevu autre chose que l'horizon charmant, mais borné de cette vallée !...

Un éclair sillonna le regard de Rodolphe, et sa poitrine parut se gonfler sous le souffle d'un sentiment puissant. Mais il se contint.

— L'ambition !... Oui, répliqua-t-il, nous avons tous bercé un rêve au début de notre vie. Au loin, par delà l'existence monotone que l'on mène, on aperçoit la lueur d'un monde mystérieux dont le murmure invitant vous attire et vous convie ! Ah ! je l'ai entendu, moi aussi... souvent... et plus d'une fois j'ai cru que j'allais succomber à la tentation... Mais il y avait ici un père dont je suis le seul ami, une enfant dont je suis l'unique espoir... et c'eût été folie de penser à autre chose !

— Soit ! soit ! fit Lucien... vous êtes un peu plus âgé que moi et il ne m'appartient pas de blâmer le parti que vous prenez, après tout, vous avez raison, et le bonheur est peut-être là seulement où vous le cherchez !

— A quelle heure désirez-vous être réveillé, demanda encore Rodolphe.

— Ne vous inquiétez plus de moi, répondit le jeune comte ; j'ai hâte d'aller embrasser ma mère, et je serai debout dès l'aube.

Les deux jeunes gens se serrèrent la main sur ces mots, et Rodolphe s'éloigna, laissant le jeune comte seul.

Ce dernier ne tarda pas à gagner son lit, mais c'est en vain qu'il appela le sommeil.

Il était trop ému de ce qui lui était arrivé; pendant les quelques heures qui suivirent, il vit repasser devant lui l'image de la comtesse, mêlée et presque confondue avec celle de Rodolphe.

Toutefois, à travers son trouble, un sentiment indéfinissable s'emparait de son cœur, et le nom de Rodolphe revint à plusieurs reprises sur ses lèvres, éveillant en lui tantôt une sympathie des plus vives, tantôt une sorte d'appréhension vague contre laquelle il avait bien de la peine à réagir.

Le lendemain matin, dès que les premiers rayons du jour firent irruption dans sa chambre, il ouvrit la fenêtre toute grande, et plongea ses regards au dehors.

L'orage s'était dissipé; le ciel était pur; un calme plein de gazouillements d'oiseaux régnait sous les feuilles jaunies des arbres.

Lucien ne s'attarda pas au charme de ce tableau et, s'étant habillé à la hâte, il descendit dans la salle au rez-de-chaussée...

Il s'attendait à y rencontrer Rodolphe où peut-être sa sœur Bertha. Ce fut un vieillard qui vint à lui.

Un homme d'une soixantaine d'années environ; la barbe blanche, le front creusé de rides profondes, l'œil doux et triste.

Il salua Lucien d'un air grave.

— Mes enfants m'ont appris, dit-il, qu'ils avaient l'honneur de recevoir M. le comte de Frontenay, et Rodolphe m'a fait part en même temps du désir que vous aviez exprimé de vous mettre en route dès la première heure. Tout est donc prêt, monsieur, et si vous le permettez, je vous servirai de guide jusqu'à la route départementale qui mène tout droit à Kersaint.

— J'aurais voulu vous éviter ce dérangement, objecta Lucien.

— Il n'y aura de dérangement pour personne ; au surplus, la route qu'il s'agit d'atteindre est à peine à quinze cents mètres, et c'est l'affaire d'un quart d'heure.

— Puisque vous le voulez.

— Venez, monsieur le comte, venez.

Ainsi que l'avait dit le vieillard, le trajet était fort court ; seulement, le sentier qu'il fallait suivre affectait à partir de la maison qu'ils quittaient, des sinuosités fantastiques, et Lucien eût pu s'y égarer une seconde fois.

Le vieillard marchait à ses côtés, et de temps à autre, à chaque bifurcation, il indiquait au comte le chemin qu'il devrait prendre.

— J'emporte un trop bon souvenir de votre accueil pour l'oublier jamais, dit Lucien avec une pointe d'enthousiasme ; j'espère que vous voudrez bien me permettre d'y revenir, et peut-être ce jour-là déterminerai-je madame la comtesse à m'y accompagner.

— Madame la comtesse de Frontenay ? répéta le vieillard avec un cri mal étouffé.

— Eh ! sans doute. Ma mère n'apprendra pas sans émotion le service que vous m'avez rendu, et, moi qui connais son cœur, je ne doute pas qu'elle ne veuille venir elle-même.

— Ah ! dissuadez-la alors, dit vivement son interlocuteur.

— Et pourquoi donc !

— Mais... parce que... nous vivons isolés, monsieur le comte, mes deux enfants sont deux jeunes sauvages que le monde effraie.

Lucien ne releva pas l'étrange réponse qui lui était faite. Mais, du coin de l'œil, il observa le vieillard qui marchait à ses côtés.

Le jeune comte commençait à s'irriter sourdement de toutes ces bizarreries auxquelles il se heurtait depuis la veille ; mais il eut été de mauvais goût d'en rien laisser paraître, et il fit un geste qui signifiait évidemment qu'il en prenait son parti.

Du reste, il venait d'atteindre la route départementale et son guide cessait désormais de lui être utile.

— Voici votre chemin, monsieur le comte, dit le vieillard, et vous pouvez le suivre sans inquiétude.

— Au moins avant de m'éloigner, demanda Lucien, serais-je bien aise de connaître le nom de l'homme dont je deviens l'obligé.

Le vieillard parut hésiter quelques secondes, puis, faisant un effort sur lui même :

— Je m'appelle Hermann, répondit-il, en saluant une dernière fois.

Et, quittant brusquement la route, il s'enfonça sous le couvert du sentier par lequel il était venu.

Lucien le suivit du regard jusqu'au moment où il disparut... puis, quand le bruit de ses pas se fut perdu dans l'éloignement, il piqua sa bête de ses deux éperons, et s'éloigna lui-même au galop de son cheval.

Une heure plus tard, il arrivait au château de Kersaint.

L'air frais et pur du matin l'avait arraché, pendant le trajet, à toutes les idées confuses qui l'assaillaient au départ, mais, quand après avoir franchi le perron du château, il vit venir sa mère, le visage radieux et les bras tendus, il ne put s'empêcher de tressaillir jusqu'au fond de son cœur, en retrouvant sur ses traits épanouis par la joie, cette ressemblance qui l'avait tant frappé la nuit précédente.

IV

Toutefois, il se garda bien d'alarmer la comtesse, en lui faisant confidence de l'émotion qui l'avait visité ; il se contenta de lui expliquer les diverses péripéties de son voyage nocturne, et la pauvre mère ne trouva déjà dans ce récit que trop de sujets d'inquiétude.

Mais, en somme, son fils était là devant elle, souriant et tendre comme toujours, et si quelque danger l'avait menacé, elle comprenait bien qu'elle n'avait plus rien à redouter du moment qu'elle le tenait étroitement serré contre son cœur !

La journée fut pleine d'enchantement pour tous les deux, et au bout de quelques heures, Lucien ne songeait même plus à la nuit qu'il avait passée sous le toit du vieil Hermann.

La comtesse l'accablait de question émues ; elle lui demandait l'emploi de son temps, pendant ces deux mois de séparation, et elle cherchait à l'amener doucement à un aveu qui vingt fois vint sur les lèvres de son fils.

Ce dernier prenait un plaisir d'enfant à reculer l'heure de l'aveu qu'il avait à faire... Il lui semblait particulièrement doux de savourer d'avance le bonheur

de sa mère en apprenant qu'il avait fait choix d'une
compagne pour sa vie désormais sérieuse ; mais quoi
qu'il fît, quelque précaution qu'il prît pour ne point
se laisser forcer dans sa discrétion, au tremblement de
sa voix, au trouble de son regard, la comtesse n'eut
pas de peine à deviner ce qui se passait en lui...

Ce ne fut que le soir, après souper, quand il se
trouvèrent seuls dans la petite serre, du premier étage
que Lucien ouvrit enfin son cœur tout entier.

Et alors, il raconta simplement, naïvement, comme
cet amour lui était venu.

Il dit quelle pure et chaste enfant il avait rencontrée un jour sur la plage de Trouville ; l'émotion
qu'il avait ressentie en la voyant et les rêves énivrés
que, depuis cette rencontre, il berçait dans son cœur.

C'avait été pendant deux mois, une longue suite d'i-
vresses infinies que connaissent seuls ceux qui ont
aimé. C'était une vie nouvelle qui commençait. Tous
les plaisirs qu'il recherchait naguère lui devinrent,
dès lors, indifférents ; il n'eut plus qu'une pensée, se
rapprocher de la belle jeune fille ; qu'un désir, qu'une
ambition : éveiller l'amour dans cette âme qui s'ignorait encore !

La comtesse écouta ce long récit avec une attention
attendrie... plus d'une fois, de grosses larmes vinrent
trembler au bord de ses cils, et quand enfin son enfant se fut tu, attendant anxieusement une réponse,
elle l'attira doucement dans ses bras.

— Cher Lucien ! dit-elle alors d'une voix profondément émue... Cela devait arriver, et j'y étais préparée... mon amour à moi, n'est point égoïste, et je n'ai
jamais demandé à Dieu que ton seul bonheur... Et
puis, je te connais bien !... Je sais que tu n'oublieras
jamais celle dont tu es toute la vie.

— Chère mère adorée...

— D'ailleurs, il y a encore une autre chose qui me rassure.

— Quelle chose... parlez! parlez...

— Mademoiselle Lucy Beaulieu.

— Vous la connaissez!

— Je l'avais remarquée... et plus d'une fois, je me suis pris à penser qu'elle ferait une bien jolie comtesse de Fontenay.

Lucien ne répondit pas... il se laissa tomber aux genoux de sa mère, et lui prit les mains qu'il baisa avec un transport de joie folle.

— Ah! je vous aime! je vous aime! balbutia-t-il, comme jamais mère ne l'a été en ce monde!

La comtesse s'oublia un moment à contempler son fils dont le front resplendissait; puis un sourire d'une expression exquise releva sa lèvre, et elle força Lucien à s'asseoir auprès d'elle.

— Voyons! voyons, dit-elle, en lui parlant avec des intonations caressantes, comme elle eut fait à un enfant... le bonheur est chose grave... tu as vingt-deux ans... tu as fait bien des folies déjà, et j'espère qu'il ne s'agit pas ici d'un de ces caprices qui naissent au début d'une contredanse pour finir à la fin de la dernière figure... tu es bien sûr, n'est-ce pas, d'aimer mademoiselle Lucy Beaulieu, et tu es bien résolu à en faire la compagne de ta vie sérieuse.

— Ah! je sens que je mourrai, si elle n'est pas ma femme.

— Tu lui as dit que tu l'aimais.

— Non! je ne voulais rien engager, — avant de m'avancer d'avantage, — j'ai voulu venir vers vous et vous dire... ma bonne et excellente mère, voici la femme que j'ai choisie : Croyez-vous que je doive, dans cette union, trouver le bonheur que vous avez rêvé pour moi.

La comtesse étouffa un sanglot, et son regard voi
de larmes, enveloppa son fils une seconde fois.

— Tu as raison, cher enfant, répondit-elle, et
n'aurai pas la cruauté de retarder plus longtemps
réalisation du meilleur et du plus doux de tes vœux
Rien de nous retient ici, demain nous nous prépare
rons au départ, et avant la fin de la semaine, nou
rentrerons à Paris. — Cela te convient-il ?

Lucien approuva d'un geste reconnaissant. La ré
ponse de la comtesse allait au devant de ses plus im
patients désirs, et pourtant un nuage glissa sur so
front, il parut hésiter.

— Qu'y a-t-il ? interrogea la comtesse.

— Oh ! presque rien, répondit Lucien, une der
nière impression que m'a laissée l'aventure de cett
nuit et que je ne parviens pas à chasser tout à fait.

— Explique-toi.

— Eh bien, figurez-vous que, dans cette maison où
j'ai reçu l'hospitalité la plus empressée et la plus cor
diale et qui appartient au vieil Hermann, j'ai rencontré
un homme dont la vue m'a frappé plus que je ne saurais le dire.

— A quel propos ?

— Mon Dieu ! peut-être me suis-je trompé, peut-
être ai-je mal vu aussi... c'était la nuit... la salle était
mal éclairée ; et on est quelquefois le jouet de semblables illusions, et pourtant.

— Enfin.

— Enfin, il y a, entre les traits de cet homme et les
vôtres, une ressemblance qui tient vraiment du mer-
veilleux.

— Que dis-tu ?... interrompit vivement la comtesse
en se levant à demi, et quel est cet homme.

— C'est le fils d'Hermann.

— Quel âge a-t-il ?

— Vingt-cinq ans environ.

— Et son nom... n'as-tu pas entendu prononcer son nom?...

— Sa sœur l'a appelé... Rodolphe.

La comtesse retomba sur son siége, pendant qu'une pâleur livide couvrait ses joues.

Mais cette défaillance dura à peine le temps de l'indiquer ; presque aussitôt, elle pressa ses tempes de ses deux mains glacées, comme pour en chasser une idée importune, et une sorte de rictus nerveux crispa sa lèvre.

— Le hasard a quelquefois de ces caprices, dit-elle, d'un ton saccadé, et il ne faut pas y attacher plus d'importance qu'il ne convient. En ce moment, d'ailleurs, nous avons autre chose à faire que de nous occuper du vieil Hermann et de son fils Rodolphe. Dès demain, ainsi qu'il a été arrêté, nous nous préparerons au départ. Dans deux jours, tu prendras les devants avec M. Ducros, notre intendant, et dès que l'hôtel aura été mis en état à Paris, j'irai te rejoindre pour te demander l'adresse de M. Beaulieu... Est-ce cela ?

— Ah! ma mère ! ma mère !

— Voilà qui est entendu. Il se fait tard, tu as besoin de repos ; moi-même, je suis un peu fatiguée. Vas te mettre au lit, et demain nous prendrons nos dernières dispositions.

Les deux jours suivants se passèrent sans autre incident, et le matin du troisième jour, Lucien partit, accompagné de l'intendant de la comtesse, avec lequel il allait prendre le train de Paris.

Madame de Frontenay avait bien paru préoccupée depuis la conversation qu'elle avait eue avec son fils, mais ce dernier n'y arrêta pas autrement sa pensée, convaincu qu'il était que la grande démarche qu'elle allait tenter, absorbait seule l'esprit de sa mère.

Il partit donc le cœur joyeux, impérieusement attiré vers Paris, par la certitude qu'il emportait d'être bientôt l'heureux époux de mademoiselle Lucy Beaulieu.

Quant à la comtesse, elle assista presque indifférente à cette séparation qui devait être de si courte durée, mais dès que Lucien eut disparu, elle regagna vivement son appartement, et fit mander près d'elle un vieux serviteur du nom de Gérôme, qui appartenait à la domesticité du château depuis un grand nombre d'années.

Gérôme accourut aussitôt.

— Mon ami, dit alors la comtesse, je vous ai chargé avant-hier d'une mission que vous avez dû remplir avec votre zèle ordinaire. Il s'agissait de rechercher dans les environs une habitation qui appartient, m'a-t-on dit, à un nommé Hermann. L'avez-vous fait ainsi que je vous en ai prié.

— Oui, madame la comtesse.

— Vous avez vu cet homme ?

— Non madame.

— Son fils, alors.

— Lui, non plus, ils étaient tous deux absents, mais j'ai trouvé sa fille, Bertha.

— Et que vous a-t-elle appris.

— Oh ! peu de chose... il paraît que cette famille est originaire d'Alsace, qu'elle a habité la Bretagne, il y a déjà longtemps, et que le vieil Hermann n'y est revenu que depuis quelques mois avec ses deux enfants...

La comtesse réfléchit un moment. Puis elle reprit, mais, cette fois, d'un ton plus net et qui n'interrogeait plus :

— Je vous remercie, mon ami, dit-elle, et j'ai un autre service à réclamer de vous.

— Que madame la comtesse ordonne.

— Vous connaissez le chemin qui conduit à cette habitation.

— Oh! parfaitement.

— Vous allez m'y accompagner.

— Madame la comtesse désire...

— Faites atteler tout de suite, vous monterez sur le siége avec Dubois; et nous allons partir immédiatement.

Gérôme s'inclina; et peu après il revint annoncer que la victoria attendait.

La comtesse couvrit alors ses épaules d'une mante de soie, jeta un voile sur ses cheveux et sortit.

Le trajet fut vite franchi : les deux chevaux étaient excellents, le cocher avait reçu des ordres formels; en moins de trois quart d'heure, on arriva à cet endroit de la route où venait aboutir le sentier qui conduisait à l'habitation d'Hermann.

La comtesse sauta à terre.

— C'est ici! dit-elle, en se tournant vers Gérôme.

— Il n'y a qu'à suivre ce sentier... répondit le vieux serviteur.

La comtesse s'était déjà éloignée.

Elle avait serré sa mante autour de sa taille, pour comprimer sa poitrine qui battait avec force; elle ne prenait point garde à la rosée qui mouillait ses pieds chaussés de bottines légères.

Tout à coup elle s'arrêta, et jeta un cri de stupeur.

La maison qu'on lui avait désignée était bien devant elle, mais morne, silencieuse, les portes et les fenêtres hermétiquement closes!...

Il n'y avait personne...

Elle eut un mouvement de dépit, fit deux ou trois fois le tour de l'habitation, et revint finalement à la porte, à laquelle elle frappa par acquit de conscience.

Mais rien ne répondit à cet appel ; seulement, au moment où elle allait reprendre le chemin par lequel elle était venue, elle se prit à tressaillir et prêta l'oreille.

Derrière elle, elle venait d'entendre un pas d'homme froissant les feuilles sèches qui jonchaient le sentier, et elle se retourna effarée et pâle.

Il y avait à quelques pas de l'autre côté du sentier, une sorte de valet, au visage glabre, à l'allure cauteleuse et fausse, qui la regardait d'un œil inquiet et félin.

Cet homme portait une livrée que la comtesse ne se souvint pas d'avoir vue encore dans le pays, et elle se demanda en frissonnant quel pouvait être ce singulier personnage.

Ce dernier salua et s'approcha en ébauchant un humble et obséquieux sourire.

La comtesse eut réellement peur, et regretta amèrement à cette heure d'avoir laissé Gérôme à la bifurcation du chemin.

Elle fit quelques pour s'éloigner.

— Madame la comtesse s'étonne sans doute, dit alors le valet, que la maison du vieil Hermann soit abandonnée... mon maître a éprouvé tout à l'heure la même surprise, et il m'a recommandé de recueillir tous les renseignements qui pourraient l'éclairer sur cette disparition.

— Votre maître ? balbutia la comtesse tout en continuant de marcher.

— Le baron Lippari.

— Je ne connais pas ce nom dans le pays.

— Madame la comtesse doit en effet l'entendre prononcer pour la première fois... mon maître habite Paris, où il a eu l'honneur de se rencontrer quelquefois avec M. le comte Lucien de Frontenay.

La comtesse éprouva un soulagement au nom de son fils et elle commença à se rassurer.

— Vous êtes en service chez M. le baron Lippari! interrogea-t-elle!

— Oui, madame, dans le monde, on m'appelle Chrétien... Mais en domesticité. c'est François que l'on me nomme.

— Votre maître connaît donc cet Hermann ?

— Oui et non... c'est-à-dire que, venu en Bretagne pour visiter une propriété qu'il a quelque intention d'acquérir, il a voulu naturellement explorer les environs de l'habitation qu'on lui offre, et c'est ainsi qu'il a rencontré le vieil Hermann. Quel entretien mon maître a-t-il eu avec ce dernier? il me serait impossible de le dire; mais ce que je puis affirmer, c'est qu'un rendez-vous avait été pris pour ce matin, et que lorsque M. le baron est arrivé, il a trouvé la maison vide.

— Cet Hermann n'est peut-être absent que pour quelques heures.

— Que madame la comtesse me pardonne... Hermann est parti... hier soir, emmenant son fils Rodolphe et sa fille Bertha, et personne ne sait où il est allé.

Pendant ce colloque, la comtesse avait remonté le sentier qui aboutissait à la route départementale, et au bout d'un quart d'heure, elle aperçut, à quelque distance, Gérôme qui l'attendait sur le revers du chemin.

Elle s'arrêta brusquement. Gérôme n'était pas seul ! Un homme était près de lui avec lequel il s'entretenait, et la comtesse n'eut pas plutôt vu cet homme, qu'une pâleur livide couvrit ses joues...

Elle croisa vivement ses deux bras sur sa poitrine.

— Mon Dieu ! balbutia-t-elle... C'est impossible...
Ma raison s'égare... Il y a si longtemps... que je l'...
vais oublié !

Et le regard fixe, la bouche tordue, le sein gonfl...
elle s'adossa à un arbre pour ne pas tomber.

Au même instant, l'homme dont la vue avait pr...
duit sur elle une si étrange impression, salua Gérôn...
d'un geste rapide, et sans se douter de la présence ...
madame de Frontenay, il s'éloigna d'un pas déli...
béré.

— Lui ! Lui !... murmura la comtesse accablée ...
sans force : ah ! j'ai trop souffert déjà... et le ciel im...
placable ne m'aurait pas réservé une pareille épreuv...
plus épouvantable cent fois que toutes les autres !...
Mais qui... qui donc me dira quel est cet homme.

Elle se tut, glacée et haletante ; son regard venait d...
rencontrer celui de François !

Ce dernier avait la même attitude obséquieuse, l...
même sourire cauteleux et félin.

La comtesse eut comme une intuition de la vé...
rité !

— Cet homme ! cet homme ! dit-elle d'une voix ar...
dente, vous le connaissez ?

— Assurément ! répondit François, d'un ton sou...
lequel perçait une pointe d'ironie....., c'est mo...
maître !...

— Le baron Lippari.

— Lui-même !

La comtesse se tut...; elle était en proie à une agi...
tation pleine de désordre ; à plusieurs reprises, ell...
passa sa main nerveuse sur son front.

— Lui ! dit-elle encore..., mais ce serait la honte...
l'infâmie... Non ! non ! c'est impossible !... Lucien !...
Lucien !...

Et marchant d'un pas heurté vers la victoria qui

tendait, elle se jeta éperdue sur les coussins et donna ordre au cocher de retourner au château.

François était resté à sa place, le front baissé, suivant la victoria d'un œil oblique.

Quand elle eut disparu au premier tournant de la route, il se releva et fit entendre un petit gloussement de satisfaction.

— Hum! dit-il en haussant les épaules, nous avons produit notre petit effet! Allons, décidément, Jacques est un malin, et ce n'est pas encore le moment de le quitter.

Il n'acheva pas.

Un bruit s'était fait entendre derrière lui. Quand il se retourna, il aperçut le baron Lippari à quelques pas. Il avait fait un détour et était venu retrouver son fidèle valet.

Le baron était pâle, lui aussi ; un sentiment inconnu et puissant s'était emparé de cet homme d'ordinaire impassible et calme, et il n'avait pas été maître d'un premier mouvement de défaillance.

Qu'y avait-il donc entre lui et la comtesse, dans quels sombre drame s'étaient-ils rencontrés autrefois, à quel passé terrible inspirait à l'un une émotion aussi singulière, à l'autre, un trouble aussi profond !...

Le lecteur ne tardera pas à être initié à ces mystères, et nous déchirerons peu à peu au cours de ce récit, les voiles épais qui l'enveloppent encore.

Jacques demeura quelques secondes silencieux et morne, les bras croisés sur sa poitrine, le regard attaché au sol.

Mais il secoua bientôt la tête avec une sorte de violence farouche, et honteux peut-être de s'être laissé surprendre par cet attendrissement passager, il se tourna résolument vers son compagnon.

4

— Tu l'as vue !... dit-il d'une voix qui tremblait d'une dernière émotion ; elle t'a parlé... elle voulait elle aussi, interroger le vieil Hermann.

— C'est vraisemblable, répondit François ; mais elle a trouvé visage de bois.

— Et alors elle est revenue sur ses pas.

— Un peu désappointée...

— Et quand elle m'a aperçu !... continua le baron d'un ton plus âpre ; je l'observais..., j'ai surpris un tressaillement dans tout son être...

— A croire qu'elle allait se trouver mal... quoi !

— Elle m'a reconnu !...

« — Lui ! lui ! est-ce possible... mon Dieu... Ce serait la honte... l'infâmie... Lucien ! » Elle jabotait comme si je n'avais pas été là.

Et François se répandit en un rire goguenard.

Le baron appliqua sa main énergique sur les lèvres.

— Assez ! dit-il brutalement... Nous avons désormais autre chose à faire, et il s'agit de rallier Paris au plus tôt.

— Paris ! répéta François surpris.

— Est-ce que tu éprouves quelque regret à t'arracher aux délices des campagnes bretonnes.

— Je n'en éprouve aucun... Seulement, je vois avec peine que nous allons abandonner une charmante comtesse, à laquelle j'ai tout lieu de croire que nous ne sommes pas indifférents.

Le baron l'interrompit d'un geste impatient.

— Nous partirons ce soir, dit-il impérieusement... et sois tranquille, si tu tiens à revoir madame de Frontenay, tu peux être assuré qu'elle nous suivra de près dans la capitale.

Et sur ces mots, les deux hommes s'éloignèrent dans la direction de Plouaret, station du chemin de fer où ils devaient prendre le train de Paris.

V

Le baron ne se trompait pas sur les résolutions que la comtesse allait arrêter.

La malheureuse mère était rentrée au château de Kersaint, dans une situation d'esprit où l'épouvante se disputait à l'égarement.

Tout d'abord, elle avait donné des ordres pour un prompt départ.

Elle ne voulait pas rester plus longtemps loin de Lucien. Depuis deux heures, il lui semblait que leur séparation devait aboutir à quelque dénouement fatal... Elle avait peur sans se rendre bien compte de la nature du danger qu'elle redoutait... A tout événement, elle ne voulait plus quitter son fils, qu'elle était bien résolue à défendre au prix même de son repos et de sa vie.

Elle s'enferma alors dans sa chambre, et procéda elle-même aux préparatifs de son départ qui devait s'effectuer le lendemain matin.

Elle devait suivre Lucien de vingt-quatre heures.

Dès qu'elle se trouva seule, elle tenta de reprendre possession d'elle-même et rechercha dans la récapitulation des événements accomplis, les raisons de crainte ou d'apaisement qu'elle pourrait y trouver.

Elle espérait obstinément s'être trompée... elle avait mal vu... cet homme... ce baron Lippari ne pouvait être celui qu'elle avait cru reconnaître.

Et pourtant! A chaque fois qu'elle évoquait ce souvenir, un frisson mordait sa chair et des lueurs fauves passaient devant ses yeux.

Elle sentait l'abîme s'entr'ouvrir sous ses pieds; le vertige s'emparait d'elle et elle ne savait à quelle branche de salut accrocher ses mains affolées.

A un moment, elle bondit de sa place, fit deux ou trois fois le tour de sa chambre et s'arrêta enfin, les doigts comme attachés à son front.

Puis elle sourit.

Quel éclair avait tout à coup rayé les ténèbres où elle se débattait... Quelle confiance inattendue, inespérée s'était fait jour dans son cœur? — Elle s'était calmée, sa poitrine ne battait plus, les couleurs étaient revenues à ses joues.

La nuit se passa sans sommeil, mais aussi sans agitation.

Il était évident qu'elle avait pris un parti énergique, qui, momentanément du moins, avait chassé toutes ses terreurs.

Le lendemain, elle partit accompagnée d'Yvonne, sa femme de chambre.

Pendant tout le trajet, elle demeura silencieuse, absorbée dans son rêve, indifférente aux divers incidents du voyage.

A son arrivée à Paris, le soir, vers minuit, elle trouva Lucien, qu'elle avait prévenu par dépêche télégraphique et qui l'attendait.

Lucien était un peu inquiet de ce brusque retour. Mais il vit la comtesse lui sourire et oublia ses appréhensions sous les caresses de sa mère.

— Je m'ennuyais trop là-bas... après ton départ,

dit-elle, et ma foi, je suis partie... Pendant que tu m'appartiens encore, je veux te posséder sans partage.

Lucien serra avec effusion les mains de sa mère.

On rentra à l'hôtel, qui n'était point encore en ordre; mais la comtesse ne s'aperçut de rien.

Elle courut se réfugier dans son appartement, que l'on avait préparé à la hâte.

Yvonne l'y suivit.

— Madame la comtesse ne veut pas que je la déshabille, dit celle-ci en remarquant que sa maîtresse se disposait à procéder elle-même à sa toilette de nuit.

— Non, mon enfant, répondit madame de Frontenay; tu peux aller te coucher. Seulement, j'ai une recommandation importante à te faire : demain, à sept heures, tu viendras me réveiller.

— Si tôt? fit Yvonne.

— Oui... A sept heures, tu entends! et nous sortirons toutes deux.

— Où madame la comtesse veut-elle donc se rendre de si bon matin?

— Je te dirai cela demain; jusque-là, ne parle à personne de cette excursion que je médite, et prends des précautions pour que nul ne puisse nous voir sortir.

Le lendemain à sept heures, la comtesse et Yvonne quittaient furtivement l'hôtel et s'acheminaient vers la station de voitures la plus proche.

Une fois arrivées, Yvonne fit signe à un cocher, et pendant que sa maîtresse montait dans le fiacre, elle remit à l'automédon un billet où se trouvait indiquée l'adresse de la personne chez laquelle il devait se rendre.

Le cocher n'eut pas plutôt lu ce qui y était écrit, qu'il laissa échapper un geste d'inquiétude.

Mais il fit aussitôt un mouvement insouciant des épaules et, relevant les guides de ses chevaux d'une main résolue, il fit gaiement claquer son fouet.

La course dura une demi-heure, au bout de laquelle le fiacre s'arrêta à la porte d'une maison située dans une rue étroite de la cité.

Yvonne s'empressa d'ouvrir la portière et aida la comtesse à descendre.

Celle-ci avait baissé son voile; visiblement, elle tremblait; mais une résolution énergique se manifestait dans tous ses gestes.

Elle se tourna vers sa femme de chambre :

— Tu vas m'attendre ici, lui dit-elle.

— Madame la comtesse ne veut pas que je l'accompagne?

— C'est inutile. Attends-moi; je ne serai pas longtemps à revenir.

Elle franchit le seuil de la maison et alla droit à la loge.

— M. Saurin? demanda-t-elle à voix basse.

— Au second étage au-dessus de l'entresol, répondit le concierge.

La comtesse gagna l'escalier et monta lestement jusqu'au second étage, où elle s'arrêta devant une porte à laquelle pendait un cordon de sonnette qu'un long usage avait considérablement défraîchi.

Ses tempes battaient avec violence... un bourdonnement sourd emplissait ses oreilles... à chaque instant on eût dit qu'elle allait défaillir, mais une force en quelque sorte surnaturelle la soutenait.

Elle saisit le cordon et l'agita.

Presque aussitôt la porte s'ouvrit et une vieille bonne parut.

— M. Saurin, dit encore la comtesse.

— Il est occupé, mais si vous voulez me dire votre nom...

La comtesse fouilla sa poche et en tira une carte qu'elle présenta.

— Bien ! C'est bien, — fit alors la vieille... Donnez-vous la peine d'entrer... Je vais voir si monsieur peut vous recevoir.

L'attente fut courte... Quelques secondes à peine s'étaient écoulées que M. Saurin lui-même accourait au devant de madame de Frontenay.

M. Saurin était un homme d'une cinquantaine d'années, grand, sec, maigre, au visage entièrement glabre, au front élevé, au regard un peu timide.

Il salua la comtesse avec toutes les marques d'un profond respect... et l'invita silencieusement à entrer dans son cabinet.

Un instant après, ils étaient seuls.

Alors, M. Saurin désigna un fauteuil à madame de Frontenay, et pendant qu'elle y prenait place :

— Quand j'ai lu tout à l'heure, dit-il, le nom de madame la comtesse sur cette carte, moi qui ai, depuis bien longtemps, perdu l'habitude de m'émouvoir, je n'ai pas été maître d'un premier mouvement de terreur, et j'ai cru qu'un malheur était arrivé !

— Je vous remercie, monsieur, interrompit la comtesse, de l'intérêt dont témoigne cette émotion... Dieu merci, vous vous êtes alarmé trop vite... Le motif de ma visite n'a rien de précisément grave... et cependant je ne vous cache pas que de la réponse que vous me ferez... dépend peut-être le repos... la sécurité de ma vie entière.

M. Saurin s'inclina.

— Vous savez, madame la comtesse, dit-il, quelle reconnaissance je conserve pour la mémoire de M, le comte de Kersaint, votre père, à qui je dois en partie

la position que j'occupe... et tout ce que je pourra
faire pour vous être utile...

— Je connais, monsieur, le dévouement que vou
avez voué à ma famille, et c'est parce que je n'avai
aucun doute sur ce point que je n'ai pas hésité à veni
vous trouver.

— De quoi s'agit-il?

— D'un renseignement dont j'ai besoin et que vou
seul pouvez me donner.

— Parlez.

— Il y a deux jours encore, habitait dans les envi
rons du château de Kersaint une famille composée d
père, du fils et de la fille... le père s'appelle Hermann
le fils, Rodolphe... la fille, Bertha. — Voilà tout c
que je sais d'eux, et comme, sur certaines indis
crétions qui m'ont été faites à leur sujet, je dési
rais en apprendre davantage, — j'ai voulu, avant
hier, me rendre moi-même au lieu qu'ils habitent
— Mais, quand j'y suis arrivée... j'ai trouvé porte
close.

— Ils avaient disparu?

— C'est cela.

— Sans dire où ils allaient ?

— Ils n'ont cru devoir faire cette confidence à personne.

M. Saurin prit un papier sur lequel il écrivit quelques lignes.

— C'est l'a b c du métier, dit-il en même temps
avec un sourire : Hermann, Rodolphe, Bertha, ce sont
trois chances que nous avons dans notre jeu... Dès
aujourd'hui, je mettrai mes plus habiles agents en
campagne, et j'espère, avant peu, vous transmettre à
votre hôtel du faubourg Saint-Honoré le renseignement que vous désirez.

— Vous voudrez bien, n'est-ce pas, recommander la

plus grande circonspection dans les recherches que vous allez ordonner.

— Madame la comtesse peut être tranquille ; personne ne se doutera de ce que nous ferons. — Est-ce tout ce que vous aviez à me demander ?

La comtesse s'était levée et se disposait à partir. — Sur la dernière question de M. Saurin, elle parut éprouver un moment d'indécision.

— Sans doute, répondit-elle à voix lente, c'est le point important... et pour le moment...

— Ne craignez pas d'être indiscrète... j'ai dit à madame la comtesse que j'étais tout à elle.

— Eh bien !

— Parlez.

La comtesse se rassit.

— Eh bien... continua-t-elle, il est, en effet, un autre enseignement qu'il me serait agréable d'obtenir.

— Lequel ?

— Il existe, m'a-t-on dit, à Paris, depuis quelque temps un homme sur le compte duquel je voudrais être également renseignée... j'ai appris que mon fils le rencontrait quelquefois dans le monde, et vous comprenez...

— C'est bien naturel, — à l'âge de M. Lucien de Frontenay, on subit volontiers l'ascendant des natures énergiques et résolues, — et nous comptons un si grand nombre d'aventuriers dans notre bonne ville de Paris.

— C'est cela.

— Que fait l'homme dont vous parlez ?

— Je l'ignore.

— Au moins, savez-vous son nom ?

— On l'appelle le baron Lippari.

M. Saurin parut consulter sa mémoire, — puis il fit un geste vague.

— Lippari... le baron, dit-il, en remuant la têt..
ce n'est pas la première fois que j'entends prononc..
ce nom... Mais il n'éveille, dans mon esprit, auci..
souvenir précis... peut-être l'aurai-je vu figurer da..
les rapports que mes agents m'adressent chaque jo..
sur les agissements nocturnes des maisons où l'.. ..
soupe et où l'on joue... Mais cela n'implique aucu..
suspicion sérieuse, car j'ai vu passer sur ces list..
un monde étrange où toutes les classes sociales ..
trouvaient mêlées et confondues. Toutefois je gar..
note du nom, je n'oublierai pas le désir que vo..
m'exprimez, et il sera fait pour le baron Lippari ..
que je vous ai promis pour Hermann et ses enfant..

La comtesse s'était levée de nouveau, et, cette foi..
elle marchait déjà vers la porte, quand M. Sauri..
l'arrêta :

— Un dernier mot, dit-il; sans vouloir pénétrer l..
mobiles qui vous ont inspiré cette démarche, puis-j..
vous demander si vous avez quelque chose à redoute..
des personnes dont nous venons de nous entretenir. ..

La comtesse baissa les yeux sous le regard interro..
gateur de M. Saurin.

— Pourquoi cette question... balbutia-t-elle plu..
troublée qu'elle n'eût voulu le paraître.

— Elle est fort simple et n'a d'autre justification qu..
votre intérêt même... les gens qui se cachent, n'aimen..
point les curieux... et si cet Hermann, ou ce baro..
apprennent qu'ils sont observés... ne craignez-vou..
pas qu'ils ne s'ingénient et ne réussissent à devine..
votre main dans tout ceci.

— Peut-être... répondit la comtesse. Mais que fair..
en ce cas?

— Une seule chose. Ne plus commettre l'impru..
dence de revenir dans cette maison, et attendre dans..
le calme et une apparente tranquillité, que je vous..

vise de ce qui aura été fait, par les moyens sûrs que
ai à ma disposition.

— Oui, c'est cela. Vous avez raison et vous ajoutez
ncore à la gratitude que j'emporte de votre ac-
ueil.

Et ayant baissé son voile, elle descendit l'escalier
gagna la rue où elle trouva Yvonne qui l'attendait.
Elle courut aussitôt vers la voiture qui ne tarda pas
s'éloigner.

Une demi-heure plus tard, elle se trouvait dans la
hambre, où Yvonne se mettait en devoir de la dés-
abiller.

En ce moment, un bruit se fit dans la pièce voisine.

— Qui est là? demanda Yvonne.

Gérôme entra :

— C'est une lettre que l'on a apportée tout à
heure... dit-il, et je n'ai pas voulu attendre...

— Donnez! fit la comtesse.

Elle prit la lettre.

Elle ne portait aucun timbre... elle avait été remise à
main.

La comtesse en brisa vivemement le cachet.

Mais elle n'en eut pas plutôt parcouru le contenu,
ue ses yeux se fermèrent comme sous l'impression
'une vive douleur : Ses bras retombèrent le long de
on corps, et la lettre alla rouler sur le tapis.

Cette lettre ne contenait que les quelques lignes sui-
antes :

« MADAME,

» Vous vous êtes rendue, ce matin, chez M. Saurin,
— pourquoi, — je m'en doute, — prenez garde? — et si
ous tenez à ce que votre fils Lucien vive, ne renou-
elez pas vos tentatives d'indiscrétion.

» UN AMI. »

VI

La malheureuse mère passa une journée affreuse à
la suite de la réception de cette lettre.

D'où venait-elle? qui l'avait écrite?...

Elle ne savait à quelle supposition s'arrêter, et
quoi qu'elle fit, elle se heurtait fatalement à l'inconnu.

Elle appela Gérôme, et vingt fois elle l'interrogea le
cœur palpitant, en proie à des terreurs sans nom.

— Voyons... parle... T'es-tu informé, disait-elle,
qui a reçu cette lettre que tu m'a remise, et se rap-
pelle-t-on qui l'a apportée?

— J'ai fait appel à tous les souvenirs, répondait in-
variablement Gérôme. C'était pendant l'absence de
madame la comtesse; ce matin, Jean était à la loge,
et il croit se souvenir que la lettre a été apportée par
une femme.

— Et qu'a-t-elle dit?

— Rien, ou à peu près; elle a demandé si madame
était à l'hôtel, et elle a prié de remettre ce billet dès
qu'elle serait rentrée.

Madame de Frontenay mordait ses lèvres, tordait
ses bras. Elle appelait la lumière et se perdait dans les
ténèbres.

Cependant une chose émergeait des termes de la

ttre : son fils menacé!... Elle ne voyait rien au delà
comprenait que c'était lui surtout qu'il fallait pro-
ger.

Après avoir mûrement réfléchi, elle écrivit à M. Sau-
n ce qui se passait et lui envoya en communication
billet qu'elle avait reçu.

Cela fait, elle parut un peu soulagée.

Elle avait expressément recommandé à Gérôme de
e point parler à Lucien de cette aventure; elle ne vou-
it pas donner à son fils le soupçon des inquiétudes
nt elle était tourmentée.

A déjeuner, elle s'efforça d'être gaie, et, en la voyant
jouée et souriante, le jeune comte ne se douta de
en.

D'ailleurs, l'idée d'un danger quelconque était si
in de sa pensée!

Il ne songeait qu'à son bonheur prochain; il avait
pris déjà que Lucy n'était point encore de retour à
aris; mais on lui avait dit qu'elle ne devait pas tarder
revenir.

Il ne s'occupait et ne parlait que d'elle.

Aussi, quand madame de Frontenay proposa à son
s de ne pas la quitter et de passer avec elle le
ste de la journée, Lucien accepta avec empresse-
ent.

Sa mère n'était-elle pas son confident le plus bien-
illant qu'il pût espérer.

Vers trois heures, ils partirent dans une calèche
couverte et prirent la direction du Bois.

L'air était calme; des milliers de voitures sillon-
aient l'avenue des Champs-Élysées; au loin sur un
nd d'or, se découpaient des massifs de verdure aux
ns fauves et roux.

Un souffle tiède passait sur sa lèvre; elle voyait
ler et venir à ses côtés, tout le Paris élégant et ti-

tré, et son fils, le comte Lucien de Frontenay é[...]
auprès d'elle !

Les craintes auxquelles elle s'était arrêtée, lui s[...]
blèrent vraiment puériles et elle ne voulut pas s[...]
préoccuper davantage.

Ils avaient dîné tous les deux dans un cabaret à [...]
mode, et depuis le moment du départ jusqu'à ce[...]
du retour, il ne fut question entre eux que de ma[...]
moiselle Lucy de Beaulieu.

La comtesse avait tout oublié et ne sentait mê[...]
pas la fatigue de la nuit passée en chemin de fer. [...]

Mais Lucien y songea pour elle, et ce fut lui [...]
donna l'ordre de rentrer.

Quand elle l'entendit s'adresser au cocher, qua[...]
elle comprit bien que cette journée était finie, m[...]
dame de Frontenay vit tout à coup revenir ses appr[...]
hensions.

Pour la première fois depuis le matin, elle se ra[...]
pela la réalité... et de nouveau elle eut peur...

Il lui sembla qu'un malheur l'attendait à l'hôtel. [...]

Lorsque la voiture s'arrêta dans la cour, Luci[...]
voulut l'accompagner jusqu'à sa chambre. Elle s[...]
refusa.

— Non, dit-elle; décidément je suis fatiguée et [...]
vais me mettre au lit tout de suite. Demain, nous r[...]
prendrons une conversation que nous n'avons p[...]
épuisée aujourd'hui.

Puis, elle franchit le vestibule, et monta à son a[...]
partement.

Elle trouva Gérôme qui l'attendait sur le seuil.

Elle se retourna vers lui avec un pressentiment dou[...]
loureux.

— Qu'y a-t-il, dit-elle ; et que voulez-vous ?

Le vieux serviteur remua la tête.

— Que madame la comtesse m'excuse, répondit-il.. [...]

est qu'il y a là un homme qui a demandé à lui parler.

— Quel est cet homme?

— Il n'a pas dit son nom.

— Mais que veut-il.

— Il ne le confiera qu'à madame la comtesse... seulement, il m'a prié de vous remettre cette carte dès que vous seriez rentrée...

La comtesse jeta les yeux sur la carte qu'on lui présentait : elle devint affreusement pâle.

— Cet homme est ici? demanda-t-elle aussitôt, d'une voix tremblente

— Il y a deux heures qu'il attend.

— Eh bien! allez le chercher sur-le-champ... et dès que vous l'aurez introduit.,.. vous me laisserez seule, jusqu'à ce que je vous appelle.

Quelques secondes plus tard, Gérôme entrait, suivi d'un homme dont l'extérieur banal n'avait rien qui fût de nature à attirer le regard... Il pouvait avoir quarante ans au plus... Il portait un large paletot et un pantalon d'étoffe brune, et sa physionomie était celle d'un bon et paisible plumitif...

Il salua humblement la comtesse.

— Vous venez de la part de M. Saurin, dit madame de Frontenay d'un ton rapide et bas... C'est bien lui qui vous envoie?

— Oui, madame, répondit l'inconnu...

— Que vous a-t-il chargé de me dire?

— Peu de chose, en apparence. — M. Saurin a reçu ce matin le billet que vous lui avez envoyé en communication, et immédiatement, il s'est occupé de chercher celui qui avait pu l'écrire; or, ce billet sortait évidemment de l'officine d'un écrivain public... et il devait être facile de remonter à la source... C'est qui a eu lieu; la communication nous est parvenue

vers neuf heures, et à midi nous savions à quoi nous
en tenir.

— Comment.

— Je m'explique..., l'écrivain public auquel on s'é
adressé, ne nous a rien caché. C'est ce matin mêm
que l'on est venu le trouver.

— Qui cela?

— Une femme.

— Et vous la connaissez?

— Depuis longtemps.

— Mais alors.

L'inconnu sourit.

— Oh! il n'y a rien de fait..., répondit-il; d'abord
j'ai reçu de M. Saurin des instructions précises, et
m'est interdit de dépasser les limites qu'il a lui-mêm
imposées à ma discrétion. Voici donc ce que l'on m'
chargé de dire à madame la comtesse. La femme don
il s'agit s'appelle *Lolotte* dans le monde où elle vit ac
tuellement; mais elle s'est appelée *Pompom* dans l
monde qu'elle fréquentait auparavant, et qui ne valai
guère mieux. Peut-être mademoiselle *Pompom* n'est
elle pas tout à fait inconnue à M. le comte Lucien d
Frontenay, et dans cette hypothèse, la chose se rédui
rait à une simple affaire de chantage. Madame la
comtesse peut donc se rassurer complétement... e
s'il se produisait quelque accident plus grave, elle
peut s'en rapporter à nous.

— Est-ce tout ce que vous avez à me dire?

— C'est tout.

— Remerciez donc M. Saurin de ma part, et priez-le
de ne pas oublier les autres renseignements que je lui
ai demandés.

La comtesse resta seule.

Elle se sentait moins inquiète depuis qu'elle avait
acquis la certitude qu'une puissance occulte et redou-

able veillait sur son fils et sur elle... Mais que de trouble encore dans son esprit, et que de tourments dans son cœur.

Hélas, la pauvre mère ne se doutait pas des effroya-bles épreuvres qui l'attendaient à quelque temps de là !...

VII

Deux mois s'étaient écoulés. Paris avait repris s[...] vie de plaisirs insouciants, les étrangers affluaient su[...] les boulevards ; et chaque quartier s'emplissa[...] du bruit invitant des bals et des fêtes de toutes sorte[...]

On était au commencement de décembre.

Le ciel était clair, la bise soufflait âpre et froide [...] l'angle des rues ; l'horloge du Palais de Justice mar[...] quait dix heures.

A ce moment un homme de moyenne taille, chauss[...] de souliers vernis, cachant sous son ample paletot[...] un habit noir, une cravate et un gilet blancs, s'en[...] gagea dans une rue étroite et sombre de la Cité, e[...] alla frapper deux coups à la porte d'une maison qu[...] portait le nº 3.

La porte s'ouvrit aussitôt, et l'homme en franchit l[...] seuil.

Puis, il alla droit à la loge.

— M. Saurin est chez lui ? demanda-t-il, en s'a[...] dressant à une vieille femme qui se chauffait à ur[...] grand poêle de fonte.

— Oui, M. Secrétain, répondit la vieille, il est che[...] lui... Et vous pouvez...

Elle n'acheva pas.

M. Secrétain venait d'entr'ouvrir son paletot et avait laissé voir l'habit noir et le gilet blanc.

La vieille joignit les mais :

— Seigneur Dieu !... s'écria-t-elle... comme vous voilà beau !... Ah ! çà, nous allons donc dans le vrai monde, ce soir !

— Ce n'est pas défendu, je pense !..... répliqua M. Secrétain ; et j'espère qu'on y fera une certaine figure.

— Pardine... tout comme les autres et sans vous commander, peut-on vous demander où vous allez ?

M. Secrétain esquissa un sourire.

— Si on vous le demande, madame Durand, dit-il sur un ton ironique, vous répondrez que vous n'en avez rien... et vous ne mentirez pas !

Sur ces mots, il gagna l'escalier qui conduisait à l'appartement de M. Saurin !

M. Saurin était plus difficile à contenter que la mère Durand, et, cependant, après un examen attentif, se déclara satisfait de la tenue de son agent.

Pas mal ! Pas mal !... dit-il, en continuant de l'observer, vous vous formez, monsieur Secrétain ; et je commence à croire que nous ferons quelque chose de vous.

Secrétain se redressa avec orgueil.

— Que faut-il que je fasse ? interrogea-t-il, et qu'attendez-vous de moi ?

— Je vais vous le dire... la chose est complexe et demande beaucoup de tact... Vous allez vous trouver dans un monde que vous n'avez pas l'honneur de fréquenter d'habitude, et il importe que vous ne laissiez paraître aucun étonnement de vous y trouver. Regardez donc et écoutez discrètement, tout en tenant bonne note de ce que vous remarquerez. Mais ce sont là des observations générales, et il y a surtout deux points principaux sur lesquels j'appelle votre attention.

— De quoi s'agit-il ?

— Vous rencontrerez dans ce monde deux personnages dont nous nous sommes déjà entretenus, et que
nous filons depuis près de deux mois sans être parvenus à les pénétrer. Je n'ai pas besoin de vous les désigner davantage.

— Je sais ce que parler veut dire.

— A la bonne heure... Vous ne les quitterez pas de
l'œil ; vous ouvrirez l'oreille à leurs discours, au besoin vous les suivrez à l'issue de la soirée... et vous
viendrez demain me rendre compte de ce qui se sera
passé.

— Vous pouvez compter sur moi..., dit M. Secrétain.

M. Saurin était allé à un petit meuble placé dans un
angle de la pièce, il en avait tiré un rouleau d'or.

— Vous pouvez être obligé à engager quelque partie
d'écarté ou de whist, ajouta-t-il, en lui mettant le
rouleau d'or dans la main ; ne craignez pas de jeter
quelques louis sur le tapis ; la nuit est longue et cela
vous reposera. Toutefois, je n'ai pas oublié que vous
avez été joueur autrefois, et prenez garde de vous
laisser entraîner.

— Ce sont des erreurs de jeunesse... avec lesquelles
j'ai rompu depuis longtemps...

— C'est votre affaire... et vous tenez peut-être tout
votre avenir entre vos mains ; vous m'avez compris ?

— Oh ! à merveille. — N'avez-vous pas d'autre recommandation à m'adresser...

M. Saurin réfléchit un moment, et son visage prit
une singulière expression d'ironie.

— Peut-être, répondit-il tout en songeant, dans les
salons où vous vous rendez, vous rencontrerez madame la comtesse de Frontenay.

— C'est probable.

— Eh bien ! sans que nul au monde puisse se douter de rien... Observez-la... ne perdez rien de son attitude, et voyez comment elle se comportera au milieu des incidents qui peuvent se produire.

— Quoi ! elle aussi...

— Qui sait ! fit M. Saurin, j'ai mon idée... Tout est possible ; et vous serez plus malin que moi, monsieur Secrétain, si vous parvenez jamais à pénétrer ce phinx moderne que l'on appelle la femme... Allez donc ! n'oubliez rien de ce que je vous ai dit, et croyez qu'il vous sera tenu compte de l'adresse que vous aurez déployée en cette circonstance...

M. Secretain salua son maître, comme il eût salué un ministre, et bientôt après, il s'éloignait et descendait dans la rue.

A quelques pas de là, sur le quai, il y a une station de voitures.

Il avisa un cocher qui dormait sur le siége de son fiacre et le réveilla.

— Où faut-il vous conduire, bourgeois ? demanda le cocher en se secouant.

— Rue de Grenelle, au ministère, répondit Secrétain.

Et il monta dans le fiacre.

Au moment où il se disposait à en fermer la portière, le cocher se pencha vers lui.

— Vous savez que c'est à l'heure ! lui dit-il, il y a bal, cette nuit, au ministère, et faudra prendre la file.

— Prends ce que tu voudras... fit Secrétain, mais surtout arrange-toi pour arriver !...

La voiture partit.

Ainsi que l'avait dit le cocher, il y avait fête cette nuit-là au ministère de la rue de Grenelle-Saint-Germain, et ils n'eurent pas plus tôt atteint la rue du Bac, qu'il durent prendre la file et que, par conséquent, ils n'avancèrent plus qu'au pas.

C'était le premier bal de la saison..., il devait être splendide. On avait fait des invitations nombreuses; une grande partie de Paris allait se trouver là.

La comtesse de Frontenay et Lucien y arrivèrent des premiers.

Mademoiselle Lucie Beaulieu était de retour depuis quelques semaines déjà. Lucien l'avait revue au Bois, au théâtre; mais il ne lui avait pas parlé encore, et ce bal du ministère était la première occasion favorable qui se fut présentée.

Il avait hâte de la revoir !

A tort ou à raison, il avait cru remarquer sur le visage un peu pâle de la jeune fille, la trace de soucis récents... Son regard exprimait bien toujours la même tendresse; à certains symptômes particuliers auxquels les amoureux ne se trompent pas, il ne pouvait douter qu'elle conservât dans son cœur l'amour sincère et naïf qu'elle lui avait voué... et pourtant il y avait comme une ombre sur son front, comme un voile devant ses yeux.

Aussi, Lucien ne laissait-il aucun repos à sa mère; il lui semblait que l'heure du départ ne sonnerait pas; et quand la voiture dût prendre la file ainsi que les plus humbles fiacres, il s'imagina que quelque génie malfaisant s'acharnait après son bonheur, et qu'il n'arriverait jamais à la fête où il se rendait.

La comtesse le consolait de son mieux, sans réussir à lui faire prendre patience.

Enfin, ils arrivèrent...

Les salons commençaient à s'emplir, et pour complaire à son fils, après avoir fait un tour, appuyée sur son bras, elle revint s'asseoir à peu de distance de la porte d'entrée, dans une petite pièce d'où l'on entendait l'huissier du ministère annoncer les personnes qui se présentaient.

Une demi-heure se passa de la sorte, puis tout à coup Lucien bondit de sa place et se dressa le corps penché, à l'appel d'un nom qui avait fait tressaillir son être tout entier.

Mademoiselle Lucy Beaulieu passait devant lui au bras de son père !...

Leurs regards se rencontrèrent, et Lucien sentit son cœur se serrer.

Ce n'était plus l'enfant rieuse et charmante qu'il avait rencontrée à Trouville ! Maintenant, elle semblait triste et soucieuse, et dans le regard qu'elle lui adressait, on eût dit qu'elle avait voulu mettre toute l'amertume, tout le désespoir d'une âme déchirée !

Que s'était-il passé ?... De quel mal inconnu souffrait la pauvre enfant ?... Il y avait là un mystère qu'elle seule pouvait révéler.

Madame de Frontenay était en ce moment entourée de quelques amies. Il la quitta brusquement et suivit les pas de mademoiselle Beaulieu.

Il la rejoignit dans le grand salon où son père l'avait laissée en compagnie d'une parente, et comme Lucien se disposait à lui adresser la parole, la jolie enfant se pencha vivement à son oreille :

— Il se passe des choses graves, dit-elle à voix rapide et basse... il faut que je vous parle, je vous ai réservé le premier quadrille... ne l'oubliez pas... je compte sur vous !

Lucien eut la force de se contenir.

Il se contenta de saluer et alla se perdre dans la foule.

Mais sa poitrine battait à se rompre... tout un monde de pensées envahissait son cerveau ; il se demandait s'il n'était pas le jouet de quelque rêve affreux.

Il avait bien entendu cependant... il se passait des choses graves... Lucy désirait lui parler, et s'il voyait dans ce désir exprimé de la pauvre enfant un aveu où s'affirmait naïvement son amour effrayé, il y devinait aussi un danger dont il était menacé.

La foule était maintenant compacte et serrée..., c'était une véritable cohue d'où s'élevait un murmure confus de voix que dominaient de temps en temps les éclats de rire jetés par de jeunes femmes qui cherchaient à se frayer un passage à travers les flots houleux des habits noirs.

Madame de Frontenay s'était réfugiée avec quelques amies, dans un boudoir situé au fond des appartements ; elle laissait son fils tout entier à son amour... elle ne voulait intervenir qu'au moment psychologique... et attendait, confiante, que les premiers accords de l'orchestre eussent rapprochés les deux amoureux.

Toutefois, un incident se produisit alors qui pendant quelques minutes, vint changer le cours de ses préoccupations...

Elle songeait à Lucien... et ne prêtait qu'une oreille distraite aux caquetages des amies qui l'entouraient, quand tout à coup elle fit un mouvement, et une flamme éclaira son regard...

— Qu'avez-vous ? dit madame de Frileuse, qui était près d'elle.

— Rien... ce n'est rien... répondit-elle, en se remettant aussitôt.

Et madame de Frileuse n'insista pas.

Ce que la comtesse avait vu était aussi inattendu que bizarre : à quelques pas d'elle, dans l'embrasure d'une fenêtre, un homme était venu s'adosser, et, du premier regard, elle avait reconnu dans cet homme l'agent qui lui avait été envoyé un matin par M. Saurin.

Que faisait-il là ? quel rôle venait-il jouer dans ce monde où il n'eût jamais dû être admis ?

La comtesse se perdait en suppositions, et elle en arriva bien vite à penser que s'il se trouvait dans ce boudoir, c'est qu'il y avait été envoyé par M. Saurin

Elle frémit et se leva comme si elle eût voulu aller à la rencontre de Secrétain.

Mais à ce moment même, les premiers accords de l'orchestre se firent entendre, et force lui fut de rester à sa place.

La confusion s'était changée en désordre ; durant quelques secondes, ce fut une mêlée indescriptible. Cependant l'ordre ne tarda pas à se rétablir et les quadrilles finirent par s'organiser tant bien que mal dans le grand salon.

Lucien était au premier rang, tenant sur son bras le bras de mademoiselle Beaulieu.

Et pendant que chacun se démenait à la recherche d'un vis-à-vis, il ne prenait garde à rien et ne songeait qu'à interroger la jolie enfant.

— Oh! que vous êtes bonne, et combien je vous suis reconnaissant, disait-il à voix basse ; il y a si longtemps que je ne vous avais vue, et si vous saviez que de choses j'ai à vous dire !

La jeune fille sourit doucement :

— Prenez garde... interrompit-elle ; vous ne vous occupez pas de prendre rang dans le quadrille qui se forme, et tout à l'heure nous ne pourrons pas danser.

Lucien l'enveloppa d'un regard enivré.

— Y tenez-vous donc... beaucoup, dit-il d'un même ton.

— Moi!... oh! pas le moins du monde.

— Eh bien !... Figurons-nous que nous n'avons
trouver place; asseyons-nous ici... au milieu de ce
foule qui ne s'intéresse guère à nous, et expliquez-m
le sens des paroles que vous m'avez dites et qui m'o
effrayé...

— Vous le voulez... fit Lucy avec une adorable ca
deur...

— Je vous en prie...

— Soit donc... Ce n'est pas mal d'ailleurs, ce que no
faisons... Et puis... quand je vous parle... tenez, il n
semble toujours que Dieu est là qui m'écoute...

Le jeune comte serra à la dérobée les mains de
jolie enfant, et ils allèrent s'asseoir à quelques pas.

— Maintenant... nous voici seuls, dit-il, parlez
parlez... et apprenez-moi...

— Il y a deux choses, répondit mademoiselle Beau
lieu, deux choses qui m'ont impressionnée plus que
ne saurais dire, et qui, à l'heure où je vous parl
m'inspirent encore une sorte d'épouvante.

— Qu'est-ce donc? demanda Lucien, vivement i
trigué.

— Et d'abord, vous vous rappelez, n'est-ce pas, l'hi
toire de ces deux mois passés à Trouville. A partir d
jour où je vous vis pour la première fois, je ne sais pa
pourquoi, mais il me fut impossible de penser à autr
chose.

— Chère Lucy !

— Vous étiez toujours présent à ma mémoire... e
je compris bien tout de suite qu'il se passait en mo
quelque chose d'extraordinaire. D'ailleurs, vous étie
toujours où j'allais, sur la plage, au Casino, que sais
je, partout enfin.

— C'est que je vous aimais.

— Je l'avais deviné... Du moins, il me semblai
qu'il n'y avait que cette raison à donner à votre assi

luité de chaque instant... mon père lui-même la remarqua, j'en suis sûre, et comme il ne me gronda pas,
comme il ne me fit même aucune remontrance, moi,
e pris la douce habitude de vous voir, et dès ce moment
il me sembla que c'était Dieu lui-même qui vous avait
envoyé sur mon chemin comme l'époux destiné à ma
vie. Vous voyez, monsieur Lucien, je me montre telle
que je suis, et je vous dit tout sans honte.

— Ah! c'est ainsi que je vous aime!

— Eh bien! que s'est-il passé? Quelles choses a-
-on-dites à mon père. Je l'ignore, et je me creuse en
vain l'esprit pour le deviner... Mais! depuis mon retour, il n'est plus le même.

— Peut-être, trouve-t-il que j'ai trop tardé à demander votre main.

— Ce n'est pas cela... mon père m'aime tant que,
par une susceptibilité étroite, il ne voudrait pas compromettre mon bonheur.

— Qu'y a-t-il alors?

— Je ne sais... mais ce qui est survenu n'est pas
naturel, et certainement, il y a quelque chose de
grave...

Lucien eut un sourire.

— Demain, dit-il, j'espère que ce nuage qui a jeté
son ombre sur notre bonheur sera dissipé; ma mère
est ici; demain, elle verra M. Beaulieu; et quand elle
lui aura dit que nous nous aimons, votre père n'aura
plus d'objection à nous opposer.

— Dieu le veuille.

— Moi, je ne doute pas; sur ce point, reprenez confiance, et dites-moi...

La jolie enfant garda un instant le silence, et le jeune
homme vit ses épaules remuer comme si un frisson les
eût effleurées.

— La seconde chose que j'avais à vous confier, dit-

elle, est toute différente, et vient peut-être uniqu[...]
ment de ma sensibilité excessive qui me provoq[...]
parfois à l'exagération. Depuis mon retour, j'ai [...]
plusieurs fois au bois, avec mon père, et chaque f[...]
nous avons été suivis, presque impertinemmen[...]
par un cavalier qui ne nous quittait qu'à la re[...]
trée.

— Et quel est ce cavalier? demanda le jeune com[...]
avec un froncement énergique des sourcils.

— Je l'ignore.

— L'avez-vous vu auparavant?

— Jamais, ni à Trouville, ni à Paris, ni null[...]
part...

— C'est étrange!

Lucien serra ses deux poings avec violence.

— Voilà qui est d'une rare insolence, dit-il d'u[...]
ton mal contenu; mais, soyez tranquille, dès demai[...]
je vous réponds que ce manége aura cessé...

— Lucien!

— Qu'avez-vous?

— N'ajoutez pas, je vous en supplie, aux tourment[...]
dont mon cœur est plein... Je vous défends de rechercher cet homme.

— Au moins, serais-je désireux de le voir. Il es[...]
jeune?

— Oui.

— Élégant?

— Élégant aussi...

— Mais alors il doit avoir un nom, et...

La parole s'arrêta glacée sur ses lèvres: il venait
de sentir la main de Lucy se crisper sur la sienne et
vit son regard terrifié se diriger vers un angle du grand
salon.

— Lucy! fit-il à voix ardente et basse.

— Cet homme! cet homme!

— Il est ici ?

— Oui... Regardez là... là...

Et le comte suivit l'indication qui lui était donnée.

Ce fut comme un coup de foudre !

Dans la direction indiquée, il y avait, en effet, un jeune homme de taille élevée, mis avec un goût exquis, et dont la lèvre était estompée par une fine moustache noire qui tranchait sur la matité de la peau...

Il s'était adossé nonchalamment à l'une des fenêtres et son regard, perdu dans une contemplation extatique, s'attachait avec une fixité obstinée sur mademoiselle Beaulieu.

Le jeune comte passa à plusieurs reprises ses deux mains sur son front... une stupéfaction inerte se peignait sur ses traits et ses lèvres semblaient remuer dans le vide.

— Rodolphe... le fils d'Hermann ! balbutia-t-il enfin... comment se trouve-t-il ici ?

— Vous connaissez donc cet homme ? interrogea vivement Lucy...

— Oui... oui, je le connais, répondit le comte, mais rien ne pouvait me faire prévoir que je le rencontrerais à ce bal.

— Et qui est-il ?

Lucien ne put répondre, le quadrille finissait, chaque couple regagnait sa place... le moment était venu de reconduire mademoiselle Beaulieu à la sienne.

— Vous m'avez inscrit pour un autre quadrille... demanda le comte en souriant.

— Pour le quatrième !... répondit la jolie enfant avec une franchise presque effrontée à force d'être naïve...

Le comte n'en demanda pas davantage et se mit à la recherche de Rodolphe, le fils d'Hermann.

Car c'était bien lui!

Et ce qui lui était arrivé depuis son retour de Bretagne constituait bien la plus bizarre aventure qui se puisse imaginer.

Il n'est pas hors de propos de la raconter.

VIII

Il y avait un mois qu'il était à Paris, et il habitait à Passy, une charmante petite maison, située entre cour et jardin, à deux cents mètres environ du bois de Boulogne.

Rodolphe vivait là, avec Hermann et Bertha, comme il avait vécu jusqu'alors, un peu concentré et rêveur, donnant une partie de ses journées à la lecture ou à la promenade, et passant généralement ses soirées auprès de sa sœur qui s'occupait à quelques travaux de broderie.

C'était un intérieur calme, régulier, mais bien monotone pour un jeune homme de l'âge de Rodolphe.

Bertha, elle, ne s'était jamais plainte : elle avait, de bonne heure, borné sa vie entre les limites étroites de cet horizon d'affections pures... et, pourvu qu'elle sentît vivre son père et Rodolphe à côté d'elle, elle ne demandait rien autre chose à Dieu...

Rodolphe n'avait pas la même résignation.

En apparence, on pouvait le croire heureux et satisfait du sort modeste qui lui était réservé. En réalité, il était tourmenté de mystérieuses aspirations et il avait passé bien des nuits le front dans la main, le

coude sur son oreiller suivant les visions d'un rê
impossible qui l'emportait vers le monde de l'infini
de l'inconnu !

C'est surtout depuis qu'il était revenu à Pa
que l'état de son esprit s'était sensiblement m
difié.

Il sortait plus souvent et consacrait moins de tem
à ses lectures favorites.

Le matin, après déjeuner, il quittait Passy et s'e
fonçait sous les allées du bois.

Il ne rentrait guère que le soir, aux premières on
bres de la nuit... plus triste, plus préoccupé qu'
moment où il était parti...

Le viel Hermann ne paraissait se douter de rie
Lui-même était soucieux, et on ne le voyait que rar
ment.

Seule, Bertha observait tout, et le changement q
s'opérait dans l'esprit de Rodolphe l'avait frappée d
le premier jour.

Elle n'en dit rien ; elle espérait que le temps calme
rait ce désordre momentané, dû peut-être à l'influenc
que Paris exerce sur toutes les natures ardentes
jeunes. Elle redoublait de soins exquis, l'entoura
d'attentions plus délicates, et attendait confiante
l'effet de cette tendresse fraternelle sur le cœur trou
blé de Rodolphe...

Ce fut en vain..

Évidemment, il se passait en lui quelque chos
d'extraordinaire... jamais elle ne l'avait vu ainsi
et elle eut alors comme une vague intuition de la vé
rité.

Une fois entre autres, elle tenta de l'interroger,
cherchant à pénétrer la cause secrète de ce changement qui commençait à lui faire peur...

Au moment où il allait se retirer, un soir, elle le re-

int et lui prit la main, qu'elle serra dans les siennes
lus affectueusement qu'une sœur n'eût pressé la main
'un frère.

— Rodolphe, dit-elle d'un accent brisé, Rodol-
he... qu'as-tu donc ; depuis quelque temps tu es ta-
iturne et sombre, tu nous caches quelque chose, qu'y
-t-il?

Rodolphe s'efforça de sourire et se dégagea douce-
ent de l'étreinte de sa sœur.

— Es-tu folle, répondit-il d'un air contraint, quel se-
ret veux-tu que je te cache à toi, si bonne, si aimante,
i dévouée.

— Cependant, tu es triste.

— Peut-être.

— Tu souffres.

— Je ne dis pas non.

— Et tu ne veux pas me mettre de moitié dans ton
hagrin !

Rodolphe remua la tête.

— Eh ! je n'ai pas de chagrin, répliqua-t-il. Seule-
ent, depuis quelque temps, c'est vrai, j'éprouve de
ingulières défaillances. Je me demande où me mè-
era jamais cette existence inoccupée et oisive à la-
uelle on me condamne. Il me semble que j'ai un autre
ôle à remplir, et j'ai hâte de me jeter dans cette mêlée
e la vie où je dois avoir ma place à prendre.

Bertha le regarda avec un étonnement douloureux,
ais en même temps son visage s'éclaira d'un rayon
éleste.

— Est-ce bien là réellement ce qui te tourmente, dit-
lle d'un ton mélancolique et doux.

— Mais... assurément ! balbutia Rodolphe.

— C'est bien vrai !

— Ai-je jamais menti?...

— Non... tu as raison... et je te crois !... Mais

6

prends garde, vois-tu. Ce que tu rêves... c'est
lutte... le danger... que sais-je? Peut-être cherches-
tu le bonheur trop loin, et je tremble à la pensée
qu'un jour, tu pourrais...

Rodolphe attira la belle enfant sur sa poitrine et
oublia ses lèvres sur son front.

— Je t'aime, ma petite Bertha... je t'aime... dit-il
d'un accent ému... et rappelle-toi bien cette heure où
ton cœur alarmé fait un appel au mien... — quoi
qu'il arrive, — quelque destinée que l'avenir me réserve... tu seras toujours ma sœur bien-aimée... et je
n'oublierai jamais les joies pures de notre enfance
commune !...

Bertha demeura quelques secondes pâle et tremblante sous le chaste baiser de son frère ; puis s'arra-
chant tout à coup de ses bras, elle leva sur lui un
regard baigné de tendresses ineffables, et s'enfuit par
l'escalier du premier étage ; Rodolphe, un moment
surpris de cette brusque disparition, ne tarda pas lui-
même à regagner la chambre où il couchait.

Rodolphe avait menti à Bertha... pour la première
fois de sa vie peut-être, il ne lui avait pas dit la vérité...

C'est qu'aussi une confidence plus complète l'eût
bien embarrassé...

Un fait singulier s'était produit tout récemment qui
avait jeté un trouble profond dans sa vie !

Il y avait quelques jours de cela... par une tiède
après-midi... dans une des allées du bois de Boulogne...

Il marchait lentement le front baissé, respirant les
senteurs de l'automne, suivant le sentier où le soleil
tamisait ses rayons d'or.

Paris était là, à quelque pas, en faisant son tapage
assourdissant ; il voyait les grandes avenues sillon-

ées de voitures armoriées, il entendait des voix de
femmes qui mêlaient leur doux caquetage au bruit
mailleur de la cascade. D'élégants jeunes gens passaient
montés sur des chevaux de race. C'était un éblouissement à donner le vertige, un mouvement oisif, presque
voluptueux, qui indiquait une vie à part, toute faite
de luxe, de plaisir et d'insouciance.

Le malheureux sentait sa chair frissonner au contact
de cet air qui le pénétrait, et il ouvrait sa lèvre avide,
comme pour saisir au passage quelques effluves de
cette atmosphère chargée de principes capiteux.

Lui aussi, il voulait vivre. Lui aussi, il voulait
plonger, ne fût-ce qu'un jour, une heure! dans cette
existence qui se présentait si pleine de promesses et
d'excitations.

Tout à coup, une voix domina le silence du Bois, et
il n'eut que le temps de se rejeter sur le revers du
sentier pour laisser passer une élégante calèche qui
venait derrière lui.

Machinalement, il regarda.

Dans la calèche, il y avait un vieillard et une jeune
fille.

Il ne vit que celle-ci...

Une enfant!... seize ans à peine, avec de long cheveux blonds qu'elle laissait flotter jusque sur ses
épaules, et qui faisaient un nimbe d'or à son front...
Elle était enveloppée dans un burnous blanc dont sa
petite main gantée retenait les plis sur sa poitrine, et
penchée nonchalemment au fond de la voiture, elle
promenait à droite et à gauche les regards naïvement
curieux de ses beaux yeux bleus.

La calèche avait disparu depuis quelques minutes,
que Rodolphe ne songeait pas à se retirer.

Une sensation inouie s'était emparée de tout son
être... Le rêve qu'il poursuivait avait pris tout à coup

une forme, et il ne pouvait l'éloigner de son esprit!..

Le lendemain et les jours suivants, il revint au Bo
à la même heure, et chaque fois, il revit la belle jeun
fille, en compagnie de son père.

Quand, par hasard, elle manquait de venir, Ro
dolphe l'attendait jusqu'au soir; et il ne se résigna
à reprendre le chemin de Passy que lorsque la nu
était tout à fait venue!

Il aimait d'un amour insensé... sans espoir... ridi
cule même...

Mais que lui importait! — Il ne demandait pas en
core à être aimé... et il lui suffisait d'aimer seul, dan
l'isolement, dans la nuit, avec l'image adorée de l'in
connue.

C'est sur ces entrefaites, que lui arriva l'aventur
que nous avons à raconter, et qui devait apporter un
changement si inattendu dans son existence.

Un jour il se trouvait, selon l'habitude qu'il er
avait prise, dans le sentier par lequel la jeune fille e
son père passaient régulièrement toutes les après-
midi.

Ce sentier est généralement peu fréquenté, et jusqu'alors Rodolphe n'y avait rencontré personne.

Mais ce jour-là, comme il venait de prendre place
sur le revers de la route et que déjà le bruit de la calèche, qu'il eût distinguée entre mille, se faisait entendre, un homme déboucha tout à coup à l'extrémité
du sentier, et voyant venir la voiture, il sauta lestement sur le talus, à quelques pas de Rodolphe.

Ce dernier réprima un geste de contrariété et volontiers il se fut éloigné du fâcheux... mais la voiture
approchait; elle n'était plus qu'à quelques mètres; il
demeura.

Et alors, il vit une chose qui le cloua stupéfait à sa
place.

Au moment où la calèche passait, l'homme qui était près de lui se découvrit, et le vieillard et la jeune fille rendirent le salut.

Il la connaissait!... Par lui, il pourrait savoir qui elle était... et donner enfin un nom à son rêve.

Il se retourna haletant vers lui et remarqua qu'il souriait.

Qu'est-ce que cela voulait dire... Quel était cet homme... Pourquoi cet air d'intelligence avec lequel il le regardait?

Rodolphe était fort perplexe, et ne savait que penser.

L'inconnu fit cesser son embarras.

— N'est-ce pas, monsieur, dit-il, en portant légè-ement la main à son chapeau, n'est-ce pas que voilà une bien jolie enfant.

— Mais... sans doute... balbutia Rodolphe.

— Elle vient d'avoir seize ans... et elle apportera au moins un million à l'heureux époux qu'elle choisira.

— Vous la connaissez?... hasarda Rodolphe en fai-ant un effort surhumain pour rester maître de lui-même.

— Oh! je la connais, — vous savez, — comme on connaît une charmante personne que l'on a rencontrée une ou deux fois dans le monde.

— Et comment s'appelle-t-elle?

— Mademoiselle Lucie Beaulieu.

Il y eu un moment de silence.

L'inconnu était descendu dans le sentier, et, ma-chinalement, Rodolphe l'avait suivi. Ils firent quelques pas ainsi.

Toutefois, il jugea bien vite qu'il ne serait pas con-enable de prolonger plus longtemps un semblable entretien, et au bout de quelques secondes, il fit un mouvement comme pour se retirer.

— Eh quoi!... vous me quittez, fit l'inconnu sur un ton d'enjouement qui étonna son interlocuteur.

— Je ne veux pas abuser...

— Eh! vous n'abusez nullement... Le hasard nous a rapprochés un moment, et j'ai toujours pensé qu'il ne faut jamais contrarier le hasard, qui est le maître de ce monde. D'ailleurs, j'ai à vous dire certaines choses, que vous prendrez peut-être quelque plaisir à entendre.

— Moi! fit Rodolphe. Vous me connaissez donc!

— Je connais un peu tout le monde; en ce qui vous touche, je sais que vous vous appelez Rodolphe, que vous demeurez à Passy, avec le vieil Hermann et mademoiselle Bertha, et quant à ma présence en cet endroit, elle s'explique d'elle-même : après avoir remarqué que vous veniez ici tous les jours, à la même heure, j'ai voulu connaître ce qui vous y attirait.

— Et vous avez deviné? interrompit Rodolphe avec un vif sentiment de défiance.

— Vous n'en doutez pas, je l'espère, répondit l'inconnu, d'un ton légèrement ironique.

Et comme il vit une prompte rougeur monter aux joues du jeune homme et une flamme luire dans ses yeux.

— Voyons! voyons! continua-t-il, conservez tout votre sang-froid et restez maître de vous; quoique j'en aie dit tout à l'heure, le hasard n'est pour rien dans cette rencontre, et elle n'a eu lieu que parce que je l'ai provoquée.

— Vous avez donc à me parler?

— Précisément.

— A quel propos?...

— A propos de mademoiselle Lucie Beaulieu.

L'inconnu s'était remis à marcher; Rodolphe se tenait à ses côtés, écoutant avidement ses paroles.

A la bonne heure... reprit son compagnon... je vois que j'ai réussi à éveiller votre intérêt, et je n'en demande pas davantage!... J'ai appris bien des secrets que je vous révélerai plus tard et qui perdraient à être connus dès à présent. — Chaque chose vient bien qui vient à son heure. — Mais vous êtes trop intelligent, la nature vous a doué de trop d'ardeur et d'ambition, pour que vous ayez pu atteindre ce moment sans être frappé de la situation étrange qui vous est faite dans le milieu où vous vivez.

— Quelle situation?... Expliquez-vous!

— Ainsi, n'avez-vous pas remarqué, par exemple, que le vieil Hermann ne se comporte pas toujours avec vous comme un père devrait le faire envers son enfant. Pourquoi vous a-t-il élevé autrement qu'un homme de sa condition eût élevé son fils.

— C'est vrai!...

— Qu'attend-il de vous, et à quel avenir mystérieux vous réserve-t-il?...

— Mon Dieu!

— Tout cela est ténébreux, et provoque de singulières pensées... Toutefois, nous ne nous y attarderons pas aujourd'hui, et nous abandonnerons ce sujet, sauf à le reprendre une autre fois, si le cœur vous en dit... Ce qu'il y a d'important... Ce dont il faut s'occuper immédiatement, c'est de mademoiselle Lucie Beaulieu... écoutez-moi!

Et il y avait dans ces dernières paroles de l'inconnu un tel accent d'autorité, et pendant qu'il les prononçait, son regard s'éclaira de telles lueurs farouches, que Rodolphe, dominé malgré lui, s'arrêta pour prêter l'oreille...

— Il y a un mois, poursuivit son interlocuteur, que vous avez rencontré ici mademoiselle Beaulieu pour la première fois,

— Il y a un mois, oui ! répondit Rodolphe.

— Et vous l'aimez ?

— Monsieur.

— Et vous l'aimez...

— Ah !... plus que ma vie même.

— Eh bien, interrompit l'inconnu, si vous voulez suivre mes instructions, si vous acceptez le rôle que j'ai choisi pour vous, avant un an, vous serez l'époux de mademoiselle Lucy.

Rodolphe fit un soubresaut et comprima sa poitrine de ses deux mains.

— Moi ! moi ! répéta-t-il, c'est impossible ! vous voulez vous railler ; ah ! prenez garde.

L'inconnu haussa les épaules.

— Calmez-vous, dit-il, je n'ai jamais parlé plus sérieusement, et je vous affirme que vous tenez votre bonheur entre vos mains.

Rodolphe crut que l'homme qui lui parlait était fou ou qu'il était lui-même le jouet d'un rêve.

— Mon Dieu ! si cela était, murmura-t-il, si cela pouvait être.

— Cela sera si vous voulez.

— Mais que devrai-je faire ?

— Presque rien.

— Vous avez dit que vous me connaissiez, monsieur, et dès lors vous devez savoir qu'à aucun prix, même pour obtenir cette enfant dont l'amour serait le bonheur de ma vie, je ne faillirais à l'honneur dans lequel j'ai vécu jusqu'à ce jour.

L'inconnu eut un sourire amer.

— Eh ! qui parle de cela, — répliqua-t-il ; le rôle que je vous réserve est des plus simples et des plus honnêtes... ne prenez point peur ainsi et laissez-moi vous guider...

— Tout cela est si bizarre.

— Pas plus que votre existence même... Voyons... avez-vous jamais pensé de vous-même que vous pouviez ne pas être le fils d'Hermann et que Bertha n'était pas votre sœur ?...

Rodolphe cacha sa tête dans ses mains.

— C'est donc vrai ! dit-il avec un cri étouffé.

— C'est vrai.

— Vous connaissez mon père ?

— Je le connais.

— Et ma mère !... ah !... ma mère surtout...

Le même pli railleur vint crisper la lèvre de l'inconnu.

— Votre mère aussi, répondit-il.

— Et vous me direz leurs noms... vous me raconterez...

— Je vous apprendrai tout ce qu'il vous sera utile de connaître.

— Quand cela ?

— Demain.

— En quel endroit ?

— Vous viendrez me trouver à mon hôtel, rue Caumartin, et je vous y attendrai à cette même heure... cela vous convient-il ?

Rodolphe fit un signe affirmatif.

— Il ne me reste plus qu'un dernier renseignement à vous demander, dit-il, en enveloppant l'inconnu d'un long regard.

— Lequel ? fit ce dernier.

— Votre nom.

— C'est juste, voici ma carte, et n'oubliez pas que je vous attends demain.

Rodolphe prit la carte et lut :

« BARON LIPPARI. »

Puis, les deux hommes se saluèrent et Rodolphe
reprit le chemin de Passy.

Dire ce qui se passait dans son cœur serait impossible. Quand il rentra chez le vieil Hermann, il évita
de se trouver seul avec Bertha, dîna à la hâte et
courut se réfugier dans sa chambre, où il s'enferma.

Le lendemain, il allait trouver le baron Lippari...;
deux jours plus tard il disparaissait, laissant à Bertha
un billet dans lequel il annonçait son départ, nécessité
par des motifs impérieux qu'il ne pouvait encore faire
connaître. Il parlait vaguement de son retour. Mais
Bertha ne s'y trompa point, et la malheureuse enfant
sentit son cœur se briser à la pensée d'une séparation
qui devait être éternelle.

Elle passa toute la nuit en pleurs et en prières, et
l'aube la trouva agenouillée au chevet de son lit.

Quant à Rodolphe, nous venons de le voir faire son
entrée au bal du ministère, et nous pouvons maintenant reprendre notre récit.

IX

Cependant Lucien s'était mis à la recherche du fils d'Hermann, que les oscillations de la foule lui avaient un moment dérobé.

Sa curiosité était vivement éveillée; il y avait pour lui quelque chose d'effrayant dans cette transformation de Rodolphe, et il se demandait qui pouvait lui inspirer l'audace d'afficher ainsi ses prétentions à l'amour de mademoiselle Beaulieu.

D'ailleurs, il était bien résolu à couper court à ces manifestations, où il ne voyait qu'un outrage à la délicatesse de la femme qu'il aimait et une sorte de provocation à ses propres susceptibilités... et c'est avec une sourde irritation qu'il plongea son regard autour de lui pour retrouver la piste de celui qu'il cherchait...

Il traversa de la sorte plusieurs salons sans réussir à l'atteindre, et il commençait à désespérer de le rejoindre, quand le hasard l'amena sur son chemin au moment où il s'y attendait le moins.

Lucien salua et Rodolphe fit un mouvement.

— Pardieu! dit le jeune comte sur un ton enjoué, je ne m'attendais guère à vous rencontrer cette nuit au ministère, et il n'y a que Paris pour nous ménager de

pareilles surprises. Je m'en félicite toutefois, puis
je puis vous remercier une fois encore de l'hospit...
que vous m'avez accordée naguère dans votre ch...
mante demeure de Bretagne.

— Monsieur le comte... balbutia le jeune hom...
un moment interdit.

— Ainsi, vous habitez Paris, poursuivit Lucien.

— Depuis deux mois.

Lucien regarda son interlocuteur avec attention...

— Eh bien, continua-t-il, ne prenez pas en ma...
vaise part ce que je vais vous dire, mais, tout à l'heu...
quand je vous ai aperçu, je n'ai pu me défendre d'...
étonnement profond, à tel point que je ne pouvais...
croire mes yeux.

— Pourquoi cela? fit Rodolphe, que l'examen do...
il était l'objet commençait à importuner.

— Eh mais, parce que la nuit où je vous vis...
Bretagne vous ne m'aviez parlé de rien de semblab...
et qu'il a dû se produire dans votre existence un cha...
gement bien inattendu pour...

Rodolphe l'interrompit du geste.

— C'est vrai !... dit-il, et j'étais loin moi-même...
me douter que, le lendemain du jour où je vous rer...
contrai, je serais appelé à venir habiter la capitale.
Comment et pourquoi cela s'est-il fait ? Par quel m...
racle l'humble habitant des environs de Lannion s'est
trouvé tout à coup emporté dans ce monde vers leque...
l'attiraient ses plus âpres aspirations?... L'explicatio...
en serait bien simple et facile à donner... mais ce n'e...
pas là, j'espère, ce que vous demandez, — et, en tou...
cas, je bornerais à ce que je viens de dire ma volont...
de répondre.

— Je ne voulais pas être indiscret, répliqua vivement Lucien, et si, après vous avoir reconnu, je m...
suis efforcé de vous rencontrer, c'est que j'ava...

une autre question plus sérieuse à vous adresser.

— Vraiment, fit Rodolphe avec ironie ; et de quoi s'agit-il, s'il vous plaît ?

— D'une personne dont le nom ne doit pas même être prononcé entre nous, et qu'il est inutile, je crois, que je vous désigne d'une façon plus précise.

— En effet.

— Vous me comprenez ?

— A merveille.

— Eh bien, monsieur Rodolphe, apprenez que j'aime cette jeune fille, que je suis certain d'en être aimé et qu'il ne me convient pas...

Rodolphe fit un haut-le-corps.

— Peste ! comme vous prenez feu, monsieur le comte, interrompit-il d'un ton railleur ; permettez-moi du moins de vous faire observer que j'ignorais complétement la situation que vous me révélez... mais, eussé-je connue, je me hâte d'ajouter que cela ne m'aurait pas arrêté.

— Monsieur !...

— A mon tour, je m'étonne de l'irritation que vous laissez paraître. Comment ! il y a à Paris une jeune fille charmante, riche ; je la trouve jolie, sa grâce et sa pureté font sur moi une impression profonde, et, parce qu'il vous plaît de la distinguer de votre côté, vous prétendez qu'il soit impossible de vous la disputer ; allons donc ! ce sont là des exigences auxquelles il faut vous attendre à voir vos rivaux résister énergiquement.

— Ainsi, vous persistez ?...

— Je vous trouve bien osé d'en douter.

— Mais alors...

Rodolphe releva le front, et son regard altier s'arrêta sur son interlocuteur.

— Pardon, monsieur le comte, dit-il d'un ton plein

de hauteur ; nous en avons déjà trop dit sur ce su[jet],
et il me semble oiseux de prolonger cette conve[rsa]-
tion.

— Ah ! je vous reverrai ! s'écria Lucien, en s'em[pa]-
rant de son bras.

— Je demeure rue Caumartin, 9, répondit froid[e]-
ment Rodolphe, et vous et vos amis seront toujo[urs]
certains de m'y trouver.

Et dégageant son bras de l'étreinte de Lucien[, il]
pénétra dans les salons à travers les méandres [de]
gaze et de dentelles qu'y formaient les quadrilles.

Il n'avait pas fait cinquante pas, qu'il sentit u[ne]
main s'appuyer sur son épaule.

Il se retourna vivement.

C'était le baron Lippari.

— Vous !... monsieur le baron, dit Rodolphe av[ec]
un reste d'émotion.

— Oui ! répondit Lippari, je vous suivais.

— Comment !

— Je vous ai vu tout à l'heure causer avec le com[te]
de Frontenay et je me suis douté de ce qui se pas[sait].

— Il me parlait de mademoiselle Beaulieu.

— J'en étais sûr !

— Il prétend m'interdire de la suivre, de lui parler[,]
de l'aimer aussi peut-être.

— Et que lui avez-vous répondu ?

— Que je demeurais rue Caumartin, et que je me [n'en]
tiendrais toujours prêt à le recevoir.

— Quelle imprudence !

— Vous me blâmez.

Le baron haussa les épaules.

— Eh ! sans doute, je vous blâme, répliqua-t-il avec
un accent d'autorité ; souvenez-vous de ce que vous
étiez hier et rappelez-vous ce que je vous ai promis

s un avenir rapproché ! En revanche vous m'avez
, vous, de ne rien faire sans me consulter, de sui-
rigoureusement les conseils que je vous donnerai,
n, de vous laisser vivre sans essayer d'arracher de vos
x le bandeau tutélaire que j'ai cru devoir y placer.

— Cependant, il l'aime ! fit Rodolphe en pressant
tempes de ses deux mains.

— Je le sais...

— Il est riche, il a un nom, un titre, il est aimé.

— Qu'importe...

— Et s'il l'épouse !...

e baron se prit à sourire.

— Nous n'en sommes pas là... répondit-il, et croyez
tout ira bien... il y a loin, vous le savez, de la
pe aux lèvres... et avant que le comte y trempe
siennes...

— Ah ! je le tuerai ! s'écria Rodolphe, hors de lui.

appari fit entendre un petit rire sardonique.

— On ne tue plus ses rivaux aujourd'hui, dit-il en
pant sur l'épaule du jeune homme par un geste
ilier ; et de plus, ce serait folie d'aller risquer sa
dans une partie où vous avez tous les atouts dans
e jeu !...

— Mais lui ! lui !... insista Rodolphe. Tenez, je le
de tout l'amour que cette enfant lui a voué, et je
que tant qu'il vivra...

— Vous ai-je jamais dit que je voulais qu'il vécût !
crompit brusquement le baron.

se penchant à l'oreille de son interlocuteur.

— Il ne faut pas qu'il vive, en effet, continua-t-il à
basse comme un souffle !... Mais ce n'est pas
ui que nous nous en débarrasserons. Songez donc !
main mademoiselle Lucy Beaulieu apprenait que
fiancé est mort de votre main, croyez-vous qu'elle
entirait jamais à devenir votre femme ?

— C'est vrai !

— Encore une fois, laissez-vous faire... prenez [patien]tience, ne vous inquiétez de rien... et, croyez [sur]surtout quand je vous dis que le comte de Fronte[nay] n'a peut-être pas trois mois à vivre.

A ces paroles de Lippari, Rodolphe ne put s'em[pê]cher de frissonner ; il leva sur son interlocuteur [un] regard presque effrayé...

— Qu'avez-vous ? dit le baron.

— Je ne sais.

— Est-ce que je vous fais peur ?

— Peut-être.

— Enfant !... vous ignorez la vie... je vous l'[app]prendrai ; mais il ne faut pas s'abandonner à ces t[rist]tes impressions. Ce monde officiel qui nous ento[ure] n'a rien de précisément attrayant... Si vous y c[on]sentez, nous le quitterons.

— Où voulez-vous me conduire ?

— Venez toujours, vous me remercierez qua[nd] nous serons arrivés...

— Et Lucy !...

— Laissez-la donner cette soirée au jeune com[te] vous n'y pouvez rien, moi, non plus. Le plus sage [est] de battre en retraite, jusqu'à ce que vienne l'he[ure] de la revanche...

— Vous le voulez ?

— Venez...

— Qu'il soit donc fait comme vous le désirez...
Et ils sortirent.

En traversant l'un des salons, ils passèrent aupr[ès] de madame de Frontenay qui, à la vue du baron, d[e]vint blanche comme un suaire.

— Mon Dieu ! encore ! balbutia-t-elle en se levan[t à] demi.

Le baron n'y prit pas garde et passa.

Madame de Frontenay était retombée haletante sur son siége.

— Ah ! qui donc me dira quel est cet homme ! ajouta-t-elle comme accablée sous sa propre terreur.

Elle n'avait pas achevé qu'une main discrète soulevait la portière près de laquelle elle était assise, et que deux lèvres se penchaient à son oreille.

— Cet homme, dit alors une voix à peine perceptible... avant huit jours, madame la comtesse sera édifiée sur son compte : Seulement, jusque-là, mystère et discrétion !

Et le singulier personnage disparut.

Madame de Frontenay avait eu à peine le temps de le voir, mais elle l'avait reconnu.

C'était maître Secrétain.

7

X

M. Secrétain avait rempli son rôle avec tout le zèle toute l'intelligence dont il était capable. Rien ne l'avait échappé de ce qui s'était passé, et quand il v le baron et Rodolphe s'éloigner, il se lança sur leu pas, monta dans une voiture, et ordonna au cocher suivre celle qui emportait Lippari et son compagnon.

Le trajet fut court : peu après ces derniers s'arr taient rue du Cirque, et disparaissaient aussitôt dar la cour d'un petit hôtel dont les fenêtres étaient bri lamment éclairées, et où il devait y avoir réception.

M. Secrétain attendit quelques minutes avant d descendre, et quand enfin, il sauta sur le trottoir, l cocher remarqua avec surprise que sur le côté gau che de sa poitrine brillait une plaque étincelante d pierreries, tandis qu'à la boutonnière de son habi se balançait une brochette de croix étrangères qu scintillaient à la lumière des becs de gaz.

— Faut-il vous attendre, mon prince! demanda l cocher, ébloui au miroitement des insignes de so client.

— Va te placer à l'angle de la rue Saint-Honoré

répondit Secrétain, tu peux faire un somme en attendant mon retour.

Et à son tour, il pénétra dans la cour, atteignit le
vestibule splendidement illuminé, et laissant son pardessus aux mains d'un valet, il monta l'escalier qui
menait au premier étage.

L'hôtel dans lequel il venait d'entrer, appartenait à
mademoiselle Rose Pompon qui y donnait à jouer
cette nuit-là.

Mademoiselle Pompon était une célébrité de Lac ;
depuis deux mois, il se faisait un certain bruit autour
d'elle. Elle n'était pas précisément jolie, mais elle se
mettait avec un goût exquis ; on la disait fort spiri-
tuelle, les petits journaux satiriques lui attribuaient
des mots que l'on répétait partout, et qui avaient con-
tribué à établir sa notoriété tapageuse un peu dans
tous les mondes.

Elle était très-courtisée.

Son hôtel était meublé avec un luxe vraiment princier... elle avait une serre qui empruntait ses plantes
aux contrées les plus excentriques ; on citait son écurie comme celle de nos plus célèbres sportmen !...

Qui payait ce luxe prodigue ; quel génie des *Mille
et une Nuits* fournissait à ces fantaisies insolentes...
On n'en savait précisément rien.

Tout au plus, disait-on, que le baron Lippari y avait
ses grandes et petites entrées ; mais la chronique n'allait pas plus loin, et le vague de ses indiscrétions attestait surabondamment qu'elle n'en savait pas plus
long.

Quand Secrétain arriva au premier étage, et qu'il
fit son entrée dans le premier salon, il y avait foule...

Un monde bien mêlé, mais élégant, vif, qui était
venu là pour chercher le plaisir, et qui entendait bien
ne pas se retirer avant de l'avoir rencontré.

On se promenait, on causait, on se provoquait, on jouait !

C'était un frou-frou harmonieux que rayaient de temps à autre, les rires sonores de jeunes femmes, et à travers lequel on percevait de loin en loin le bruit joyeux des louis d'or roulant sur les tapis verts... tout cela, imprégné d'émanations hétérogènes où l'on retrouvait les parfums de la poudre de riz et du gardénia mêlés à des senteurs plus acres et plus pénétrantes encore.

M. Secrétain ne s'était jamais trouvé à pareille fête .. C'était une sorte d'initiation à un ordre de sensations qu'il n'avait jamais éprouvées...

Tous ses sens s'éveillaient à la fois, et il en était presque grisé.

Toutefois, et pour rester dans la vérité, il faut dire que, ce qui l'attirait le plus dans cette confusion, ce qui mettait surtout une flamme dans son regard, et précipitait le sang dans ses veines... C'était cette longue table autour de laquelle une vingtaine de femmes et d'hommes étaient assis, et où il voyait s'amonceler l'or et les billets de banque.

Machinalement, il s'en rapprocha, et poussé par un sentiment plus puissant que sa volonté, sa main s'enfonça dans sa poche pour aller se crisper sur le rouleau que lui avait remis M. Saurin.

Qu'allait-il faire ? Il ne le savait pas lui-même ; et, sans doute, il se serait oublié jusqu'à risquer quelques louis, quand il sentit un bras nu se glisser doucement sous le sien, et un souffle jeune et chaud frôler son oreille.

Il se retourna comme brûlé jusqu'au cœur.

C'était mademoiselle Pompon elle-même qui venait à lui. La vue de la jeune femme suffit pour le rappeler sur-le-champ à la réalité froide de la situation.

— Eh quoi! vous... ma chère enfant, dit-il avec un geste du dernier galant ; voilà qui est d'un bon cœur, et je suis tout honteux de m'être laissé devancer... en arrivant tout à l'heure, je voulais aller vous saluer... mais vous étiez si entourée, et vos adorateurs paraissaient si peu disposés à céder la place... que j'ai dû remettre à me présenter.

Mademoiselle Pompon sourit pour montrer ses dents qui étaient fort belles.

— Voilà une excuse, répliqua-t-elle, et, ma foi, je serai très-franche, moi aussi ; je ne vous cacherai pas que, dès votre entrée, j'ai été prise à votre endroit d'une vive curiosité.

— Vraiment... A quel propos ?

— Dame ! je connais un peu tout le monde ici, tandis que vous.

— Inconnu, n'est-ce pas ?

— Tout à fait.

— Pardieu, rien que de très-naturel, et pour dissiper toutes les obscurités, voici mon état civil, comme s'il avait été rédigé par mon ministre lui-même.

— Vous êtes étranger ?

— Russe, de naissance, mais Français de cœur, j'ai beaucoup voyagé, et honoré d'une confiance illimitée par la plupart des têtes couronnées, je porte sur la poitrine les témoignages éclatants des services que j'ai rendus. Je suis riche, ami du plaisir, et j'ai cru que c'était-là des titres suffisants pour me présenter à votre soirée, sans chercher d'autres recommandations. Ai-je mal fait ?

— Assurément non !

— Alors, vous m'autorisez à rester.

— Je vous en prie.

— Et à revenir ?

— Je vous y invite !

L'entretient finit dans un éclat de rire de mademoiselle Pompon.

Tout en causant de la sorte, ils avaient insensible-
ment gagné un boudoir en soie orange capitonnée,
qui était une véritable merveille. Il n'y avait là qu'un
groupe de jeunes gens et de vieillards, et, loin du bruit
des conversations et du mouvement de la foule, on y
jouait un lansquenet bien engagé.

Pour le moment, la banque était tenue par un
homme d'une quarantaine d'années environ, dont les
favoris teints avec violence imprimait à sa physionomie un air particulier de dureté.

Cet homme d'une tenue d'ailleurs fort correcte, venait de passer six fois, et ses partenaires semblaient
hésiter à faire son jeu. Il n'avait plus en main que deux
cartes, et pendant qu'il attendait que l'on tint le coup,
le baron Lippari s'amusait à battre les nouvelles cartes
que l'on venait d'apporter.

Il y avait mille francs sur le tapis ; et, de temps à
autre, le baron se tournant vers le *banquier*, l'engageait à passer la main.

— Vous avez tort, mon cher Morelli, lui disait-il,
votre veine va être coupée... et ce n'est pas d'un joueur
habile.

— Quel est celui de ces messieurs qui tient le coup,
— dit le banquier pour toute réponse...

Secrétain eut un frémissement et s'approcha de la
table.

— Est-ce que vous allez jouer ? interrogea mademoiselle Pompon, subitement intéressée.

— C'est pour payer ma bienvenue, répondit Secrétain, avec un aimable sourire, et vous me permettrez
bien, je l'espère, de vous offrir les quelques louis que
je vais gagner.

— Ah! voilà qui est tout à fait princier.

— Vous permettez?

— Faites comme chez vous! dit encore la jeune femme.

Secrétain se tourna vers celui que l'on venait de désigner sous le nom de Morelli.

—Banco! dit-il d'une voix nette et bien timbrée.

Et il plaça sur la table un enjeu égal à celui du banquier.

Ce dernier abattit alors les deux cartes qui lui restaient, et qui étaient un *huit* et un *trois*, et il tendait déjà la main vers le baron Lippari pour prendre les cartes que ce dernier venait de battre, quand Secrétain l'arrêta d'un geste presque impérieux.

Morelli releva vivement les yeux.

— Qu'est-ce donc, monsieur, dit-il d'un ton au fond duquel tremblait un commencement d'irritation.

Secrétain sourit avec grâce.

— Moins que rien, répondit-il une observation, tout simplement... Ne croyez-vous pas qu'il serait bienséant de couper le paquet de cartes avant de vous en servir!

— Mais, monsieur...

— Oh! ne vous offensez pas, je vous prie, c'est un usage banal que j'ai le droit d'exiger, et j'en appelle à toute la galerie.

— C'est juste! c'est juste! prononcèrent plusieurs voix.

— Je ne m'y refuse pas... approuva aussitôt Morelli qui venait d'échanger un regard avec Lippari... et si vous autorisez M. le baron...

Secrétain avait l'œil *américain* pour nous servir d'une locution dont l'emploi lui était familier, et le regard échangé entre Lippari et le banquier ne lui avait pas échappé.

Il fit un haut-le-corps en signe de protestation.

— Dieu me garde de suspecter qui que ce soit
répliqua-t-il, et, en toute circonstance, je serais h
reux de témoigner à monsieur le baron une confia
égale à la vôtre, mais ici, c'est bien différent.

— Enfin... que voulez-vous ? interrogea Morelli d
les sourcils se froncèrent.

— Tout joueur est superstitieux, continua Secréta
toujours bénin, et si vous n'y voyez pas d'inconvénie
je prierai la personne à laquelle nous devons l'hosp
talité de cette nuit, de vouloir bien nous rendre
service que vous attendiez de monsieur le baron.

Il n'y avait rien à répliquer : mademoiselle Pomp
était vivement intéressée au jeu, et, intérieuremen
elle se sentait flattée de la proposition de M. Secr
tain.

Elle avança donc sa belle main effilée et blanche,
Lippari lui ayant présenté le paquet de cartes, el
coupa avec une émotion mal contenue.

— Êtes-vous satisfait et puis-je abattre ?... dit alo
Morelli, d'un ton manifestement railleur.

Secrétain fit un signe affirmatif ; un silence su
céda à cet incident, et Morelli jeta une carte sur
table.

C'était un trois.

Il avait perdu !!

Un mouvement s'effectua parmi les spectateurs,
et mademoiselle Pompon jeta un cri joyeux.

Secrétain ramassa tranquillement les enjeux, e
après en avoir fait deux parts égales, il offrit à l
jeune femme les cinquante louis qu'il venait d
gagner.

Celle-ci n'eut garde de se faire prier, sa poitrine s
souleva d'aise à cette aubaine inespérée, et elle
adressa un regard reconnaissant au généreux joueur.

Mais ce dernier se montra fort peu sensible à ces témoignages qui attestaient une bonne volonté dont il n'entendait point profiter, et il demeurait debout, près de la table, comme s'il y eût été retenu tout à coup par une attraction violente.

Morelli s'était levé ; Rodolphe venait de prendre sa place, et pour la seconde fois, M. Secrétain avait surpris le regard qu'avaient échangé entre eux, le baron et Morelli.

Regard rapide, mais significatif qui suffit à éveiller sa curiosité et qui le cloua pour ainsi dire sur place.

— Est-ce que vous allez continuer ? demanda Pompon de sa voix câline.

— Peut-être, répondit Secrétain.

— Alors, je vous laisse.

— Vos devoirs de maîtresse de maison vous réclament, et je m'en voudrais de vous retenir.

— Mais je vous reverrai.

— N'en doutez pas.

— Bientôt ?

— Cette nuit... demain ! Croyez que je n'oublierai pas de sitôt l'heure charmante que je viens de passer.

La jeune femme montra ses dents éblouissantes dans un sourire radieux ; puis elle serra la main de l'étranger et s'éloigna au bras d'un vieillard qui venait se rapprocher d'elle au moment où elle quittait Secrétain...

— Quel est ce personnage ? interrogea le vieillard dès qu'ils eurent fait quelques pas.

— Ça, mon cher philosophe, je l'ignore, répondit Pompon, mais il vient de me faire gagner mille francs... et ce n'est pas le moment de lui demander des papiers !

Le vieillard remua la tête.

— Hum ! fit-il, je l'ai bien regardé tout à l'heure...

et je me trompe fort, ou j'ai rencontré déjà cette tê...
quelque part.

— Dans le faubourg Saint-Germain ? fit Pompon...
riant.

— Non... rue de Jérusalem, répondit le philoso...

Le rire de Pompon s'éteignit, et elle entraîna v...
ment son compagnon vers quelque coin retiré.

Cependant, après s'être déganté, Rodolphe a...
pris place à la table, et jetant quelques billets de b...
que devant lui il s'était emparé des cartes, et atten...
que la somme qu'il venait de placer devant lui...
couverte.

Presque aussitôt, les louis roulèrent sur le tapis...
la partie recommença.

Secrétain ne perdait rien de ce qui se passait...
son regard allait alternativement du baron à Mor...
s'arrêtant quelquefois sur le visage de Rodolphe.

Mais ce dernier ne songeait pas à dissimuler...
sensations, et c'est d'une main agitée, presque frén...
sante, qu'il jeta les cartes sur la table.

Évidemment, il n'avait pas l'habitude du jeu, et...
impressions se trahissaient naïvement dans chacun...
ses mouvements.

Son premier coup fut heureux... il amena un...
fait...

— Aux innocents les mains pleines ! s'écria More...
c'est une veine qui commence... la place est bonne...
attention.

Rodolphe n'avait pas bougé... à peine s'aperçu...
qu'il avait gagné... sa pensée était autre part.

—·Vous continuez? demanda le baron.

— Mais certainement, répondit le jeune homme.
Et il continua...

Pendant quelque secondes, ce ne fut qu'avec u...
sorte de timidité que l'on paria contre lui... mais bie...

les joueurs s'enhardirent et s'obstinèrent ; chacun [...] une véritable irritation à combattre une veine qui [...]rmait avec tant de bonheur, on pourrait dire [...] tant d'insolence, et au bout de quelques minutes, [...] et les billets s'amoncelèrent sous la main fiévreuse [...] Rodolphe.

[...]i-même commençait à se griser de sa chance.

[...]s joues pâlissaient à chaque coup heureux : une [...]me brillait maintenant sous ses paupières qui [...]ient ; une contraction nerveuse crispait le coin [...]s lèvres.

Arrêtez-vous ! lui dit tout bas le baron Lippari, [...]ntez pas le hasard qui vous a si bien servi jus[...] présent...

[...]odolphe secoua la tête par un geste de défi.

Non ! non ! répondit-il d'un ton âpre et plein [...]bli ; j'irai jusqu'au bout, je ne me déroberai [...] t.

Mais vous allez perdre ! insista le baron à voix [...] e.

Qu'en savez-vous ?

J'en suis sûr, croyez-moi ; j'ai mes raisons pour [...] parler de la sorte...

Voilà d'étranges paroles.

Tâchez au moins de les comprendre.

Monsieur !...

[...] colloque avait eu lieu, au milieu du brouhaha [...] s'était élevé sur le dernier coup de Rodolphe ; nul [...] avait entendu, ou n'y avait pris garde.

[...]ul, — excepté Secrétain !...

[...] devina ce qui se passait, comprit les motif secrets [...] l'insistance du baron, et pendant que Rodolphe [...]t troublé, — effrayé peut-être, — hésitant à pren[...] un parti, il fit un mouvement, et se pencha vers [...]uble.

— Banco! cria-t-il, pour la seconde fois, du
ton sonore et net.

Rodolphe tressaillit. Cette voix qui venait
faire entendre l'avait rappelé à lui-même, et c
soulagé d'un grand poids. Il se tourna vers Secr
lui envoya un geste d'acquiescement et jeta les
sur la table.

Ce ne fut pas long.

Au plus quelques secondes, au bout desquelle
rumeur de stupéfaction s'élevait des rangs atti
des spectateurs.

Rodolphe avait perdu.

Et pendant que tous les regards se tournaient à
vers Secrétain, ce dernier allongeait la main pou
masser or et billets, et faisait disparaître le tout
les poches de son gilet et de son habit.

La somme était considérable. On n'avait encore
vu de pareil aux soirées de Pompon!

Ce fut un événement dont le bruit ne tarda
venir jusqu'à la jeune pécheresse.

Elle voulut s'assurer par elle-même de la réalit
fait, et rencontra Secrétain qui d'un pas noncha
se dirigea vers l'escalier.

— Vous partez! dit Pompon, d'un accent de
reproche. Vous nous quittez.

— Il le faut, ma chère enfant.

— Déjà!

— Il se fait tard... et puis vous êtes trop entou
on ne peut vous approcher, je reviendrai.

Pompon leva son index d'un air mutin :

— Dites plutôt, fit-elle, que vous allez mettre
lieu sûr, les sommes folles que vous avez gagn
cette nuit.

— N'en croyez rien, ma chère enfant, répliqua
crétain d'un air dégagé, je tiens peu à l'argent, soy

persuadée, et si vous en doutiez encore, après la
preuve que je vous en ai donné il y a quelques instants, voici un autre moyen de vous en convaincre.

— Vraiment.

— Voulez-vous essayer ?

— Voyons.

— Je vous offre la somme que je viens de gagner.

— A moi ?

— A vous,

— C'est une plaisanterie.

— Nullement.

— Et que devrai-je faire pour cela ?

— Rien que de simple et à la portée d'un enfant.

— Ma foi, je suis curieuse.

Crétain plaça le bras de la jeune femme sous le
sien, et l'entraîna dans l'antichambre.

— Je crois, ajouta-t-il, qu'il y avait sur le tapis une
somme de mille francs. Eh ! bien ! ces dix mille francs
sont à vous, si vous pouvez me procurer...

— Quoi ! quoi donc !

— Les cartes à l'aide desquelles M. Rodolphe les
a gagnés.

Mademoiselle Pompon recula de quelques pas avec
un moment d'effroi, comme si elle eût marché sur la
queue d'une vipère !...

Crétain se contenta de sourire, salua la jeune
femme de sa main gantée, et ayant endossé son pardessus qu'un valet était venu lui présenter, il descendit l'escalier et disparut.

Le dossier dont il s'occupait commençait à se gros-
sir de documents importants, et il savait déjà bien des
choses sur les hommes qu'il devait surveiller.

Mais il fallait aller jusqu'au bout et épuiser la veine
des informations.

Il alluma un cigare et se dirigea à pas lents vers sa

voiture qui stationnait au coin de la rue du Fau
Saint-Honoré.

Tout en marchant, il dressait ses plans et se
tait sur ce qu'il allait faire.

Ce n'était pas précisément facile. Le baron
et son compagnon resteraient peut-être jusqu'a
tin chez mademoiselle Rose Pompon, et dan
hypothèse, les premières lueurs du jour l'em
raient de continuer sa surveillance.

Il réfléchit.

Tout en avançant, il jetait de temps à autre
gard inquiet derrière lui, espérant que le has
viendrait en aide.

M. Secrétain n'avait pas pénétré encore les a
du métier, et il ne se fiait pas entièrement à s
bileté et à son adresse.

Dans la circonstance, il n'eut pas tout à fait t

En effet, au moment où il approchait de son
et comme il se disposait à réveiller son coche
dormait d'un profond sommeil, il entendit un br
pas à quelque distance, et aperçut sur le se
l'hôtel de Rose Pompon trois hommes qui d
chaient sur le trottoir.

Un coup d'œil lui suffit.

Ces trois hommes étaient le baron Lippari, Rod
et le partenaire auquel il avait enlevé si lest
mille francs.

Il se hâta de secouer son cocher qui, réveil
sursaut, faillit tomber sur le trottoir.

— Quoi!... Qu'y a-t-il!... Est-ce qu'on bat le r
s'écria-t-il en se dressant sur son siége?

— Eh non !... imbécile... interrompit rapide
Secrétain, en lui glissant furtivement un louis d
main... Réveille-toi... regarde et tâche de compr
à demi-mot.

A la vue de la pièce d'or le cocher revint sur-le-champ à lui-même.

— Un *jaunet*! balbutia-t-il, en le présentant à la lueur du bec de gaz, un vrai *jaunet*, bigre de bigre! me voilà tout oreilles, et vous pouvez parler, mon prince.

Secrétain ouvrit la portière, et avant de prendre place dans la voiture, il se hissa jusqu'à l'oreille de son interlocuteur...

— Il y a là trois hommes qui viennent à nous, dit-il vivement.

— Parbleu!... Ils font assez de bruit!

— Je veux savoir où ils vont! Tu vas les suivre... prends garde surtout qu'ils ne se doutent de rien. Si tout se passe bien... je doublerai la mise... tu comprends.

Le cocher fit claquer sa langue contre son palais :

— On n'est pas un enfant... répondit-il... et nous savons ce que parler veut dire... soyez calme... c'est comme si l'autre jaunet était dans ma poche.

Et il releva ses guides, pendant que Secrétain prenait place dans le fiacre.

Toutefois au moment de fouetter ses chevaux, il lâcha un juron énergique, en feignant d'avoir laissé tomber quelque objet précieux, il sauta sur le trottoir, et parut se livrer à une recherche inquiète.

Ce n'était qu'une comédie imaginée dans le seul but de permettre aux trois hommes de monter en voiture et de prendre une direction dans laquelle il pourrait aisément les suivre.

— Pas mal! pas mal!... dit Secrétain, en baissant la glace de la portière pour mieux voir.

Cependant, le baron Lippari avait atteint son coupé qui stationnait à côté de la voiture de Secrétain et il y fit monter Rodolphe, puis se tournant vers le troisième compagnon.

— Toi... lui dit-il, à voix rapide, préviens le *philosophe*, et trouvez-vous, dans une heure, rue du Cl...
nous aurons à causer.

Et s'adressant à son cocher :

— A l'hôtel !... ajouta-t-il, en allant s'asseoir ...
de Rodolphe.

Le cocher de Secrétain se pencha alors ver...
maître.

— Vous avez entendu !... dit-il, en clignan...
l'œil.

— Parfaitement... répondit Secrétain.

— Il a dit : *à l'hôtel*... et *rue du Cloître*... où fa...
vous conduire ?

— Quel est ton avis ?

— Hum !... moi, si j'étais de vous...

— Que ferais-tu ?... parle...

— Eh bien... j'irais... rue du Cloître... je crois...
c'est plus intéressant.

— Décidément, tu as des dispositions !... fit Se...
tain en riant... Vas donc pour la rue du Cloître...
paye d'avance...

En parlant ainsi, il lui présenta un second louis...
fut accepté avec le même empressement que le ...
mier, et dix secondes plus tard, le fiacre partait ...
la Cité.

Une fois arrivé rue du Cloître, Secrétain mit pi...
terre, renvoya sa voiture et alla prendre positio...
long de la grande basilique.

Trois heures sonnaient, — la nuit était noire, le...
lence profond, — Secrétain écoutait et regardait.

Cela dura à peu près une heure, et il commença...
désespérer, quand un bruit de pas se fit entendre...
qu'il vit à travers l'ombre la silhouette d'un hom...
tourner l'angle de la rue.

Il le reconnut tout de suite. — C'était Morelli !

Presque sur ses pas venait un autre personnage
[dont] il ne put distinguer les traits.

Les deux hommes passèrent auprès de Secrétain sans
[le v]oir, et se dirigèrent vers une modeste habitation
[qui] se trouvait de l'autre côté de la rue, et dont la
[por]te massive, enfoncée sous son porche gothique
[s'ou]vrit devant eux comme par enchantement.

Quand ils eurent disparu, Secrétain sortit de sa ca-
[che]tte, et déjà il avait fait quelques pas pour s'éloi-
[gne]r lorsqu'un nouveau bruit l'arrête net.

C'était un troisième personnage qui venait de dé-
[bou]cher du Parvis. — Il n'eut que le temps de se reje-
[ter] en arrière !

Et alors ce qu'il vit lui parut tellement extraordi-
[nair]e, si invraisemblable, si impossible, qu'il fût sur
[le p]oint de quitter sa cachette pour aller s'assurer
[qu'i]l n'était pas le jouet d'un épouvantable cau-
[che]mar.

[Ce] troisième personnage n'était autre que le vieil
Gottermann !

XI

Bien des choses s'étaient passées, à Passy,
cette petite habitation où demeurait naguères R
phe, et où depuis son départ, Hermann et Berth
vaient seuls, contristés, en proie à une mélan
amère que le temps n'avait pu encore distraire.

Bertha surtout avait bien changé depuis un m
Et Dieu seul savait ce qu'elle avait souffert!...

Au premier jour, quand elle avait reçu la lettre
laquelle Rodolphe expliquait son départ en te
vagues et troublés, elle n'avait pas compris tou
suite : à ce moment encore elle était relativement
reuse, confiante, ne cherchant pas à sonder l'av
évitant de soulever même un coin du voile qui l
cachait.

Et puis, elle n'avait pas cru à une séparation !
dolphe était jeune, il était ardent et concentré ;
trouvait peut-être à l'étroit entre les murs de cette
bitation bourgeoise, où l'air manquait à sa poitri
l'horizon à son regard.

Il était parti... mais pour revenir.

Elle le crut du moins, et trouva dans cette pe
une consolation.

Mais, à la fin de la première semaine, une émotion inconnue la mordit au cœur.

Rodolphe n'était point revenu ; il n'avait pas écrit ; ne savait ce qu'il était devenu !

Elle avait interrogé Hermann à ce sujet, mais le billard ne savait rien ou ne voulait rien dire.

Que se passait-il ?

La pauvre enfant commença sérieusement à s'inquiéter.

D'ailleurs, des bruits étranges circulaient qu'elle saisissait avidement au passage. Quelques âmes charitables avaient remarqué sa disparition, — et s'en étaient étonnées. On jasait dans le quartier, et pour la première fois, Bertha entendit des choses qui la firent frissonner dans tout son être.

On disait que depuis longtemps Rodolphe allait passer ses après-midi au bois de Boulogne, qu'il y rencontrait une jeune fille d'une grande beauté, qu'il aimait, et dont il était aimé !

Quelques reporters officieux ajoutaient que la vie du d'Hermann n'était plus un mystère... qu'on l'avait rencontré plusieurs fois... monté sur un cheval de prix, et qu'il menait une vie qui devait coûter cher à ceux qui fournissaient à son luxe...

Bertha eût voulu ne pas entendre... mais elle écoutait !... et ce qui se passait alors dans son cœur est impossible à exprimer...

Elle ne dit rien cependant, et ne confia sa douleur à personne. Elle trouvait même une âpre jouissance à souffrir seule, la nuit, au milieu du silence, dans l'insomnie et les larmes.

En moins d'un mois, ses joues se creusèrent, le vif incarnat de ses lèvres disparut ; elle ne dormait plus, et c'est à peine si elle touchait aux aliments qu'on lui servait.

Le vieil Hermann finit par s'alarmer de cet état
être, en avait-il deviné la cause, et il chercha à r
ner la jolie enfant à la raison et à la vie !

— Tu souffres, lui dit-il, un jour ; tu maigri
mains sont glacées, ne veux-tu pas me dire ce q
éprouves.

— Je n'ai rien, répondit Bertha d'un ton de
résignation. Je n'éprouve aucune souffrance.
passera.

— C'est l'absence de Rodolphe.

— Peut-être.

— Si tu veux, j'irai le trouver.

La pauvre enfant serra les mains de son père
énergie.

— Non ! non ! interrompit-elle, d'un ton pre
violent... Rodolphe a eu ses raisons pour nous
ter... Comme il a sans doute ses raisons pour n
revenir... Il ne faut pas le tourmenter... S'il trouv
bonheur loin de nous... ne le blâmons pas de l'y
cherché !...

Et comme, à ces paroles, un sanglot monta d
cœur à sa gorge, le vieil Hermann voulut la pre
dans ses bras, — Bertha le repoussa doucement.

— Cher Rodolphe ! dit-elle les yeux fermés e
mains jointes... je m'étais tellement habituée à le
toujours là, près de nous... affectueux et tendre
l'avais depuis notre enfance si étroitement asso
ma vie... que son départ m'a surprise, et que j'e
été douloureusement frappée ; mais ce sera passag
et s'il est heureux... même... au prix...

Elle n'acheva pas et alla cacher sa tête sur la
trine de son père.

— Voyons, calme-toi, chère enfant, dit ce de
d'un ton contenu ; tu as besoin de distraction
restes trop souvent seule, si tu veux, dès dem

us irons tous les jours faire un tour au Bois, tu resteras, tu verras passer la foule et cela changera tes
..es. Veux-tu ?

— Je veux tout ce que vous voudrez, répondit Ber-
. sans avoir entendu ce qu'on lui disait.

Deux semaines s'étaient écoulées à la suite de cet
.retien. Tous les jours, elle se rendait au Bois avec
. père ou avec Gertrude, la vieille servante qui les
.vait.

Le soir où nous la retrouvons, elle était rentrée plus
.tée que de coutume ; elle était revenue à pas pres-
. Gertrude avait peine à la suivre, et elle s'était en-
.mée dans sa chambre où elle avait passé quelques
. res à écrire.

.uand elle eut fini, elle plaça sa lettre sous enve-
.oe et en écrivit l'adresse.

« Monsieur Rodolphe, rue Caumartin. »

.on père n'était pas rentré... elle l'attendit...

.u bout d'un quart d'heure un homme s'arrêta
.ant la porte de l'habitation ; elle reconnut Her-
.on.

.lle alla vivement à sa rencontre et remarqua tout
.uite l'altération de ses traits.

— Mon père ! s'écria-t-elle, qu'avez-vous ! que vous
.il arrivé.

.le vieillard remua doucement la tête.

— Rien... ne t'inquiète pas, répondit-il.

— Il ne s'agit pas de Rodolphe ?

— Non... mais indirectement cela le touche.

— Comment ?

— Il y a à Paris un homme du nom de Martin, es-
.e de bandit qui, par violence, surprise ou vol, s'est
.roprié les papiers qui établissent l'état civil de
.olphe.

— Eh bien ?...

— Eh bien ! voilà deux mois que j'étais à la re...
che de cet homme... je me suis rendu successive...
à tous les domiciles qu'il a habités depuis une an...
et ce n'est que ce soir que l'on m'a donné enfin...
dication précise de l'endroit où j'aurai quelque ch...
de le rencontrer.

— Où cela ?

— Rue du Cloître.

— Et vous irez ?

— Je veux le voir, et s'il est vrai qu'il ait e...
possession les papiers dont je parle, à tout prix,...
tends-tu, fut-ce au prix de notre fortune, il fa...
qu'il me les restitue.

— Et vous ne craignez pas, objecta la jeune fill...

Le vieil Hermann eut un geste énergique.

— Je ne crains rien ! répondit-il d'une voix som...
Rodolphe nous a quittés ; la vie qu'il menait au...
de nous était trop calme et trop honnête aussi, p...
être.

— Mon père !...

— Et il est parti... Il s'est laissé entraîner...
quelque aventurier qui s'en servira comme d'un...
trument inconscient et docile, et le poussera...
honte et au déshonneur.

— Ah ! c'est impossible !... vous le calomniez !...

Le vieillard eut un sourire amer.

— Nous n'avons, dit-il, qu'un moyen de l'arr...
sur cette pente fatale qui le mène tout droit à...
bîme.

— Lequel ! lequel ! implora Bertha.

— C'est de tout lui dire ! de lui raconter l'hist...
de sa naissance, et de le rappeler à lui-même en...
parlant de sa mère... mais pour cela, il faut des pr...
ves, car peut-être ne croirait-il plus à la parole...
vieil Hermann.

Bertha garda le silence... Elle était émue, et ses bras croisés comprimaient mal son sein gonflé. Le vieillard l'attira contre sa poitrine, et baisa longuement ses cheveux.

— Pauvre enfant !... dit-il avec abandon, tu souffres ! Tu passes bien des nuits à pleurer sur le passé... sur tes plus doux rêves d'avenir... Pour toi aussi, il importe que cela prenne fin... Et je jure que demain cette situation aura cessé !

Et sur ces mots, il s'éloigna laissant l'enfant en proie au trouble le plus profond...

Elle ne dormit pas de la nuit... et vers deux heures, elle entendit la porte de la maison s'ouvrir, et un homme descendre dans la rue.

C'était son père qui se rendait rue du Cloître-Notre-Dame.

XII

Cependant Secrétain était resté interdit devant
découverte qu'il venait de faire, et le vieil Herma
avait disparu depuis quelques secondes déjà, qua
il revint à lui.

— Hermann! murmura-t-il, Hermann, ici, à ce
heure. Oh! oh!... voilà qui réclame une investigati
approfondie... et nous rentrons dès ce moment da
un nouvel ordre d'idées.

Il réfléchit, adossé à l'un des contreforts de la ba
lique dont les colonnettes élancées et fines semblaie
jaillir comme des fusées de granit, de la base au so
met.

De temps en temps il pressait son front de ses de
mains pour y fixer une pensée près de l'abandonne
plus souvent encore, un éclair sillonnait son rega
et éclairait l'ombre autour de lui!

Cela dura au plus cinq minutes, puis, il se dress
résolu, et marcha vers la place du Parvis.

— Le pauvre diable est perdu? marmotta-t-il; je n
connais pas le lieu où il se rend; mais il est certai
qu'on n'y reçoit pas la fine fleur de la société; si per
sonne ne vient à son aide, il n'en sortira pas vivant..
à moins qu'il ne cache son jeu! ce qui est possible, e

tout cas, excès de précaution ne nuit jamais, et il
faudra qu'il devienne muet, si je ne parviens à lui arracher quelques paroles bien senties.

Et de la place du Parvis, il gagna la rue de la Ba-
rillerie, et disparut sous la grande porte voûtée du
Palais de justice.

Il est inutile de dire que maître Secrétain ne s'était
pas trompé... C'était bien le vieil Hermann qu'il avait
vu, et le lecteur connaît le motif qui l'attirait à cette
heure, rue du Cloître-Notre-Dame.

Ce n'était pas d'ailleurs la première visite qu'il rendait à l'établissement. Le matin, il y était venu déjà,
il avait demandé à parler à Martin, et le maître du caboulot, qui n'aimait pas les indiscrets, s'était contenté
de l'engager à repasser, sans entrer dans de plus
longs détails, sur la disparition de celui que l'on demandait à voir.

Hermann n'avait vu dans cette réponse rien que
de très-correct, et malgré l'heure indue du rendez-
vous qui lui fut indiquée, il ne songea pas à s'en inquiéter, bien convaincu, d'ailleurs, que l'homme auquel il avait affaire devait vivre la nuit bien plutôt
que le jour.

Il fut donc exact.

Il avait un si vif désir de rencontrer celui qu'il
cherchait, que rien n'eût pu l'arrêter ; et quand il mit
le pied dans le sombre bouge, en dépit de l'aspect sinistre de l'allée... malgré l'air fétide dont il se sentit
enveloppé en pénétrant dans la cour, sans tenir
compte même d'une sorte de répulsion inconsciente qui
le saisit au cœur, il avança d'un pas ferme et alla poser
une main assurée sur le loquet de la porte du fond.

Puis il entra.

Dans la grande salle, c'était le même contingent
que nous avons vu.

Mais Hermann ne prit pas garde aux clients du ca...
boulot et marcha droit au comptoir.

Le maître de l'établissement l'avait déjà aperçu ;
l'accueillit de son plus invitant sourire.

— Martin n'est point venu... dit-il tout de suite
mais il y a là — et il indiquait le cabinet que nou...
connaissons — il y a là quelqu'un qui pourra vou...
dire ce qu'il est devenu.

Hermann n'engagea pas une plus longue conversa...
tion, il traversa aussitôt la salle et pénétra dans l...
mystérieux cabinet.

Il n'avait aucune appréhension... Les raisons qu...
l'avaient déterminé à faire la démarche qu'il tentai...
étaient trop graves ; la sainteté du but eût fait tair...
toutes ses craintes, s'il eût pu en avoir.

Il poussa donc la porte avec assurance, — fit quel...
ques pas dans le cabinet et se trouva en présence d...
trois hommes qui relevèrent la tête au bruit qui ve...
nait de se produire.

Deux de ces hommes étaient assis à la table et gar...
dèrent leur place.

Seul, le troisième s'était levé et avait fait un mou...
vement vers le vieillard.

Il régnait une ombre épaisse dans la pièce qu'éclai...
rait mal une mauvaise chandelle posée sur la table..
Hermann ne distingua qu'imparfaitement les traits d...
l'homme qui venait à lui, et pourtant, il ne put s'em...
pêcher de tressaillir quand il se trouva en face de lui...

Il pressa son front de ses deux mains comme pou...
en faire jaillir la pensée.

— C'est toi que l'on appelle Hermann ! demand...
alors l'homme qui était devant lui. Tu es venu ici...
dans l'espoir d'y trouver un misérable du nom de...
Martin, et tu désires savoir ce qu'il est devenu ?

— Sans doute ! répondit le vieillard un peu interdit.

— Que lui voulais-tu ?

— C'est à lui seul que j'entendais le dire.

— Martin est mort !

— Est-ce possible... Vous ne me trompez pas ?... Vous êtes bien sûr ?

— C'est moi qui l'ai tué !

Hermann eut un geste effaré à cette réponse, et, instinctivement, il jeta un regard troublé vers la porte.

Son interlocuteur se prit à ricaner :

— Il faut que tu aies perdu toute prudence, poursuivit-il d'un ton ironique, et tu avais été plus circonspect jusqu'à présent.

— Que voulez-vous dire ? balbutia le vieillard.

— Je connais ton passé !

— Vous !

— Ne te souvient-il plus du comte de Kersaint et de sa fille ! une enfant qui s'était laissé séduire par Rodolphe l'aventurier.

— Grand Dieu !

— Il y a vingt-cinq années de cela ! tu avais juré de garder le secret sur cette honte, et de ne jamais révéler à l'enfant né de cette liaison d'un jour, le mystère de sa naissance.

— Ah ! je n'ai pas trahi mon serment.

— Hier encore, c'était vrai ; mais aujourd'hui, pourquoi es-tu ici, dans ce bouge, à cette heure, et d'où viens que tu recherches avec tant d'âpreté la trace de ce Martin... Tu te tais !... Je vais te le dire.

— Mais qui donc êtes-vous s'écria le vieillard.

Son interlocuteur lui saisit le bras avec violence, et l'amena en pleine lumière.

Hermann jeta un cri.

— Jacques ! Jacques ! balbutia-t-il épouvanté.

— Tu me reconnais !

— Ah! malgré les vingt-cinq années passées, je ne vous ai point oublié encore.

— A la bonne heure!

— Et je vous retrouve, ici! et vous venez de faire l'aveu d'un nouveau crime que vous avez commis... c'est à faire douter de la justice de Dieu.

Un nouveau ricanement tordit la lèvre de Jacques.

— Oui, reprit-il après un moment de silence. Oui, c'est bien moi, et je n'ai point menti en disant que j'ai tué Martin, le misérable avait mérité la mort, il l'a reçue comme la recevront tous ceux qui tenteront de se mettre en travers de ma route. Comprends-tu?

— Infamie!... infamie!... murmura Hermann.

Jacques continua.

Ses sourcils s'étaient froncés, une hideuse expression convulsait ses traits. Un souffle ardent sifflait entre ses lèvres.

— Martin avait résolu de me trahir, poursuivit-il, après m'avoir dérobé les documents qui peuvent seuls, le jour venu établir l'identité de Rodolphe, il projetait de les vendre à ceux qui ont intérêt à les détruire!... et tu sais maintenant comment j'y ai mis bon ordre!... mais il n'est pas le seul contre lequel j'ai à lutter, et je le répète, tu as été bien imprudent en venant ici toi-même, sans t'assurer d'avance de ce qui t'y attendait,

Hermann releva la tête, les dernières paroles qu'il venait d'entendre avaient amené un frisson à sa peau, il promena un regard vague autour de lui.

Et alors, il vit une chose horrible, et bien faite pour glacer d'épouvante le cœur d'un vieillard.

Les deux hommes qui étaient restés jusqu'alors, spectateurs muets de cette scène, venaient de faire un mouvement, et leurs regards s'étaient arrêtés sur le malheureux Hermann.

Le vieillard sentit la peur le gagner.

— Que voulez-vous donc faire de moi? interrogea-t-il, l'œil hagard et la sueur au front.

— Tu vas mourir! répondit brusquement Jacques.

— Moi! moi! vous voulez m'assassiner.

— Tais-toi!

— Mais, je ne vous ai rien fait, — vous savez de quelle tendresse j'ai entouré l'enfance de Rodolphe; pendant vingt ans, il fut mon fils et il n'a pas dépendu de moi...

— Assez! interrompit Jacques, si je t'accordais la vie aujourd'hui, demain tu me trahirais.

— Je vous jure, je vous en prie... songez! Jacques...

Ce dernier adressa un signe impérieux à ses deux colytes qui se levèrent.

Et l'un des deux hommes alla ouvrir la trappe pendant que l'autre saisissait le vieillard par le milieu du corps.

Hermann proféra un cri aussitôt étouffé; il était perdu... et il pensa à sa pauvre Bertha qu'il laissait seule au monde : deux grosses larmes coulèrent le long de ces joues blêmes...

— Finissons! dit alors Jacques.

C'en était fait du malheureux père!

Mais à ce moment la porte s'ouvrit avec fracas, et un des habitués de la grande salle se précipita dans le cabinet, en bousculant énergiquement les trois assassins.

— Mille millions de tonnerre! hurla Jacques en levant ses deux poings serrés; qu'y a-t-il?... et qu'est-que cela veut dire?...

— *La Rousse*, répondit le nouveau venu.

Il n'eut besoin de rien ajouter.

Les deux acolytes de Jacques avaient déjà sa
par la fenêtre, qui donnait sur une issue connue
seuls clients du caboulot, et Jacques lui-même al
imiter leur exemple, quand au moment de fuir,
pensée subite le retint, et il se retourna vers H
mann, tout étourdi encore de cette intervention in
vention inespérée.

— C'est lui! c'est ce misérable! qui a prévenu
police! s'écria-t-il, en proie à une aveugle fureur;
bien! tu as accompli ta dernière trahison... et
amis ne recevront plus de toi aucune confidence.

En parlant ainsi, il avait dirigé son revolver
Hermann. Ce dernier essaya de fuir; mais avant qu
eût atteint la porte, un coup de feu partit, et il s'
faissa sanglant sur lui-même.

Secrétain arriva pour le recevoir dans ses bras :

— Trop tard!... dit-il; les oiseaux ont pris le
volée, et quand à celui-ci, il me paraît avoir re
son affaire; je ne donnerais pas dix centimes de
peau.

XIII

A quelques heures de là, voici ce qui se passait rue Jaumartin, au domicile que Rodolphe habitait depuis un mois.

Ce dernier était rentré vers deux heures du matin et le baron Lippari l'avait quitté au seuil de sa porte.

Il avait immédiatement gagné sa chambre et au valet qui vint lui demander s'il n'avait pas besoin de ses services, il répondit qu'il désirait être seul.

Rodolphe rapportait de singulières impressions de cette nuit; et il sentait bien qu'il appellerait vainement le sommeil.

Il se promena quelque temps à travers sa chambre d'un pas agité et fébrile; puis, s'approchant du foyer où brulait un bon feu, il s'assit et le front dans la main, il se mit à repasser dans sa mémoire jusqu'aux moindres incidents qui l'avaient frappé!

D'abord, ce fut le bal du ministère...

Sa rencontre avec Lucien..... les paroles qu'ils avaient échangées.... la provocation du jeune comte, et surtout la gracieuse et touchante apparition de mademoiselle Beaulieu.

Il la voyait toujours... chaste, timide, comme les

vierges bibliques de Cimabüe... voilant son âme ca
dide sous sa paupière bistrée par le désir inconsci
dissimulant à peine les curiosités naïves qui allumai
une flamme dans son regard.

Elle passait et repassait devant lui, et il ne pouv
se soustraire à l'influence magnétique qu'exerçait s
son cœur le souvenir de son image.

Tout en se rappelant de la sorte, il oubliait l'heu
qui fuyait avec rapidité, s'abandonnant à ce rê
aimé qui lui apportait d'énervantes ivresses...

Cependant un nuage glissait de temps à autre sur
rêverie et venait tout à coup l'assombrir.

Il se revoyait alors chez Rose Pompon, assis à u
table de jeu, où l'or s'amoncelait sous sa main.

Et les paroles que lui avait dites le baron Lippa
bruissaient encore à son oreille:

Pourquoi l'engageait-il à se retirer, quelle signific
tion fallait-il attribuer à son insistance, quel no
donner à l'intérêt qu'il lui témoignait.

Depuis un mois, Rodolphe avait mis le pied sur u
pente qui l'entraînait vers un avenir, qu'on lui laissa
à peine entrevoir et sur lequel on n'avait jamais voul
le renseigner tout à fait.

Quel était ce baron Lippari, et de quel droit pre
nait-il cette autorité dans sa vie!...

D'où venait-il lui-même et où allait-il?...

Jusqu'alors, il n'avait pas réfléchi... L'amour qu'
portait à mademoiselle de Beaulieu l'aveuglait à c
point qu'il ne s'était jamais sérieusement demand
quel rôle étrange le baron Lippari lui faisait jouer..
Mais à certaines heures, quand les traditions d'honneur et de loyauté, momentanément étouffées, se faisaient jour à travers les obscurités qui l'enveloppaient
il sentait une amertume inouie pénétrer son être, et
sa pensée se reportait, plein de trouble et de remords,

rs le vieil Hermann dont il ne pouvait oublier les
aternelles bontés, et vers la jolie Bertha qu'il aimait
ujours à l'égal d'une sœur !

Cependant, que pouvait-il faire... il n'avait pas le
ourage de déchirer son cœur pour en arracher
amour de Lucy, et je ne sais quel suprême espoir
minait obstinément ses hésitations et ses défail-
ances.

Il dormit peu; ce ne fut que le matin que vaincu
ar la fatigue et mille émotions diverses, il put enfin
ûter quelques instants de repos.

Quand il se réveilla, il était midi...

Il s'habilla sommairement à la hâte, et sonna son
let.

Ce dernier accourut.

— Dominique, lui dit-il, il n'est venu personne pen-
nt que je dormais.

— Pardon, monsieur, répondit le valet... Il est
nu M. le baron Lippari; il avait, a-t-il dit, quelque
ose de très-important à apprendre à monsieur, et il
viendra dans la journée.

— C'est tout?

— C'est tout.... seulement on a remis cette lettre
ur monsieur.

— D'où vient-elle?

— De Paris...

— Donne...

Dominique remit à son maître une lettre qu'il tenait
a main, et Rodolphe n'eut pas plutôt jeté les yeux
la suscription qu'il fit un mouvement.

— C'est bien... laisse-moi, dit-il aussitôt... Si j'ai
soin de toi, je t'appellerai.

Le valet sortit, et Rodolphe déchira l'enveloppe
ine main fiévreuse.

La lettre était de Bertha.

9

Il en avait reconnu l'écriture; il avait hâte de savoir ce qu'elle lui disait :

Cette lettre semblait répondre à l'état de son esprit; toute la nuit, il avait pensé à Hermann et à Bertha, et il les avait revus tous deux à travers son sommeil.

Bertha savait donc ce qu'il était devenu... où il demeurait..., et sans doute, elle lui adressait des reproches sur une disparition qui devait lui paraître inexplicable.

Voici ce qu'il lut :

« Rodolphe,

» Je prends la résolution de t'écrire pour faire un appel suprême à ton amitié; il n'est pas possible que tu nous aies quittés avec l'idée de ne revenir jamais, et j'espère encore que tu penses à nous et que tu n'a pas cessé de nous aimer.

» Il m'a fallu bien du courage, et j'ai hésité longtemps : après tout, tu es un homme, nous n'avons pas le droit de borner ton avenir au modeste horizon de notre vie humble et calme, et peut-être est-il dans notre destinée de nous séparer à l'heure que tu as toi-même choisie.

» Pourtant, nous étions si heureux naguères! T'en souvient-il encore?... Nous vivions l'un près de l'autre, l'un par l'autre. Je ne ne demandais pas à Dieu une autre existence que celle-là... et je n'ambitionnais pas d'autre bonheur... Te rappelles-tu nos promenades à deux à travers la campagne... dans les sentiers pleins d'ombre, le long des ruisseaux bien encaissés?... moi, je ne puis rien oublier... et depuis que tu n'es plus là... je repasse jour à jour, heure par heure, les chères années que nous avons vécues ensemble...

» Rodolphe !

» Si tu savais quel déchirement s'est fait en moi

quand un matin, tout à coup, je ne t'ai plus retrouvé à mes côtés.

« C'est comme si la nuit s'était faite sur notre demeure ; il me semblait que mon pauvre cœur cessait de battre ; j'ai cru que j'allais mourir !

» Mais je me suis raisonnée, j'ai compris qu'un jour ou l'autre, cette séparation devait s'accomplir, que l'amitié vit surtout de dévouement et de sacrifice, et j'ai voulu savoir afin de rassurer mes dernières inquiétudes.

» Écris-moi donc, ne fut-ce qu'un mot, et s'il m'apprend que tu ne te repens pas de la résolution que tu as prise, je n'aurai pas le courage de t'en vouloir, et je croirai que tu es heureux, puisque tu auras toi-même choisi ton bonheur.

> » Ta sœur, BERTHA,
> qui t'aime toujours du plus profond
> de son cœur. »

Rodolphe relut à plusieurs reprises cette lettre si simple, et plus d'une fois, pendant qu'il lisait, sa poitrine se gonfla et son œil se voila de larmes.

Puis, quand il eut fini, il secoua résolûment le front et fit quelques pas vers la porte ; mais il s'arrêta presque aussitôt.

La porte venait de s'ouvrir, et un homme venait d'entrer.

C'était Lippari.

— Vous alliez sortir, fit le baron.

— Oui, monsieur, répondit Rodolphe.

— Et serait-on indiscret, si l'on vous demandait où vous allez ?

— Nullement.

— Donc, vous vous rendez...

— Chez Hermann !

Le baron recula avec surprise.

— Hermann ! répéta-t-il ; et à quelle occasion ; dans quel but ?

— Mais... balbutia Rodolphe.

Lippari protesta du geste.

— Oh! pardon! dit-il aussitôt, vous ne me devez aucun compte du mobile de vos actions... et je retire ma question... Seulement, la visite que vous projetez dérange un peu mes plans... et j'en suis contrarié.

— Vous aviez à me parler? interrogea Rodolphe.

— Précisément.

— Eh bien... qu'à cela ne tienne... accompagnez-moi, et chemin faisant... nous aurons le temps de causer.

— Vous avez raison...

— Vous consentez.

— Cela vaudra toujours mieux que de remettre à demain la confidence des choses que j'ai à vous dire...

Rodolphe achevait sa toilette à la hâte. Sur les derniers mots du baron, il se tourna vivement :

— C'est donc grave? demanda-t-il encore.

— Très-grave... répondit Lippari.

— De quoi s'agit-il?

— De ce qui s'est passé hier, après notre départ du ministère.

— Le comte de Frontenay !... Lucie...

— Précisément.

— Ah! parlez! parlez!... je veux savoir.

Le baron allait répondre... le valet vint prévenir son maître que la voiture était prête.

Rodolphe hésita.

— Voulez-vous que nous restions !... dit-il vivement agité.

— Eh! pas le moins du monde, repartit le baron.

Il fait un temps superbe. Nous irons passer une heure au Bois, et votre cocher vous conduira, en revenant, chez le vieil Hermann... C'est ce qu'il y a de plus simple.

— Partons alors ! fit Rodolphe.

Une fois que la voiture eut atteint les Champs-Élysées, c'est-à-dire au bout de quelques minutes, Rodolphe, dont la curiosité était ardemment éveillée, se pencha vers son comapagnon :

— Voyons ! voyons ! dit-il, c'est bien du comte de Frontenay qu'il s'agit, n'est-pas !... et vous avez dit qu'après notre départ, cette nuit, il s'était passé quelque chose de grave.

— C'est cela.

— Expliquez-vous.

— Eh ! bien... je crois vous avoir dit que M. Beaulieu, qui d'abord avait accueilli la recherche de M. de Frontenay avec une bienveillance significative, semblait, depuis son retour de Trouville, avoir changé d'avis, et que cela avait désespéré un moment les deux jeunes gens.

— Ah ! elle l'aime ! elle l'aime... interrompit Rodolphe.

— Eh ! sans doute... c'est l'histoire de toutes les jeunes filles. Ce que mademoiselle Beaulieu aime dans le jeune comte, c'est son fiancé... elle n'en pas connu d'autre ; et le jour où vous lui serez présenté comme son futur époux, c'est vers vous que se tournera son cœur, qui sera alors tout étonné de ne vous avoir pas remarqué le premier.

— Enfin ! enfin ! interrompit Rodolphe.

— Enfin, le comte était fort perplexe, fort malheureux même ; si bien que sa mère a deviné tout de suite ce qui se passait et qu'elle a pris, séance tenante, une résolution énergique.

— Qu'a-t-elle fait?

— M. Beaulieu était là et elle lui a parlé.

— De Lucien.

— Et de qui donc?

— Elle lui a demandé la main de sa fille.

— Que M. Beaulieu a accordée, acheva le baron.

Rodolphe fit entendre une effroyable imprécation et il se leva à demi.

— Ah! je vous l'ai dit, je le tuerai! s'écria-t-il, en proie à un désordre violent. Cette situation est intolérable, il faut qu'elle finisse et avant quelques jours, l'un de nous deux aura cessé de vivre.

— Quelle folie!

— Je n'écouterai rien.

— Et vous compromettrez tout.

Rodolphe eut un geste de révolte sauvage.

— Ah! laissez-moi, laissez-moi, dit-il hors de lui, mais vous ne voyez donc pas que mon cœur bat à faire éclater ma poitrine; vous ignorez donc que c'est le premier rêve auquel j'aie suspendu ma vie, et que s'il ne se réalise pas, j'en mourrai!...

Le baron haussa les épaules, et sourit avec compassion.

— Je vois que vous êtes un enfant, interrompit-il, et vous ne comprenez rien vous-même à ce qui se prépare autour de vous.

— Un enfant!... Ce qui se prépare! répéta Rodolphe en arrêtant son regard sur son interlocuteur.

— Ne vous l'ai-je pas dit déjà; pourquoi m'obliger à le répéter; laissez-moi faire, ne vous inquiétez de rien, et vous réponds que si mademoiselle Beaulieu doit épouser un comte de Frontenay, celui-là ne s'appellera pas Lucien, mais bien Rodolphe.

— Que dites-vous?

— Une chose bizarre, qui semble insensée; mais c'est la seule que je puisse vous dire. Si je n'arrêtais pas mes confidences, avant une heure, vous auriez par votre imprudence, déjoué tous nos plans.

Rodolphe se tut pendant quelques minutes; rejeté au fond de la voiture, le front penché, l'âme troublée, il s'était pris à songer...

Ce qu'on venait de lui dire était si impossible, si extravagant, qu'il ne pouvait y croire... Il avait beau se torturer l'esprit, il ne parvenait pas à faire le jour à travers les ténèbres qui s'accumulaient de plus en plus autour de lui!

Et puis... une inquiétude lui était revenue qui se changeait peu à peu en soupçon.

Quel était cet homme... jusqu'à quel point devait-il se fier à lui... encore une fois, à quel rôle mystérieux le destinait-il ?

Il n'y voyait pas bien... et il avait peur.

— Eh bien ! fit le baron au bout d'un instant, vous avez réfléchi; à quelle résolution vous arrêtez-vous?...

Rodolphe se secoua comme au sortir d'un songe pénible.

— Je ne sais..., répondit-il ; je suis fort troublé... Je cherche à me retrouver et je n'y réussis pas.

— Vous vous défiez de moi !

— N'en croyez rien !

— Pourquoi vous en défendre ?... A votre âge, on est inhabile à dissimuler, et je lis dans votre cœur comme en un livre ouvert. Vous êtes une nature honnête et loyale, et les réticences dont j'enveloppe mes paroles vous donnent le droit d'hésiter. C'est là un grand danger... Toutefois, votre ignorance vous protège encore, et je ne veux rien faire pour l'éclairer... Dans quelques mois, vous serez édifié tout à fait, et vous me serez reconnaissant alors de la prudence que j'aurai déployée... Que décidez-vous ?

Rodolphe releva la tête.

— Un mot seulement, répondit-il.

— Voyons ! fit le baron.

— Vous m'avez promis, au début de nos relations, que vous me feriez connaître le nom de mon père.

— C'est vrai.

— Le moment est-il proche où cette révélation doit m'être faite ?

— Il m'est impossible de préciser.

— Mon père vit-il encore ?

— Il vit !

— Et ma mère ? interrogea Rodolphe d'un ton où tremblait une émotion inquiète.

— Votre mère...

Le baron allait poursuivre ; il se contint.

— A quoi bon ! répondit-il, soulever à demi le voile qui couvre le passé. Vous connaîtrez tout cela un jour, et sachez gré, dès à présent, à ceux qui remettent à vous raconter l'histoire de ce passé.

Rodolphe prit son front dans ses mains, et étouffa un soupir douloureux.

Mais, presque au même instant, son regard s'alluma d'une flamme inattendue, et il se pencha au dehors au risque de tomber sur la voie.

— Qu'y a-t-il ! demanda le baron étonné de ce brusque mouvement.

— C'est elle !... répondit Rodolphe, la lèvre tordue par un ricanement amer.

La calèche de M. Beaulieu venait de passer et il avait aperçu Lucien qui caracolait à la portière.

Ses deux poings se crispèrent avec fureur.

— Lui ! lui ! ajouta-t-il, d'un accent farouche.

— Calmez-vous ! voulut dire le baron.

— Ah ! vous en parlez à votre aise, vous qui m'enfermez dans ce cercle d'obscurité où je ne vois plus !... Pourquoi Dieu a-t-il mis en moi cet amour insensé qui brûle mes veines et altère ma raison... quelle responsabilité est la mienne d'ailleurs, à qui dois-je compte de mes actions ; qui osera me les reprocher ? Ai-je un père qui se soit inquiété de moi, une mère qui ait veillé sur mon berceau ? Non ! je suis seul au monde, et je puis mourir demain, sans laisser derrière moi, ni un regret ni un souvenir. Qui sait même si ma disparition ne sera pas un soulagement pour ce père indifférent ou cette mère coupable. Ah ! tenez !... tenez !... vous voyez, j'en arrive au blasphème, et en tout mon désespoir, toutes mes douleurs s'échappent en paroles odieuses de mon cœur déchiré. Il faut en finir.

— Qu'allez-vous faire ?

Rodolphe jeta un ordre au cocher. La voiture s'arrêta, il ouvrit la portière et sauta à terre.

— Rodolphe !... dit le baron surpris, écoutez-moi.

— Je vous laisse !... répliqua le jeune homme.

— Où allez-vous ?

— Je ne sais.

— Vous ne voulez pas que je vous accompagne ?

— Non ! non ! j'ai besoin d'être seul, de respirer... adieu.

— Où vous retrouverai-je ?

— Ce soir, demain; sais-je ce que je vais faire.

— Je vous en prie.

— Ah ! n'insistez pas, monsieur, je vous le répète, mon cocher vous conduira où vous lui direz... Quant à moi ! moi !

Il n'acheva pas et partit.

Ainsi qu'il l'avait dit, Rodolphe ne savait pas lui même où il allait.

Il obéissait à un sentiment plus fort que sa vo
lonté. Il n'était plus maître de ses sensations. Se
tempes battaient ; de fauves lueurs passaient dans se
yeux.

En un instant, il se fut enfoncé sous bois, et march
devant lui.

Le souffle d'automne qu'il aspira bientôt à plein
poumons ramena un calme relatif dans son esprit.
Si aucun incident nouveau ne s'était produit, peut-êtr
serait-il revenu tout à fait à la raison ; mais comm
il arrivait dans les environs de la cascade, une pâleu
subite envahit ses traits et un cri rauque gronda dan
sa poitrine.

À vingt pas, la calèche de M. Beaulieu s'était arrêté
et le comte de Frontenay penché vers Lucy, conti
nuait une conversation qui paraissait vivement inté
resser les deux amoureux.

Rodolphe se rejeta brusquement dans un fourré,
là, l'œil ardent, la poitrine soulevée, masqué par le
branches d'arbres, il regarda !

Dix minutes s'écoulèrent... puis tout à coup, pres
que sans transition, son visage s'éclaira, et sa physic
nomie prit une expression de joie inattendue...

La calèche venait de repartir... et Lucien de Fron
tenay, après avoir adressé un geste d'adieu à la jeun
fille, était restée à sa place, suivant d'un dernier r
gard la voiture qui s'éloignait.

Rodolphe aspira l'air avec force et s'élança vers l
jeune comte avec un bond de tigre.

L'arrivée inopinée de Rodolphe arracha brusqu
ment le jeune comte à sa rêverie.

Il releva la tête.

— Que me voulez-vous ? dit-il, pressentant vagu
ment ce qui allait se passer.

— Ne le devinez-vous pas ? répliqua Rodolphe d'u

cent railleur, et avez-vous déjà oublié les paroles que nous avons échangées cette nuit ?

— C'est une provocation !

— Croyez-vous que nous manquions de motifs sérieux pour la justifier ?

— Mais...

— J'aime mademoiselle Beaulieu, monsieur, et je ne souffrirai pas que, moi vivant, elle appartienne à un autre.

Lucien avait jeté la bride de son cheval à l'un des garçons du restaurant de la Cascade ; il se rapprocha de Rodolphe.

— Alors ! c'est un duel que vous voulez, dit-il d'un ton où grondait une colère mal contenue.

— Auriez-vous quelque objection à opposer...

— Une seule.

— Laquelle... dites... dites...

— C'est que vous me connaissez, vous ! et que jusqu'à présent je n'ai pu découvrir quelle individualité se cachait sous le nom que vous portez.

Rodolphe devint blême.

— Avez-vous bien dit ce que vous pensez? répliqua-t-il les poings serrés, et prétendez-vous vous abriter derrière ce prétexte banal qui ne peut servir que votre lâcheté.

— Monsieur.

— Vous êtes comte, monsieur de Frontenay... et je m'appelle tout simplement Rodolphe... les hasards de la naissance ont pu nous jeter dans des rangs différents... mais je me suis toujours imaginé qu'entre deux hommes de cœur, il ne pouvait y avoir que la résistance d'une épée...

Lucien se prit à sourire.

— Vous avez raison... répondit-il, revenant à lui, mais sans que son irritation se fut calmée, croyez que je

ne songe pas à me dérober, et s'il me fallait en donn
une preuve, je n'en voudrais pas d'autres que la hai
que vous m'inspirez !

— A la bonne heure !...

— Demain, je me tiendrai donc à votre dispositio
et vos témoins régleront avec les miens tous les d
tails de cette rencontre... Est-ce tout ce que vo
désirez ?

— C'est tout.

— Alors, à demain..., monsieur.

— A demain ! à demain !

Le jeune comte alluma un cigare, remonta à chev
et un instant après, il disparaissait par la gran
allée.

Quand à Rodolphe, il reprit un sentier opposé
tout entier aux sensations diverses dont il était agi
il s'absorba dans ses réflexions amères.

Il y avait un quart d'heure au plus, qu'il chemin
ainsi, quand il entendit une voix de femme qui l'app
lait à travers le sentier désert.

Il se retourna, étonné, et aperçut Rose Pompon qu
nonchalamment allongée dans son huit-ressorts, l'i
vitait de la main à venir à elle.

— Vous êtes à pied !... fit la jeune femme; vo
avez donc renvoyé votre voiture.

— J'étais avec le baron, répondit Rodolphe...
voulais marcher, et il s'en est allé tout seul.

— Est-ce que vous retournez ainsi à l'hôtel?...

— J'ai une visite à faire à Passy. Je prendrai ι
fiacre.

— Voulez-vous que je vous jette où vous avez
faire?...

— Merci !...

— Vous craignez peut-être de vous comprome
tre?..

— Quelle idée !

— Eh bien, montez alors ! et j'aurai peut-être à vous dire certaines choses que vous ne serez pas fâché de connaître.

Rodolphe ne se fit pas prier davantage, et alla prendre place à côté de la jeune femme.

— Ah ! vous ne me gâtez pas ! dit celle-ci quand la voiture se fut remise à marcher. Depuis que Lippari vous a amené chez moi, c'est tout au plus si vous m'avez offert l'occasion d'une conversation particulière.

— C'est que... commença Rodolphe.

— C'est que vous aimez autre part, acheva Rose Pompon, je sais cela.

— Qui vous l'a dit?

— Le baron, et d'ailleurs, je l'avais bien deviné.

— A quoi?

— Bon ! nous autres femmes qui ne sont point distraites par les préoccupations sérieuses de la vie, nous observons mieux qu'on ne le croît ! Et puis, j'ai mes raisons pour m'intéresser à vous.

— Vraiment.

— Vous ne l'avez point remarqué...

— C'est-à-dire?...

— Non... Vous n'avez rien vu... et c'est tout simple. Il y a de par le monde une certaine Lucy Beaulieu qui occupait toutes vos pensées, et en dehors d'elle, il n'y avait rien ! Ah ! il paraît que vous l'aimez bien, cette jeune fille ?

— Vous la connaissez?

— Si je la connais !... Mais ne parlons pas d'elle; nous avons autre chose à faire.

— Quoi donc ?

— Rodolphe leva les yeux sur la jeune femme et il se sentit presque brûlé par le regard qu'elle lui jeta.

Rose Pompon sourit. Nous avons déjà dit qu'e
avait les dents éblouissantes. Mais ce sourire s'ét
gnit presque aussitôt et une ombre plissa son front

— Vous venez de vous rencontrer avec le jeu
comte de Frontenay, reprit-elle d'une voix émue.

— Vous m'avez vu! s'écria Rodolphe.

— La belle affaire; tout Paris a dû vous voir.
passais, vous ne preniez pas garde à moi... J'ai di
Trim d'arrêter, et j'ai assisté à votre conversation!
Vous vous battez avec le comte !

— Que dites-vous?

— Ne cherchez pas à nier... Cela est évident... Os
dire que je me suis trompée.

— Non, vous avez raison.

— Et le baron ne sait rien.

— Il faudra bien qu'il l'apprenne, puisque j'
compté sur lui pour être mon second.

— C'est affreux.

— Qu'avez-vous...

Un frémissement crispait le coin des lèvres de l
jeune femme.

— Qu'avez-vous? répéta avidement Rodolphe.

— Ah! vous ne devinez rien, aussi! répliqua Ros
avec un mouvement de dépit,

— Vous avez peur ?

— Oui.

— Pour le comte ?

— Vous croyez ça, vous ?

Et il y eut dans l'accent dont cette réponse fut faite
une telle intonation troublée, que Rodolphe sentit u
frisson mordre ses chairs.

— Le comte de Frontenay est une des première
lames de Paris, poursuivit la jeune femme... malgr
sa jeunesse, il a eu déjà plusieurs duels... et c'est u
des clients les plus assidus de Gattechair et de Grisier

Rodolphe fit un geste de dédain.

— Je ne me suis jamais battu encore, répondit-il ; mais le vieil Hermann m'a appris de bonne heure à manier une épée, et j'espère que le comte sera content de moi.

Il y eut un silence.

La voiture avait repris le trot, et venait d'atteindre les environs de l'Arc-de-Triomphe.

Rodolphe fit un mouvement.

— Nous retournons à Paris ! s'écria-t-il en regardant la jeune femme d'un air de reproche.

Celle-ci souriait.

— Ne voulez-vous pas vous reposer, un instant, rue du Cirque, dit-elle sur un ton singulier.

Rodolphe lui prit les mains.

— Pardonnez-moi, ma chère enfant, répondit-il, avec une sorte de gravité douce. Vous avez la bonté de vous intéresser à moi et vous me connaissez sans doute mieux que je ne me connais moi-même. Or, il y a dans ma vie, deux femmes qui, pour des causes bien différentes, ont droit à la meilleure part de mon cœur : l'une s'appelle Lucy, l'autre Berthe. La première ne m'aime pas ; et cependant demain je mourrai peut-être pour elle. Ne trouvez-vous pas qu'il est bon et juste, qu'il est loyal surtout, que je consacre à l'autre, à celle qui m'aime ! quelques-unes des heures qu'il me reste peut-être à vivre !

Rose Pompon se tut et baissa les yeux.

— Vous avez raison, dit-elle en faisant arrêter la voiture : et je n'ai rien à opposer à votre résolution.— Allez donc, mon cher Rodolphe, et que le ciel vous protége dans cette rencontre où vous devez jouer votre vie !

Rodolphe sauta à terre, salua d'un geste, et prit le chemin de Passy.

Au bout d'une heure, il atteignait la maison habitée
par Bertha... et dès qu'il en approcha, au moment de
poser la main sur la chaîne de fer qui pendait à la
porte, il s'arrêta comme tout à coup saisi d'un sinistre
pressentiment.

Les fenêtres du rez-de-chaussée étaient fermées... Il
régnait alentour un silence poignant. On eût dit une
habitation où la mort avait passé.

Il frissonna, et, comme il hésitait à sonner, il s'a-
perçut que la porte était restée entrebâillée.

Machinalement, il la poussa, traversa la petite cour
déserte, et arriva au seuil de la maison, en proie à
une émotion pénible dont il ne démêlait pas bien le
caractère.

Mais la réalité terrible ne se fit pas longtemps attendre.

A peine eut-il mis le pied dans le vestibule d'entrée,
qu'il entendit un cri déchirant, et que Bertha, les cheveux en désordre, le visage défait, vint se jeter éperdue sur sa poitrine.

— Rodolphe ! Rodolphe ! s'écria-t-elle en l'entou-
rant de ses bras, — Oh ! c'est Dieu qui t'a inspi-
rée...

— Qu'y a-t-il donc !... interrogea le jeune homme.

— Si tu savais... un malheur ! Un grand malheur.

— Explique-toi.

— Non, plus tard ! Viens ! viens !

Et elle l'entraîna vers la chambre du vieil Hermann
qui était située au rez-de-chaussée.

Rodolphe se laissait faire. Une sueur froide perlait
à son front... La pensée d'un malheur glaçait son
sang dans ses veines.

Ce ne fut pas long.

Bertha avait poussé la porte devant elle, et ils venaient de pénétrer dans la chambre.

Alors seulement, Rodolphe eût l'explication des paroles éplorées de la pauvre enfant...

Au fond de cette chambre, sur un lit aux rideaux relevés, le vieil Hermann était étendu le visage livide les traits convulsés, les yeux hagards et fixes.

Une sorte de râle soulevait sa poitrine qu'il semblait déchirer, et de temps à autre, ses ongles grinçaient sur le drap trop lourd qui le recouvrait.

— Qu'est-ce que cela signifie ? murmura Rodolphe effaré ; à la suite de quel accident ?

— A moi ! à l'aide ! c'est lui ! arrêtez-le... interrompit la voix rauque et sifflante du moribond.

Et il se tordit haletant sur le lit.

Bertha mit un doigt sur ses lèvres.

— C'est ainsi depuis ce matin ! dit-elle à voix basse.

— Il a été victime d'un guet-apens ! insista Rodolphe.

— Probablement ! mais on n'a pas voulu me renseigner, et les hommes qui l'ont rapporté...

— Quels hommes ?

— Je ne les connais pas... Seulement l'un d'eux m'a promis de revenir... et il ne m'a quittée qu'après la visite du médecin.

— Et qu'a dit ce dernier ?

— Rien de rassurant, la blessure est très-grave ; il ne pourra se prononcer que demain, à moins que quelque complication inattendue...

Rodolphe se tourna vers le moribond.

Le malheureux vieillard était tombé inerte sur son lit, et son regard atone allait à travers la chambre.

A un moment, il s'arrêta sur Rodolphe, et un douloureux gémissement souleva sa poitrine.

Il fit un signe et le jeune homme s'approcha.

Le vieil Hermann lui prit la main.

10

— C'est vous! c'est toi, dit-il d'une voix entrecou-
pée de râles. Tu es bien Rodolphe... je ne me trompe
pas!...

— Oui... oui Rodolphe... votre enfant... dit le jeune
homme, violemment ému.

— Approche... Là... près de moi... personne ne
nous entend.

— Il n'y a ici que Bertha.

— Bon, il faut que je te parle...

— Vous êtes si faible...

— Justement... je suis faible... il m'a assassiné
c'est lui...

— Qui cela?

Le vieillard jeta autour de lui un regard soupçonneux.

— Parlons à voix basse, répondit-il, il est peut-être
là qui nous écoute.

— Mais qui... qui donc? Ah! comptez sur moi,
Hermann, et quel que soit l'assassin, je le livrerai à la
justice!

Le moribond eut un frisson; Rodolphe vit passer
dans son œil vitreux la lueur d'un éclair.

— Tais-toi! tais-toi! répliqua-t-il avec force, il ne
faut pas cela. Je ne veux pas, mon Dieu! si je pouvais.

Et il se dressa sur son séant, les bras jetés en avant.

— Où est le docteur! s'écria-t-il alors en proie à
une sorte de terreur surhumaine.

— Le docteur va venir, répondit doucement Bertha.

— Quand cela?

— Ce soir... Il l'a promis!...

— Il faut que je le voie... Je veux qu'il me dise
combien d'heures il me reste encore à vivre!

Rodolphe se pencha vers lui.

— Mais vous ne mourrez pas, lui dit-il à voix ardente; vous vivrez pour Bertha qui vous aime... pour
moi qui ai besoin de vous!

Le vieillard tressaillit.

— Oui! oui! tu as raison... répondit-il... il faut que je te parle... Si tu savais.

— Quoi!

— Non! pas encore... C'est un secret... un épouvantable secret, et je ne le révélerai qu'à l'heure de la mort.

— Cependant...

— Mais d'ici-là, — Rodolphe, — cher enfant... prends bien garde! Si tu les écoutes... C'est la honte, c'est l'infamie. — N'oublie jamais les leçons d'honneur que le vieil Hermann t'a données... et quelque nom que l'on invoque, à quelque sentiment sacré que l'on fasse appel, promets-moi... jure-moi!...

Il n'en put dire davantage. Sa voix s'étrangla dans sa gorge. Une atroce souffrance contracta ses traits livides, et il retomba lourdement sur son lit.

Bertha crut qu'il était mort; elle jeta un cri et lui passa ses deux bras autour du cou.

Rodolphe l'arracha doucement à ce spectacle.

— Ce n'est qu'une défaillance, dit-il, pauvre et excellent père... Ah! comme je me repens de vous avoir quittés... Si j'étais resté près de vous, ce malheur ne serait peut-être pas arrivé!

— Alors, tu vas rester ici! dit Bertha, dont les joues se colorèrent d'une subite rougeur, tu ne nous quitteras plus... nous reprendrons notre vie d'autrefois...

Rodolphe eut un sourire contraint.

— Y songes-tu, répondit-il avec embarras.

— Est-ce que tu veux repartir... t'éloigner de nouveau.

— Il le faut.

— Me laisser seule!...

— Bertha.

— Ah!... c'est impossible, cela... vois... il est mou-

rant!... Quand tu reviendras, tu ne le retrouveras
plus vivant... et il ne t'aura pas béni avant de
mourir!...

Rodolphe cacha sa tête dans ses mains par un
geste de poignante émotion.

Il y eut un moment de silence, au bout duquel, il
sentit le souffle de Bertha frôler son oreille.

— Rodolphe, dit-elle d'un ton pénétrant où palpi-
tait tout son cœur, Rodolphe, tu resteras, n'est-ce
pas? près de moi, qui n'ai plus que toi au monde! Tu
ne m'abandonneras pas ainsi; tu ne mettras plus ce
remords dans ta vie. D'ailleurs, pourquoi t'en irais-
tu... où trouveras-tu un cœur plus aimant que le
mien... une vie plus honnête, plus heureuse que celle
qui t'attend ici. J'ai déjà bien pleuré depuis que ton
est parti... J'espérais, toujours, cependant! Un instinct secret me disait que tu reviendrais, et maintenant, je t'ai à peine vu depuis quelques minutes, et
voilà que tu t'éloignes... est-ce possible, dis, est-ce
bien toi qui serais cruel à ce point?

Rodolphe baisa longuement les mains glacées de la
pauvre enfant.

— Tais-toi! tais-toi! répondit-il, en cherchant à
se dégager; ce que tu demandes est impossible...

— Pourquoi?

— Il faut que je parte.

— Où vas-tu?

— Je ne puis le dire.

— Même à moi?

— Surtout à toi...

Bertha s'éloigna de Rodolphe... et son visage se
couvrit d'une pâleur mortelle.

— Mon Dieu! balbutia-t-elle, les bras croisés sur la
poitrine, il y a donc maintenant dans ta vie un mystère que tu n'oses pas nous confier... le passé à dor...

…isparu tout à fait de ta mémoire, et tu refuses de me
…ire... à moi!... à moi!...

Elle n'acheva pas.

Une main venait de toucher son épaule, et elle était
…stée comme pétrifiée à sa place.

Elle se retourna et aperçut debout derrière elle le
…aron Lippari qui venait d'entrer sans bruit.

Elle recula avec une profonde épouvante.

— Quel est cet homme? interrogea-t-elle en proie
…un trouble indicible.

— Cet homme... C'est le baron Lippari, répondit
…e dernier, et si vous le voulez, il vous dira ce que
…odolphe hésite à vous faire connaître.

— Vous savez pourquoi il refuse de rester ici.

— Je le sais...

— Mais vous ne le dirai pas!... interrompit brus-
…uement Rodolphe.

Le baron haussa les épaules.

— Votre frère veut s'éloigner... continua-t-il...
…arce que cet après-midi, il a provoqué le fiancé de
…ademoiselle Beaulieu et que demain il se bat en duel
…vec le fils de la comtesse de Frontenay...

Bertha jeta un cri terrible, et comme si un senti-
…ment nouveau se faisait jour tout à coup, elle bondit
…ers Rodolphe, et lui prit la main avec une autorité
…resque farouche.

— Est-ce vrai... ce que cet homme vient de dire, lui
…emanda-t-elle d'un ton âpre... Rodolphe... réponds-
…moi. Cet homme n'a-t-il pas menti?

— Il a dit la vérité!... répondit Rodolphe.

— Tu vas te battre?

— Demain.

— Avec Lucien!...

Un sanglot s'étrangla dans la gorge de la jeune

fille. Ses doigts fouillèrent les flots opulents de ses cheveux noirs.

— Horrible! horrible! murmura-t-elle. Mais cela ne peut pas être... cela ne sera pas...

— Et pourquoi donc? fit Rodolphe avec ironie.

— Ah! ne blasphème pas! ne tente pas Dieu. Tu peux tuer le comte.

— Comme il peut me tuer!

Bertha mordit ses doigts jusqu'au sang. Elle voulait parler et n'osait pas; Son regard se promenait avec égarement à travers la chambre.

Tout à coup elle se dressa livide, les cheveux épars, la lèvre tordue.

Un bruit s'était fait entendre derrière elle; le vieil Hermann venait de se lever sur son séant, et il regardait.

Bertha courut à lui.

— Ah! mon père! mon père! s'écria-t-elle éperdue... Vous avez entendu... Vous avez compris... il veut se battre... demain... avec le fils de la comtesse de Frontenay !

Et elle attendit, anxieuse, haletante, l'effet des paroles qu'elle venait de prononcer.

Le vieillard n'y prit pas garde.

Il ne voyait ni Bertha, ni Rodolphe; il n'avait rien entendu de ce que venait de dire sa fille.

Mais, le corps penché, les sourcils froncés, l'œil grand ouvert, il continuait de regarder le baron.

Et à chaque instant, une sorte de rugissement soulevait sa poitrine... ses ongles s'enfonçaient dans ses tempes, ses lèvres remuaient dans le vide.

Enfin il leva le bras par un mouvement énergique et terrible... et désignant le baron.

— Lui! c'est lui! arrêtez-le ! cria-t-il avec violence, qu'on le livre au bourreau

Et, mus par un même sentiment de stupéfaction, Ro-dolphe et Berthe se tournèrent vers Lippari.

Ce dernier souriait.

— Pauvre et excellent Hermann, dit-il avec compas-sion ; les misérables qui ont attenté à ses jours l'ont mis dans un bien triste état... Mais il est robuste et fort, il ne faut pas désespérer ; et ce délire auquel il est en proie cédera facilement devant les soins affec-tueux dont il est entouré. Voulez-vous me permettre de lui parler ?

— Mais..., balbutia Bertha, violemment impres-sionnée, autant par ce qu'elle venait d'apprendre que par ce qui se passsait.

— Ne craignez rien ! J'ai vu bien des blessés, déjà ; laissez-moi faire, et peut-être...

Et sans attendre davantage, il marcha vers le mo-ribond.

Celui-ci ne perdait aucun de ses mouvements, et dès qu'il le vit s'approcher, un cri strident entr'ouvrit ses lèvres blêmes.

— Arrêtez-le ! arrêtez-le ! dit-il encore.

Le baron s'empara de ses mains, et les serrant dans les siennes comme en un étau.

Puis il se pencha à son oreille.

— Silence ! lui dit-il en même temps d'un accent impérieux et avec un regard d'acier ; si tu tiens à la vie de ta fille, si tu ne veux pas que demain elle disparaisse de ce monde, comme tu as failli dispa-raître toi-même, ne prononce pas une parole de plus, et refoule au plus profond de ton cœur, le secret qui est sur le bord de tes lèvres ; comprends-tu ?

— Misérable !... à moi... je dirai tout !...

— Tu sais ce que valent mes menaces ?

— Je te dénoncerai... je t'ai reconnu... tu es...

— Je suis le baron Lippari... Regarde-moi bien...

Songe à ta fille Bertha, et n'oublie pas que j'ai tué
Martin pour éloigner un bien moindre danger.

Le vieillard ne répondit plus..., d'ailleurs il était à
bout de force... l'énergie factice que lui avait commu-
niquée la vue de Lippari, l'avait bien vite abandonné,
et maintenant il était là, tremblant, le cerveau troublé, cherchant vainement à retrouver la cause des
sensations qu'il venait d'éprouver.

Il ne se rappelait plus qu'une chose... C'est qu'on
avait menacé sa fille et qu'un mot imprudent tombé
de ses lèvres pouvait la tuer.

Deux grosses larmes voilèrent ses yeux et coulèrent
silencieusement le long de ses joues creuses.

Bertha qui s'en aperçut, se précipita vers lui.

— Mon père ! mon père ! dit-elle. Ah ! vous pleurez.

Le vieillard posa un doigt muet sur ses lèvres.

— Chut ! fit-il.

Et presque aussitôt il retomba une seconde fois sur
son lit, les bras ballants, et le corps brisé.

— Vous voyez, dit le baron à Rodolphe ; j'ai fait
appel à des sentiments que le cœur d'un père ne saurait oublier... Je lui ai parlé de sa fille... Je lui ai dit
qu'il allait la tuer, et momentanément du moins, le
voici revenu au calme, sinon à la raison...

Puis il ajouta :

— Venez-vous ?

Et Rodolphe fit quelques pas vers la porte...

Il espérait que Bertha ne l'entendrait pas, et qu'il
pourrait sortir sans être vu...

Mais la pauvre enfant n'avait rien oublié, — peut-
être même songeait-elle moins, en ce moment, à l'état
de son père, qu'à ce duel qui allait mettre en présence
le comte Lucien de Frontenay et Rodolphe.

Ce dernier la trouva sur le seuil de la porte.

— Tu pars !... dit-elle d'un accent déchirant ; rien

ce que j'ai pu te dire ne t'a touché, et tu iras à ce
el, sans te préoccuper des épouvantables douleurs
e tu laisses derrière toi.

Rodolphe la prit dans ses bras et la tint quelques
ondes étroitement serrée contre sa poitrine.

— Chère Bertha ! dit-il, ne me parle pas ainsi... et
tente pas de me faire revenir sur une résolution
ormais arrêtée... je le voudrais, d'ailleurs, que je
le pourrais pas...

— Ah ! tu ne nous aimes plus !

— Je ne t'ai jamais mieux aimée ! crois-tu donc que
puisse oublier le passé et les tendresses ineffables
e j'ai ressenties près de toi... et cette communion
ime de nos âmes pendant les plus douces années de
vie... non ! non ! écoute, demain, bientôt, je te
ai...

— Pourquoi pas tout de suite.

— Parce qu'il y a un secret que tu ignores, et dont
ne veux te faire la confidence que si je dois vivre.

— Que dis-tu ?

— Bertha ! ma sœur bien-aimée, n'insiste plus ; il
at que je m'éloigne. Adieu !

Rodolphe se dégagea vivement des bras de Bertha
il alla rejoindre le baron qui l'attendait.

— Où voulez-vous aller ? demanda ce dernier dès
el 'ils se trouvèrent seuls.

Le jeune homme secoua la tête.

— Je ne sais, répondit-il, cette scène m'a troublé ;
i bien besoin de reprendre possession de moi-
même.

— Voulez-vous que je vous offre à dîner ; nous
ons à causer, et puisque vous tenez absolument à
us battre avec le comte, il importe de nous en-
ndre sur les conditions de la rencontre.

Rodolphe se laissa faire ; ils allèrent dîner au café

Anglais, et prirent toutes les dispositions nécessaires
pour le lendemain.

Du reste le baron se chargeait de tout, et dès les
premières heures il devait s'aboucher avec les témoins
du comte de Frontenay.

— Ainsi, il n'y a point d'obscurité, dit Lippari,
c'est à l'épée que la rencontre aura lieu.

— Je préfère l'épée, répondit Rodolphe, mais j'ac-
cepterai l'arme que le comte aura choisie lui-même.

— Et quant à la cause du duel ?

— Imaginez le premier prétexte venu... je les accepte tous, pourvu qu'ils rendent le duel inévitable.

— Soit !

Ils se trouvaient sur le trottoir, et se dirigeaient vers
la voiture qui les attendait.

Au moment d'y monter, le baron vit venir à lui un
homme qui prononça son nom à voix basse.

Il s'arrêta.

— Chrétien ! dit-il en se penchant vers lui, approche et fais vite, mes instructions ont-elles été
exécutées.

— De point en point, répondit Chrétien.

— On a porté la lettre au comte de Frontenay.

— Le comte était chez M. Beaulieu, c'est moi qui
lui ai remise.

— Il la lue !

— Et ça a paru lui faire de l'effet.

— Enfin, qu'a-t-il ?

— Il a dit qu'il viendrait.

— Bien !... bon !... nos hommes sont prêts ?

— Et résolus à tout.

— C'est parfait ! Vas ! moi-même je serai au rendez-
vous, et je vous expliquerai ce qu'il faudra faire.

Chrétien se hâta de s'éloigner, et le baron monta
dans la voiture, qui partit aussitôt.

— Où allons-nous ? dit-il en s'asseyant auprès de Rodolphe.

— Je rentre, répondit ce dernier, et je vous rends votre liberté.

— Alors, je vous verrai demain ?

— Songez que je vais vous attendre avec une mortelle impatience. Ma vie entière est entre vos mains.

— Et nous n'épargnerons rien pour que cela tourne bien.

Les chevaux brûlaient le pavé, en moins de cinq minutes, ils s'arrêtèrent devant le n° 7 de la rue Caumartin.

Avant de s'éloigner, Rodolphe tendit la main à Lippari.

— Encore une fois, merci, dit-il, n'oubliez pas que je compte sur vous, et que c'est la meilleure preuve d'amitié et de dévouement que vous allez me donner.

— Soyez sans inquiétude, demain, je l'espère, vous serez complétement édifié sur tout ce que je vous ai dit.

Rodolphe passa le seuil de la porte et disparut.

Quelques secondes plus tard, il arrivait sur le palier du premier étage où il demeurait.

Dominique vint le recevoir, et Rodolphe remarqua tout de suite qu'il avait un air particulier de discrétion et de mystère.

— Qu'est ce donc ? demanda-t-il, tout à coup intrigué.

— Que monsieur me pardonne, répondit Dominique, mais il y a quelqu'un qui l'attend.

— Qui cela ?

— Une femme que je ne connais pas.

— Elle n'a pas dit son nom.

— Son voile était baissé ; je lui ai dit que monsieur était absent, elle a insisté pour qu'on lui permit d'attendre, et je lui ai dit d'entrer au salon.

— Il y a longtemps qu'elle est là.

— Une heure au moins !

Rodolphe jeta son pardessus à Dominique et pénétra dans le salon.

Une femme s'y trouvait en effet.

Un voile épais couvrait son visage ; mais dès que Rodolphe eut fait quelques pas, et qu'elle se fut assuré qu'ils étaient bien seuls, elle fit un mouvement, et leva son voile.

Cette femme, c'était madame la comtesse de Frontenay.

XIV

Après le départ de Rodolphe, Bertha avait eu un moment de désespoir fou, et c'est à peine si elle avait remarqué le docteur, qui, assisté de la vieille Gertrude, donnait ses soins à son père.

Elle s'était agenouillée non loin du lit du moribond et, les mains jointes, le front appuyé contre un meuble, elle priait et sanglotait.

Rodolphe était parti. Ses prières et ses larmes n'avaient pu faire changer ses résolutions ; le lendemain, il devait se battre avec Lucien de Frontenay.

Jusqu'alors, elle n'y avait pas cru ; un espoir obstiné restait dans son cœur, et elle se disait que quelqu'événement imprévu, viendrait au dernier moment, mettre obstacle à cette fatale rencontre.

Mais, cette fois, il n'y avait plus à se faire illusion : Rodolphe avait parlé, et à la fermeté de sa voix, à l'éclat de son regard, il fallait comprendre qu'il était bien résolu et que rien ne le ramènerait à des sentiments plus calmes et plus humains !

La pauvre enfant n'avait jamais si bien senti combien elle l'aimait, et jusqu'à quelle profondeur cet amour avait poussé ses racines dans son cœur.

Ses tempes battaient, son sang brûlait ses artères...

elle se sentait emportée sur une pente d'aveuglement et de folie.

Déjà, elle se voyait à quelques heures de là, recevant le corps inerte et sanglant de Rodolphe, blessé ou tué dans cet épouvantable duel, et elle se demandait dans quel sentiment se réfugier.

Tout à coup, elle se leva.

Le docteur avait achevé de panser la blessure du vieil Hermann... Ce dernier, un moment soulagé, reposait doucement allongé sur son lit ; Gertrude allait et venait sur la pointe des pieds, de peur de faire du bruit et de troubler son sommeil.

Bertha jeta autour d'elle un regard incertain ; on eût dit qu'une dernière hésitation s'était emparée d'elle et qu'elle avait honte ou qu'elle avait peur du projet qu'elle venait de former...

Toutefois, cette hésitation fut de courte durée...

Elle couvrit ses épaules d'une mante de soie, plaça un voile épais sur son front, et fit quelques pas vers la porte.

Gertrude la regarda avec stupeur.

— Vous sortez ! fit-elle à voix basse.

— Oui... je sors... répondit Bertha.

— A cette heure ¡

— Je vais revenir.

— Mais votre père...

Bertha étouffa un sanglot.

— Mon père est mieux... dit-elle, d'ailleurs, tu es près de lui, et le docteur voudra bien ne pas le quitter jusqu'à mon retour.

— Où allez-vous donc ? interrogea la vieille servante.

— Je te le dirai, ne m'interroge pas.

— Mais seule, ainsi la nuit !

Bertha eut un geste énergique.

— Oh ! je n'ai aucune crainte, dit-elle en secouant le front avec force, je sais que Dieu est avec moi, et je ne redoute aucun danger.

— Mademoiselle ?

— Non, laisse-moi... ne me retarde pas... il y va de la vie d'un homme qui m'est plus cher que ma vie même, et rien ne peut plus me retenir.

Gertrude ne fit pas d'autre observation... Bertha ferma la porte, et un moment après, elle avait quitté la maison.

La nuit était venue. Elle ne rencontra que de rares passants sur sa route, et atteignit sans encombre une station de voitures.

Elle se jeta alors dans le premier fiacre qui se présenta à elle.

Puis, dès qu'elle eut donné l'indication de la rue où elle allait, la voiture partit et prit la direction du faubourg Saint-Honoré.

Une demi heure plus tard, elle arrivait à destination.

— Attendez-moi là, dit Bertha en descendant, et vous me ramènerez à Passy d'où nous venons.

La voiture s'était arrêtée à la porte d'un hôtel élégant, dont l'entrée était éclairée par deux lampadaires.

Bertha alla droit à la loge du concierge.

— Madame la comtesse de Frontenay ? demanda-t-elle d'une voix tremblante.

— Madame la comtesse vient de rentrer, répondit le concierge, et je ne pense pas qu'à cette heure elle consente à recevoir personne.

— Oh ! je suis certaine qu'elle fera une exception pour moi, insista Bertha. Veuillez lui porter cette carte et ajoutez, je vous prie, que j'ai les choses les plus graves à lui confier.

Le concierge s'éloigna sur cette invitation, et revi[n]t
presque aussitôt, accompagné d'un valet en gra[nde]
livrée, qui était chargé par la comtesse d'amener a[u]
près d'elle la jeune fille qui demandait à lui parler.

Bertha la trouva dans sa chambre à coucher ; ai[nsi]
qu'on l'avait dit, la comtesse venait de rentrer, et [sa]
femme de chambre l'aidait à se déshabiller.

Dès que Bertha eut pénétré dans la chambre, m[a]-
dame de Frontenay se prit à la regarder avec une vi[ve]
curiosité.

— Vous avez demandé à me parler, dit-elle [en]
même temps.

— Oui, madame, répondit Bertha.

— Et vous avez ajouté qu'il s'agissait de cho[ses]
graves.

— C'est vrai !

— Eh bien ! parlez mon enfant, ne me faites p[as]
attendre plus longtemps, car, moi-même, j'ai h[âte]
d'apprendre...

Au lieu de répondre, Bertha se tourna vers [la]
femme de chambre.

— Désirez-vous donc que nous soyons seules [?]
demanda madame de Frontenay, qui remarqua [ce]
mouvement.

— C'est cela... oui, madame, fit Bertha... car [ce]
que j'ai à vous dire ne doit être entendu que de vo[us]
seule !...

La comtesse tressaillit... Pour la seconde fois, s[on]
regard s'arrêta inquiet sur la jeune fille.

Dès que la femme de chambre eut disparu, mada[me]
de Frontenay alla vivement à Bertha, lui prit l[es]
mains par un geste impatient et fébrile, et l'ame[na]
sous la lumière prodigue des candélabres de la c[he]-
minée.

— Voyons ! voyons, dit-elle avec une sourde agi[te]

n. Je ne me trompe pas, j'ai bien lu le nom qui est
cette carte que vous m'avez fait passer. Vous vous
pelez Bertha..., n'est-ce pas.

— Oui, madame.

— Vous êtes la fille d'Hermann ?

— En effet.

— Et vous habitiez cet été non loin de Lannion, en
Bretagne ?

— Madame la comtesse sait cela ?

Madame de Frontenay se laissa tomber plutôt qu'elle
s'assit sur un fauteuil.

— Bon ! bon ! fit-elle ; je sais tout ce que je voulais
savoir, et il ne me reste plus qu'à apprendre les choses
que vous avez à me confier. Voyons, ne tremblez pas
ainsi, mon enfant ; reprenez votre assurance et dites-
moi...

Il y eut un moment de silence.

Bertha avait baissé les yeux ; son sein se soulevait
avec effort... la peur l'avait reprise. Elle hésitait à
commencer.

— Eh ! bien, dit la comtesse, vous vous taisez. Ah !
c'est trop d'hésitation aussi et je m'étonne...

Bertha s'agenouilla aux pieds de la comtesse.

— Non ! non ! attendez... supplia-t-elle, c'est que
vous ne savez pas quel trouble est en moi et qu'elle
douleur a déchiré mon cœur... C'est terrible, voyez-vous.

— De quoi s'agit-il ?

— De Rodolphe.

— Votre frère !

— Et de M. Lucien.

— Mon fils !

Un frémissement remua les lèvres de la comtesse.

— Lucien... Rodolphe... répéta-t-elle ; qu'y a-t-il ?
qu'est-il arrivé ? D'où vient que je vous vois tremblante et presque épouvantée ?

11

— Vous ne devinez donc pas ?

— Parlez.

— Ils aiment tous deux mademoiselle Beaulieu !

— Mais Lucien est aimé, lui ! J'ai vu M. Beaulieu et avant quelques mois...

— C'est cela ! c'est cela !

— Que voulez-vous dire ?

— Rodolphe a appris que l'union était arrêtée. Il en a éprouvé une profonde irritation, et, n'écoutant que sa colère, aujourd'hui... au Bois...

— Achevez !

— Il a provoqué M. Lucien !

La comtesse proféra une plainte douloureuse, et une pâleur de mort se répandit sur ses traits.

— Un duel ! balbutia-t-elle. La mort peut-être.. Mon Dieu ! ce serait horrible... et cela ne peut pas être

— Ah ! n'est-ce pas, madame ?...

— D'ailleurs, quel est ce Rodolphe ? dit-elle. D'où vient-il ? qui a pénétré le secret de sa mystérieuse existence ? Lucien de Fontenay ne peut pas se battre avec Rodolphe, et l'honneur des Frontenay ne peut se compromettre dans une pareille rencontre. — Non ! mille fois non, — je verrai Lucien, — je lui parlerai et j'espère qu'il comprendra.

Bertha s'était relevée ; à son tour, elle avait pâli et pendant que la comtesse parlait, elle avait croisé ses deux bras sur sa poitrine pour en comprimer les battements. En même temps un pli amer crispait le coin de sa lèvre, et son regard enveloppait madame de Frontenay d'effluves ironiques.

— Je crois, madame, dit-elle au bout d'un instant, que vous vous faites en ce moment de bien étranges illusions.

— Moi ! répliqua la comtesse ; comment ?... pourquoi ?...

— Vous avez parlé de Rodolphe, et s'il n'était que ce qu'il paraît être, et peut-être auriez-vous raison.

— Rodolphe n'est-il pas votre frère?

— Non, madame.

— Qui est-il donc, alors?

— Je vais vous le dire.

La comtesse sentit un frisson glacer ses veines; ses yeux se voilèrent de ténèbres ... une sensation inattendue, poignante, terrible, s'empara de tout son être.

— Par grâce... par pitié! balbutia-t-elle, ne me cachez rien... Dites-moi tout... J'ai déjà bien souffert, mais la douleur m'a rendue forte et je puis tout entendre... Parlez donc, mon enfant... hâtez-vous et ne me faites pas mourir d'inquiétude et d'impatience!....

Bertha releva le front et osa regarder la comtesse.

— Il faut vous rappeler! dit-elle, — car je vais évoquer un souvenir bien lointain et que vous avez peut-être oublié. — Et, d'abord, mon père n'a pas toujours porté le nom d'Hermann, et il fut un temps où on l'appelait Germain.

— Germain! répéta la comtesse en tressaillant.

— Il habitait la Bretagne, dès cette époque, et remplissait les fonctions d'intendant auprès de M. le comte de Kersaint.

— Mon père.

— Vous vous en souvenez?

— S'il m'en souvient, mon Dieu!

— Vous étiez une enfant, alors; il vous a connue toute petite, et vous a vue grandir... depuis, bien souvent, il m'a parlé de vous.

— Après... après... murmura la comtesse, la gorge serrée et le sein palpitant.

— Vous aviez atteint dix-sept ans, seize seulement peut-être, lorsqu'une nuit...

— Nuit fatale !

— Un homme vint le trouver, et en votre nom, pour
sauver votre honneur, disait-il, il lui ordonna de quitter le château sur-le-champ, de partir pour l'étranger,
et lui confia...

— Un enfant.

— Oui, un enfant sur lequel il devait veiller jusqu'au
jour où on viendrait le lui redemander. Il lui remit en
même temps une somme considérable pour subvenir
aux frais de son éducation, et mon père pour qui l'honneur des Kersaint était plus sacré que son propre honneur, mon père n'éleva aucune objection ; il accepta
la mission dont on le chargeait, et partit du pays, où
on ne le revit plus qu'à une époque fort éloignée.

Madame de Frontenay roulait sa tête dans ses mains,
et elle sanglotait sans oser lever les yeux.

— Ah ! quel souvenir, dit-elle, et pourquoi le ciel
ne m'a-t-il pas rappelé à lui à ce moment. — Si vous
saviez, mon enfant, quel déchirement s'est fait en moi,
à l'heure de cette cruelle séparation... et combien j'ai
pleuré depuis, sur ce pauvre être aimé que j'avais à
peine eu le temps d'embrasser !

Mais j'étais faible et lâche, et j'en ai été bien punie,
car je ne devais plus revoir le cher petit être qui est
mort loin de moi !

Bertha se dressa presque effrayée à ces dernières
paroles.

— Qu'avez-vous ? fit la comtesse, étonnée de ce
brusque mouvement.

— Moi !... répondit Bertha, rien... Ce sont vos dernières paroles... N'avez-vous pas dit qu'il était mort...
loin de vous ?

— Sans doute.

— Mais c'est un mensonge odieux, une ruse infâme !

— Comment?

— On s'est joué de vous.

— Que dites-vous?

— Il vit!

— Lui... vivant!... vivant!... Dieu l'aurait conservé à mon amour!... Ai-je bien entendu?

La comtesse bondit de sa place et se précipita vers la jeune fille.

— Ah! ne me trompez pas! ajouta-t-elle d'un ton ardent; songez que vous pouvez me tuer; on ne joue pas impunément avec de pareilles émotions. Bertha!... chère Bertha, répétez ce que vous venez de dire; ne baissez plus les yeux, regardez-moi, là, bien en face... Il vit?

— Je vous le jure.

— Vous l'avez vu?

— Ne vous l'ai-je pas dit?

— Ah! que votre père soit béni entre tous les hommes... tenez, c'est à devenir folle. Je veux voir mon enfant!... entendez-vous!... Il a cru que je l'oubliais, que je le repoussais! Mais non; un fils ne désespère jamais de l'amour de sa mère! Voyons, où est-il? quel nom lui a-t-on donné, ou plutôt, partons... tout de suite, conduisez-moi vers lui.

Et saisissant les mains de Bertha, elle voulut l'entraîner vers la porte. Elle ne savait plus bien ce qu'elle faisait, une joie immense emplissait sa poitrine, elle riait à travers les larmes qui inondaient son visage.

Tout à coup elle s'arrêta étonnée du silence que gardait Berthe, et de la contrainte pénible qui se traduisait sur ses traits.

Elle devint livide, — un soupçon avait traversé son esprit avec la rapidité de l'éclair, et la clouait sur place...

— Me suis-je donc trop hâtée de me réjouir! bal-

butia-t-elle ; d'où vient que vous vous taisez... pourquoi cette hésitation, ce trouble... il y a un malheur !

— Oui...

— J'ai peur de comprendre maintenant...

— Madame.

— Attendez ! Oh ! comme je tremble. Voyez, la
sueur perle à mon front... je n'ose plus vous interroger... c'est que c'est effroyable... Cet enfant...

— Calmez-vous.

— Rodolphe, c'est Rodolphe !

Et comme Bertha se taisait, la comtesse plongea ses
doigts frémissants dans ses cheveux dénoués.

— Rodolphe ! dit-elle encore avec accablement, et je
ne l'avais pas deviné !... la première fois que je l'ai vu,
je ne l'ai pas pris dans mes bras, et je ne lui ai pas
crié que j'étais sa mère ! ah ! je suis dénaturée et
lâche, et le ciel a raison de me punir. Mais que faire,
que faire ?

Elle alla se jeter sur le divan et y demeura quelques
secondes abîmée dans un désespoir muet et sombre...
Bertha était debout près d'elle ; elle n'osait ni faire un
mouvement, ni prononcer une parole.

Cela dura une minute au plus ; puis, la comtesse se
releva le sein gonflé, l'œil fixe, le souffle ardent.

— Ainsi, c'est lui, dit-elle d'un accent plein de
fièvre, c'est bien lui, n'est-ce pas ?

— Oui, madame.

— Vous en êtes sûre ?

— Oh ! depuis longtemps.

— Et ce que vous m'avez dit de ce... duel !

— Il a été décidé cette après-midi. Rodolphe a rencontré M. Lucien au Bois, et il l'a provoqué...

— Mais, ils ne peuvent se battre !

— Ce serait un crime.

— Et vous n'avez pas cherché à le détourner, vous ne lui avez pas dit...

— Ah ! j'ai tout tenté, répondit Bertha avec un cri douloureux, mais je n'ai plus aucun empire sur lui... depuis que ce fatal amour s'est emparé de son cœur, il ne voit plus rien autre chose... c'est à peine s'il m'a écoutée... et demain, demain !...

La comtesse tordait ses bras avec désespoir, chaque parole de la jeune fille la pénétrait comme la lame acérée d'un poignard.

— Il faut empêcher cette rencontre, murmura-t-elle ; si j'hésitais, ce serait un remords éternel, et à tout prix...

Elle alla à la cheminée et agita violemment le cordon de sonnette.

La femme de chambre accourut.

— La voiture !... à l'instant ! ordonna madame de Fontenay.

— Madame va sortir ?... fit la camériste stupéfaite.

— Allez donc... Hâtez-vous, et revenez me prévenir dès que l'on sera prêt.

Et se tournant vers Bertha :

— Voyons ! ajouta-t-elle, aidez-moi... Vite ! mon manteau, mon chapeau, mon voile !... Là... Mon Dieu ! c'est vous qui m'inspirez, faites que j'arrive à temps.

— Où allez-vous donc, madame ? interrogea Bertha.

— Chez lui !

— Chez Rodolphe.

— Oui, mon enfant, et quoi qu'il faille dire, je le dirai sans rougeur et sans honte !

Berthe baisa pieusement les mains de la malheureuse mère.

— Ah ! ce que vous faites-là est courageux et noble, dit-elle, et le ciel vous bénira.

La comtesse ne répondit pas. La pensée de la dé-

marche qu'elle se disposait à tenter la possédait dé
sormais tout entière, et quand on vint la prévenir que
la voiture attendait, c'est avec une sorte de gravité
triste qu'elle descendit l'escalier et gagna le pé
ristyle.

Arrivée là, elle prit le front de Bertha dans se
mains, et le tint un moment sous ses lèvres.

— Ne désespérez plus, chère enfant, dit-elle, ren
trez calme auprès de votre père, annoncez-lui ma vi
site prochaine, et priez pour que Dieu ne m'abandonne
pas !...

Sur ces mots, la comtesse monta dans la voiture qui
partit aussitôt, et quelques minutes plus tard, el
s'arrêtait au n° 7 de la rue Caumartin... où Domo
nique, sur son insistance lui permettait d'attendre
retour de son maître.

XV

Cependant Rodolphe était resté frappé de surprise en reconnaissant la comtesse, et il ne savait trop s'il devait avancer ou reculer.

— Vous ! madame, dit-il. Vous ! ici, chez moi, à cette heure.

La comtesse secoua tristement la tête.

— Vous avez raison de vous étonner, monsieur, répondit-elle avec un pénible sourire, et il a fallu un motif bien puissant pour que je vinsse vous trouver ainsi, sans vous avoir même prévenu de ma visite ; mais j'espère que vous ne refuserez pas de m'entendre et que vous voudrez bien m'accorder les quelques minutes d'entretien que je réclame de vous.

Et comme Rodolphe gardait le silence.

— D'ailleurs, ajouta-t-elle, les choses que j'ai à vous dire n'ont point d'intérêt pour moi seule, et peut-être me serez-vous reconnaissant vous-même de l'empressement que j'ai mis à venir vers vous.

Rodolphe regarda la comtesse avec étonnement. Vaguement... il soupçonnait le but de sa démarche, et pensait bien qu'elle visait surtout la rencontre du lendemain. Mais quel sens mystérieux attribuer à ses dernières paroles, et comment admettre qu'il pût être jamais question de reconnaissance entre la comtesse et lui !

— Je ne m'attendais pas à rencontrer chez moi madame la comtesse de Frontenay, répondit-il, avec un air d'embarras; seulement je crois deviner le motif de votre démarche, et quoiqu'il me semble difficile que nous puissions nous entendre, je suis prêt cependant à vous écouter.

La comtesse se tut un moment... Ce qui se passait en elle se comprend mieux qu'il ne peut s'expliquer; son regard s'attachait avec une étrange fixité sur le visage de Rodolphe, et quoiqu'elle fît, en dépit de l'inquiétude mortelle qui la dévorait, elle ne parvenait pas à faire taire l'émotion qui s'était emparée d'elle.

— Vous savez pourquoi je suis ici, reprit-elle au bout de quelques secondes.

— Tout au moins, je le soupçonne, répondit Rodolphe.

— Cet après-midi, vous vous êtes rencontré au Bois avec le comte de Frontenay, et vous l'avez provoqué.

— En effet.

— Vous devez vous battre avec lui.

— Oui, madame.

La comtesse appuya ses deux mains sur son cœur.

— C'est donc vrai ! dit-elle, en proie au trouble le plus douloureux; moi, je n'y pouvais croire encore, bien qu'on me l'eût assuré ! Mais cette rencontre est impossible ?

Rodolphe eut un amer sourire.

— Et pourquoi donc... répliqua-t-il... serait-ce par hasard M. le comte de Frontenay qui vous aurait inspiré cette démarche. Aurait-il réfléchi depuis tantôt... et a-t-il eu l'idée de m'envoyer sa mère à la place des deux témoins que j'attends.

— Ah! vous ne le croyez pas!... s'écria la comtesse : Lucien est homme d'honneur autant que de courage...

— Je compte alors qu'il m'en donnera la preuve !...

— C'est moi... moi seule... entendez-vous, c'est de mon propre mouvement que je suis venue... et il ignore que je fais à cette heure...

Rodolphe s'inclina.

— Je vous crois, madame, dit-il avec une pointe d'ironie ; mais je m'étonne, en ce cas, que vous ayez été si bien instruite, et je cherche qui a pu commettre une pareille indiscrétion.

— Ne cherchez pas, car je puis vous le dire.

— Qui est-ce donc ?

— Une femme !

— Mademoiselle de Beaulieu, peut-être ? interrompit violemment le jeune homme en enveloppant la comtesse d'un regard menaçant.

Celle-ci pâlit.

À l'ardeur farouche qui s'était tout à coup manifestée sur ses traits, elle comprenait mieux que jamais à quelle implacable résolution elle allait se heurter. — Toutefois, elle se raidit contre sa propre défaillance, et eut la force de sourire.

— Non ! répondit-elle... non... ce n'est point mademoiselle Beaulieu...

— Cependant.

— C'est une jeune fille qui vous connaît... qui vous aime, et à laquelle vous êtes attaché par les liens les plus sacrés.

— Quelle énigme.

— Bertha !...

— Et elle vous a dit.

— Tout, monsieur, elle ne m'a rien caché. Elle tremblait pour vous, autant que je tremblais moi-même pour Lucien, et nos deux amours se sont enotendus pour tenter un effort suprême.

Rodolphe fronça le sourcil.

— Bertha a eu tort, dit-il, d'un ton contenu. L'amitié qu'elle me porte s'égare, et je ne l'ai point autorisée à s'entremettre ainsi dans mes affaires d'honneur.

D'ailleurs, ajouta-t-il, du même accent brusque, son imprudence une fois admise, je m'explique moins encore sous quel sentiment vous avez agi vous-même en venant me trouver, et quel espoir a pu vous pousser.

La comtesse baissa les yeux et ne répondit pas tout de suite. Elle touchait au moment critique de l'entretien qu'elle avait sollicité ; et, maintenant, elle n'ose poursuivre. Elle surmonta cependant son hésitation et puisa dans son cœur la force de reprendre.

— Vous avez raison, fit-elle, et je comprends que vous vous étonniez ! C'est qu'aussi, il y a dans votre existence un mystère qu'on ne vous a point dévoilé encore, et que seule, à cette heure, je puis vous fail connaître...

— Que dites-vous ?

— Vous n'êtes pas le fils d'Hermann.

— D'où savez-vous ?...

— Qu'importe, si c'est vrai !

— Ah ! je ne pense pas que M. le comte de Frontnay, dont l'honneur vous est cher, m'oppose l'obscurité de ma naissance pour repousser une rencontre ?

— Je n'ai point vu encore Lucien, et ce n'est pas de lui qu'il s'agit.

— De qui donc ? alors.

La comtesse leva les mains vers Rodolphe par un geste suppliant.

— Écoutez-moi, monsieur, poursuivit-elle, d'une
[...] brisée ; écoutez-moi sans colère, avec bienveil-
[...]ce, et attendez que je vous aie dit tout ce que j'ai
[...]ous dire. Depuis que vous avez atteint l'âge
[...]omme, il a dû vous arriver souvent de chercher à
[...]der le mystère de votre naissance, et plus d'une
[...] sans doute, vous avez tenté de soulever le voile
[...] vous cachait le passé... eh ! bien... si cela est
[...]si, il est une image que vous avez dû évoquer dans
[...]passé sombre et sur laquelle vous aimiez à reporter
[...] regards ou à reposer votre pensée.

— Qui cela, fit Rodolphe avec un tressaillement.

— Votre mère.

— Mais, je ne l'ai jamais connue ! Hermann ne
[...]en a jamais parlé, à aucune époque de ma vie elle
[...] tenté de se manifester à moi, qu'elle abandonnait
[...]as l'indifférence et dans l'oubli.

— Ne croyez pas cela.

— D'où vient alors qu'elle attendu jusqu'à ce jour.

— C'est que la malheureuse avait été cruellement
[...]mpée, et qu'on lui avait dit que vous étiez
[...]ort.

Rodolphe fit un mouvement.

— Vous la connaissez donc !... interrogea-t-il, sais[...]
[...]r un sentiment qu'il ne définissait pas bien en-
[...]re.

— Oui ! balbutia la comtesse d'une voix faible.

— Elle vit ! vous la voyez... c'est-elle... peut-être
[...] vous envoie !...

Madame de Frontenay s'empara des mains du jeune
[...]omme.

— Oui, c'est cela, dit-elle avec effusion. On lui a
[...]t que vous étiez loyal et bon ; elle ne veut pas que
[...]us exposiez vos jours au moment où le hasard vous
[...]nd à son amour, et elle a pensé...

La comtesse s'arrêta, glacée, et ses deux bras tombèrent inertes le long de son corps.

Un éclat de rire strident et moqueur venait de faire entendre, et Rodolphe s'était vivement dégagé son étreinte et avait reculé de deux pas.

— N'achevez pas, de grâce, dit-il, et ne prolongez pas davantage un entretien dans lequel je serais posé à perdre l'empire que je veux conserver sur moi même...

La ruse que vous avez employée ne tromperait un enfant, et je ne m'y laisserai pas prendre; cherchez donc plus à me faire revenir sur une résolution qui est désormais irrévocable... et bornez votre rôle de mère à prier Dieu pour qu'il protége votre fils, dans cette rencontre que rien ne saurait empêcher !

Et, après avoir parlé de la sorte, il fit quelques pas comme pour se retirer.

La malheureuse jeta un cri affolé, et se précipita vers lui, elle se laissa tomber à genoux sur le parquet.

— Arrêtez... dit-elle... Rodolphe, je vous en conjure, ne parlez pas ainsi !... j'hésitais... j'avais tort... Vous ne pouviez comprendre... Il faut que vous connaissiez tout... et je veux tout vous dire... O Rodolphe... Rodolphe... ayez pitié de moi... consentez m'entendre encore, et songez que votre bonheur même... le vôtre, entendez-vous, est en jeu à cette heure où je vous parle et vous supplie!

Rodolphe avait suspendu sa marche, et sans qu'il put se rendre compte de ce qu'il éprouvait, il s'était senti tressaillir jusqu'au plus profond de son cœur.

Il releva doucement la comtesse, la conduisit vers un divan où il la fit asseoir, et prenant place lui-même à ses côtés.

— Remettez-vous, madame, lui dit-il plus troublé

...'il n'eût voulu le paraître; pardonnez-moi, si je vous
... offensée, et croyez qu'il ne dépend pas de moi...

La comtesse garda le silence quelques secondes;
...e avait pris sa tête dans ses mains et pleurait à
...audes larmes.

Mais elle revint presque aussitôt à la réalité de la
...uation, et relevant les yeux sur le jeune homme :

— C'est une douloureuse histoire, dit-elle en repre-
...nt possession d'elle-même, un terrible souvenir qui
...se encore après vingt-cinq années, sur le cœur de
...e malheureuse mère. A l'époque dont je parle, ce
...était qu'une enfant; elle avait seize ans à peine, et
...ait seule, presque abandonnée, dans une vieille de-
...ure, où son père, homme de plaisir, ne venait la
...iter qu'à de longs intervalles. Un jour, un homme
...ssa dans sa solitude; il était jeune comme elle,
...gant, hardi, ambitieux; nul ne le connaissait; il
...rtait un nom qu'on n'avait jamais entendu pronon-
...é dans le pays : mais à cet âge, le cœur d'une
...mme est sans défiance; le mystère ajoute un danger
...plus à la séduction, et la pauvre enfant que rien
...protégeait, était fatalement destinée à succomber,
...s même avoir tenté de se défendre. C'est ce qui
...t lieu, et elle ne revint à elle, elle ne s'aperçut de la
...te qu'elle avait commise, que le jour où elle était
...rdue!

Ce fut horrible... dans son isolement, elle n'avait
...s un ami à qui se confier... il fallait cacher sa honte
...tous; il fallait surtout assurer la vie de l'enfant
...'elle allait bientôt mettre au monde.

Alors, elle eut le courage d'aller à son père et de
...i avouer toute la vérité... elle lui raconta ce qui
...it arrivé, sans chercher même une excuse dans l'a-
...ndon où on l'avait laissée jusqu'alors. Elle espérait
...'un hymen pourrait lui rendre l'honneur, et qu'elle

trouverait auprès de son amant, devenu son époux, le bonheur auquel elle croyait encore.

La désillusion fut complète.

L'homme dont elle demandait à porter le nom n'était qu'un misérable aventurier qui n'avait vu dans sa chute qu'un moyen d'atteindre plus sûrement à la fortune; dès le premier entretien, il leva audacieusement le masque et menaça d'en appeler au scandale si on repoussait ses prétentions... Alors on le chassa honteusement, et le père et la fille restèrent seuls en présence.

Qu'ajouter à cela, que vous ne compreniez déjà?

A peine la pauvre mère fut-elle délivrée, qu'on la sépara cruellement de son enfant, elle n'avait pas même entendu son premier cri, elle ne lui avait pas donné son premier baiser, et quand plus tard elle demanda à le voir, ne fût-ce qu'une seconde, on lui répondit qu'il était mort, et que le plus sage était d'oublier jusqu'à son souvenir !

Son désespoir fut poignant... elle voulait mourir à son tour... et demandait chaque jour à Dieu de la rappeler à lui !... puis bientôt, ce désespoir se changea en mélancolie sombre... elle passait indifférente à travers toutes les distractions qu'on lui présentait, elle accueillait d'un pâle sourire les soins empressés dont on l'entourait.

Cela dura deux ans, au bout desquels vaincue, sans volonté et sans force, elle se résigna enfin à épouser l'homme dont aujourd'hui elle porte le nom.

La comtesse se tut un moment et courba le front comme affaissée sous le poids des souvenirs qu'elle venait d'évoquer.

Rodolphe avait écouté avidement le récit qu'elle lui faisait, et plus d'une fois il s'était attendri à la pensée des douleurs que sa mère avait endurées.

Mais il démêlait mal quelle relation pouvait exister entre l'histoire qu'on lui racontait et le but que l'on voulait atteindre, et il avait hâte de voir clair dans les intentions de la comtesse.

Il ne put s'empêcher de faire part de ce qu'il éprouvait.

— Croyez, dit-il, que vos paroles resteront gravées dans mon cœur, et elles ne peuvent qu'augmenter le respect que j'ai voué à la sainte mère qui a tant souffert pour moi. Mais laissez-moi vous dire en même temps que je ne vois pas bien...

— C'est que je ne vous ai pas tout dit, interrompit la comtesse ; et si vous voulez bien m'accorder encore quelques minutes.

— Ah ! parlez... parlez !

— Ce n'est pas dans ce mariage de résignation et de raison que votre mère pouvait espérer trouver un bonheur sur lequel, d'ailleurs, elle ne comptait plus. Et pourtant, une année ne s'était pas écoulée qu'elle reprenait à la vie, à la confiance, et qu'un nouveau sentiment pénétrait son cœur brisé. Dieu lui avait fait la grâce de devenir mère une seconde fois, et dès lors, son courage se releva, elle se sentit comme pardonnée, et se réfugia dans cette maternité comme dans une forteresse, où les mauvais souvenirs ne pourraient plus l'atteindre désormais. Elle n'oubliait pas cependant le cher petit être qui lui avait été enlevé, et qui était mort, et reporta sur son nouvel enfant tout l'amour, tout le dévouement dont son âme était pleine. Elle ne se possédait pas, et pendant de longues journées, rien ne vint altérer la sérénité de ses joies maternelles. Mais, hélas ! c'était trop de bonheur aussi... et cela ne devait pas durer.

— Comment ? fit Rodolphe en se rapprochant.

— Un jour, au moment où elle croyait en avoir fini

12

avec son passé coupable, elle rencontra par hasard
sur sa route...

— Qui donc...

— L'aventurier!... il avait disparu depuis longtemps
Elle croyait ne jamais le revoir.

— Et il revenait!

— Oui!... il revenait!

— Le misérable!

— Vous comprenez, n'est-ce pas, quelle épouvante
s'empara de la malheureuse femme!... Ce n'est pas
pour elle qu'elle craignait; mais elle se sentit glacée
jusqu'aux os en songeant que la vie de son enfant devait être menacée.

— Pauvre mère!

— Ah! plaignez-la!... oui... plaignez-là, car ce
qu'elle redoutait n'était rien auprès de l'effroyable
malheur qui devait la frapper.

— Que dites-vous...

— Une chose impossible... insensée... que n'inventerait pas même un cerveau troublé de folie.

— Mais qu'est-ce donc?...

— Tout à l'heure on est venu lui apprendre que ce
fils qu'elle n'espérait plus revoir jamais avait été par
miracle conservé à son amour... qu'il était vivant,
digne c'elle, et qu'il pourrait reprendre la place légitime dans son cœur maternel.

— Eh bien.

— Mais en même temps on lui annonçait que les
jours de son enfant étaient menacés, qu'elle ne le retrouvait que pour le reperdre de nouveau; qu'enfin
demain, il allait jouer sa vie dans une rencontre fratricide.

— Madame!... fit Rodolphe en levant d'un bond.

— Oui, fratricide!... entendez-vous... continua la
comtesse. Car l'adversaire de ce fils bien-aimé

lui qu'il peut tuer ou qui peut le tuer, c'est...

— Achevez !

— C'est son frère !...

Rodolphe jeta un cri effaré et cacha sa tête dans les mains.

Il s'attendait si peu à cette révélation qu'il se demandait avec épouvante s'il était bien éveillé ou s'il n'était pas le jouet d'un horrible cauchemar.

Lucien de Frontenay, son rival d'hier, son adversaire de demain... c'était son frère !...

Et la comtesse qui était là, suppliante, accablée, osant à peine lever les yeux sur lui.

Tout son cœur se déchira à cette pensée, et obéissant à un sentiment qui emportait sa volonté même, il se laissa tomber à ses pieds, et lui tendit les mains.

— Oh ! pardonnez-moi ! pardonnez-moi, dit-il d'une voix brisée, vous êtes la meilleure des mères, et disposez de moi comme du fils le plus respectueux.

— Rodolphe ! mon Rodolphe, balbutia la comtesse folle de joie.

Et comme deux larmes attendries coulaient en ce moment sur les joues de son fils, elle l'attira sur sa poitrine et l'y tint quelques secondes étroitement serré dans l'effusion d'une ivresse sans nom.

— Ah ! vous ne souffrirez plus, voulut dire Rodolphe.

La mère eut un sourire radieux.

— Est-ce que j'ai souffert, interrompit-elle vivement, est-ce que j'ai pleuré. Est-il possible désormais que le malheur puisse me menacer ; puisque tu m'es rendu et que te voilà dans mes bras !... ô Rodolphe, mon enfant, tu m'aimeras, n'est-ce pas ?... Tu ne me quitteras plus. Nous vivrons l'un près de l'autre. Songe donc, il faut que tu me rendes dans l'avenir ces vingt-

cinq années de bonheur que tu dois à ta mère! ta
mère!... Entends-tu?... Comprends-tu?...

Et, tout en parlant, elle l'étreignait entre ses bras et
prenait des intonations douces et tendres comme si elle
se fut adressée à un enfant.

A un moment pourtant, elle tressaillit et proféra une
plainte douloureuse.

Une ombre venait de passer sur le front de Rodolphe.

— Qu'as-tu! interrogea-t-elle, et pourquoi ce pli
soucieux sur ton front?

Rodolphe voulut se dérober à cette question, et
esquissa un sourire.

— Ce n'est rien, dit-il avec effort, une ombre qui passe
sur mon bonheur; c'est la dernière, demain ce sera fini.

Madame de Frontenay comprit toutes les réticences
de Rodolphe, et son cœur se serra.

— Pauvre et cher enfant, dit-elle émue d'une douce
pitié... Tu souffres, — moi, je n'y songeais plus.
J'étais si heureuse.

— Vous le serez toujours désormais, et jamais un
chagrin ne vous viendra de moi.

— Ah! tu es bon.

— Et je vous aime! et je suis prêt pour vous à
tous les sacrifices.

La comtesse ne répondit pas tout de suite.

La pendule venait de sonner minuit. Il était temps
de se retirer, et elle ne pouvait s'y résigner.

Et puis un autre souci lui était venu.

Elle se leva.

— Vous partez! fit Rodolphe.

— Il le faut, répondit la comtesse. Maintenant nous
nous verrons souvent, tous les jours... Nous avons à
causer longuement. Mais avant de partir, laisse-moi
t'adresser une prière.

— Parlez ! parlez !.

— Tu sais tout, tu connais le passé... et je t'ai que j'avais deux enfants que j'aime d'un égal our.

— Chère mère !

— Eh bien, un doute affreux me reste, qui jette en n cœur une dernière appréhension.

— Laquelle ?

— Lucien.

— Le comte de Frontenay.

— Non, ton frère, qui doit devenir ton ami...

— Lui !... le mari de mademoiselle Lucy Beau-

Et une contraction nerveuse tordit la lèvre de Rophe pendant qu'il prononçait ce nom.

Mais il réagit aussitôt contre cette impression.

— Partez sans crainte ! dit-il avec un triste sourire; erai courageux, je vous le promets, et croyez que re bonheur me sera désormais plus cher que le n !...

La comtesse l'attira de nouveau dans ses bras par mouvement plein d'une reconnaissance attendrie; s, ramenant son voile sur son front, elle gagna la té à pas rapides, et disparut après lui avoir adressé dernier regard.

Elle rentra à l'hôtel ivre de joie.

Dieu la comblait. Elle riait maintenant des terreurs les lesquelles elle avait failli succomber, et se demandait quel malheur pourrait jamais l'atteindre ere Lucien et Rodolphe, ses deux enfants réconciliés.

Elle eût voulu dire son bonheur au monde entier.

Sa femme de chambre l'attendait... elle vint vivement à sa rencontre.

— Voyez Jean à l'instant, fit la comtesse, et qu'
dise à M. le comte que je désire lui parler.

La jeune cameriste s'éloigna et revint peu après.

— Eh bien ! interrogea la comtesse.

— M. le comte n'est point rentré encore, ré
pondit la femme de chambre, mais Jean est prévenu
et dès qu'il sera de retour...

— C'est bien... cela suffit... il ne peut tarder... je va
l'attendre.

La comtesse s'assit sur une chaise longue auprès du
feu, et se prit à rêver.

Jamais elle n'avait éprouvé une telle plénitude de
bonheur ; elle prenait un âpre plaisir à repasser, dans
son esprit, toutes les épreuves qu'elle avait supportées
et à défier, pour ainsi dire, le malheur qui semblait
vaincu à son tour.

Lucien ne courait plus aucun danger. Il était aimé
au premier jour, il deviendrait l'époux de la femme
dont il avait fait choix, et la comtesse pourrait se con
sacrer tout entière au bonheur de son autre en
fant.

Rodolphe !...

Comme elle l'aimait à cette heure, avec quelles ten
dres effusions elle évoquait son image, comme elle
promettait de lui rendre, dans l'avenir, toutes les joies
qui avaient manqué à son passé.

Dieu merci, tout était fini !... Désormais, Rodolphe
ne la quitterait plus... il vivrait à ses côtés, aimant
dévoué, soumis, elle lui choisirait une femme digne
de lui, et qui lui ferait oublier l'amertume du passé.

L'heure s'écoulait rapide dans ces rêveries...
l'heureuse mère perdue dans l'immensité de sa joie
semblait ne plus penser à autre chose !

Tout à coup elle tressaillit, et se pencha vers la ch
minée.

Deux heures venaient de sonner à la pendule... Deux heures ! et Lucien n'était pas rentré.

Elle sonna violemment.

— M. le comte ? demanda-t-elle avec un pli sombre sur le front.

— M. le comte n'est pas rentré !... répondit la femme de chambre qui était accourue.

— Mais, il est deux heures.

— Oui, madame.

— Qu'est-ce que cela signifie ?

— Madame la comtesse désire-t-elle que Jean continue d'attendre.

Madame de Frontenay eut un serrement de cœur.

— Non, mon enfant ! répondit-elle... non... allez rentrer... M. le comte s'est peut-être rendu au cercle où il est retenu... Je remettrai à demain à lui parler.

La jeune camériste se retira...

Ce retard était singulier... inexplicable... tout à fait contraire aux habitudes que le comte avait prises depuis quelque temps. Mais, après tout, il n'y avait pas lieu de s'en inquiéter outre mesure.

C'est ce que se dit la comtesse, et pourtant, une inquiétude sourde avait pénétré son cœur... pendant longtemps encore, elle appela vainement le sommeil, et ce ne fut guère que vers l'aube qu'elle put goûter un peu de repos.

Quand elle se réveilla, la femme de chambre était près de son lit.

— Le comte ? demanda-t-elle rendue tout à coup à ses appréhensions maternelles.

— M. le comte n'a point paru à l'hôtel ! répondit la camériste.

La comtesse sauta à bas de son lit.

— Lucien n'est pas rentré, balbutia-t-elle, et il n'a rien fait dire !... mon Dieu, qu'est-il donc arrivé ?

En parlant ainsi, elle s'habillait à la hâte.

— Et personne! personne!... disait-elle, les tra̶
bouleversés...

— Pardon, madame... interrompit la femme ꝺ
chambre... mais il y a là, depuis une bonne deꝺ
heure, un homme qui a demandé à parler à madam
la comtesse.

— Quel est cet homme?

— Il a dit qu'il s'appelait Lippari.

— Le baron?...

— Oui, madame.

— Ah! qu'il vienne!... à l'instant!...

La comtesse achevait à peine de parler que la poꝺ
s'ouvrait et que le baron entrait dans la chambre.

— Vous, c'est vous! dit la comtesse en se rejeta̶
en arrière. Je ne m'étais donc pas trompée, et Dieu
ne m'a point pardonné, puisque je devais vous revꝺ
un jour.

Le baron s'avançait lentement; un sourire pleꝺ
d'ironie relevait le coin de sa lèvre; son œil brill̶
d'une flamme ardente. Il s'arrêta à quelques pas de ꝺ
comtesse.

— Je constate avec une réelle satisfaction, répoꝺ
dit-il, que le passé est encore présent à votre mémoꝺ
et que vous n'hésitez pas à reconnaître vos amis...

— Ah! la haine que je vous ai vouée est trop viva̶
toujours, pour que je vous oublie jamais!

— Je ne demande pas autre chose.

— Je retrouve, d'ailleurs, en vous la même audac̶
et si j'avais pu douter...

— Je ne cherche pas à dissimuler, interrompit ꝺ
baron; je viens à vous sans masque, et j'espère qꝺ
nous pourrons nous entendre sans qu'il soit nécessaꝺ
de faire appel à des souvenirs qui paraissent avoꝺ
laissé dans votre esprit une trop pénible impression

La comtesse regarda son interlocuteur avec étonnement :

— Que me voulez-vous donc ? interrogea-t-elle avivement.

— Peu de chose en réalité, répondit le baron, et rien surtout que le cœur d'une mère puisse repousser... Car, si vous vous souvenez encore, moi, je n'ai pas oublié non plus, et il y a dans notre passé commun une date où nous devons fatalement nous retrouver.

— Que dites-vous !

— Je dis que M. Lucien de Frontenay n'est pas votre seul enfant, et qu'il est temps peut-être de nous occuper un peu du fils que votre amour m'a donné.

— Ne m'avez-vous pas affirmé qu'il était mort ?

— J'avais intérêt à le laisser croire...

— Dans quel but ?...

— Eh ! on ne sait pas... votre père était rigide... Au moment où vous avez dû épouser le comte de Frontenay, on lui avait inspiré quelques doutes... et il n'eût pas hésité à faire disparaître cette preuve vivante du déshonneur de sa fille.

— Infamie !...

— J'ai donc agi avec prudence, et je comptais qu'un jour vous pourriez m'être reconnaissante de la ruse à laquelle j'avais eu recours.

— Enfin, quelle est votre intention ! Pourquoi êtes-vous venu me trouver aujourd'hui ?

— Je vous ai dit que notre fils était vivant, et vous demandez comment je suis ici ! Eh bien !... écoutez-moi, madame, et rappelez-vous quel homme je suis, pour ne point vous tromper davantage sur les paroles que vous allez entendre !... — Ce fils s'appelle Rodolphe, et vous avez dû le rencontrer quelquefois ; il aime mademoiselle Beaulieu que Lucien doit épouser, et je veux, entendez-vous, je veux qu'avant un mois, Rodolphe, devenu le fils aîné de la comtesse de Frontenay, reprenne auprès de sa mère la place qui lui appartient.

En parlant de la sorte, le baron enveloppa la comtesse d'un regard où la menace dominait.

A sa profonde stupéfaction, la comtesse eut un sourire radieux, et son visage sembla s'illuminer tout à coup.

— Pauvre et cher Rodolphe, balbutia-t-elle, tu n'as pas encore bu toute l'amertume que la réalité te réserve, et il te restait d'être calomnié par le seul homme qui devrait te défendre.

— Que signifie ?... murmura Lippari, un moment troublé.

— Cela signifie, répondit madame de Frontenay, que j'ai vu Rodolphe !... Que je l'ai tenu tout à l'heure, ému, aimant, dévoué, dans mes bras, et qu'il n'a plus d'autre pensée, d'autre amour, que sa mère.

— Vous l'avez vu ! s'écria le baron.

— Ah ! regardez-moi donc !

— Et vous lui avez dit qui était son père !

La comtesse eut un frisson, et son visage s'assombrit.

— Non !... répondit-elle. Je n'ai pas voulu mettre cette ombre dans sa joie. Mais sa pitié filiale a compris qu'il y avait une honte sur son berceau... et le cher enfant s'est tu de peur de faire rougir sa mère.

Le baron s'inclina ironiquement.

— C'est à merveille ! dit-il, et vraiment il m'est pénible de troubler une sécurité aussi touchante... seulement le dernier mot n'est pas dit, et c'est bien à regret, je vous jure...

— Que prétendez-vous, interrompit vivement la comesse; espérez-vous reprendre une fois encore ce fils que Dieu m'a rendu. Ah!... ce serait impie, si ce n'était insensé; il m'aime, entendez-vous. Ses larmes, ses caresses, son émotion; une mère ne se trompe pas à cela... Aucune puissance humaine ne pourra désormais l'arracher de mes bras ou l'enlever à mon amour.

Le baron protesta du geste.

— Aussi, dit-il, ne tenterai-je rien de semblable.

— Que ferez-vous?

— Quelque chose de plus simple.

— Quoi?... parlez... Mon Dieu! voilà que mes terreurs me reprennent.

Lippari se pencha vers la comtesse.

— Voyons, dit-il; quoi qu'il soit de bien bonne heure peut-être, savez-vous déjà que M. le comte Lucien de Frontenay n'est pas rentré cette nuit à l'hôtel...

— Vous savez cela.

— Je sais cela et bien d'autres choses encore.

— On vous a parlé de lui.

— Précisément.

— On vous a dit où il était.

— Pardieu!

— Ah!... par pitié... Monsieur...

Elle voulut prendre les mains de Lippari. Ce dernier la repoussa doucement.

— M. Lucien de Frontenay est en lieu sûr, dit-il, et pour le moment, il ne court aucun danger! mais n'oubliez pas que sa vie est suspendue aux résolutions que vous allez prendre... et à la moindre indiscrétion, à la moindre imprudence, ce serait fait de lui.

— Ce que vous faites là est infâme! s'écria la comtesse.

— Possible... et je ne me défends pas... toutefois,

vous êtes avertie, et ne vous en prenez qu'à vous-même s'il arrive malheur à M. le comte.

Et comme en finissant, Lippari se dirigeait vers la porte, la comtesse y courut elle-même, et se dressa devant lui menaçante.

— Non! non! dit-elle d'une vōix pleine de violence et de désordre... Vous ne sortirez pas d'ici... je vais appeler à l'aide... on viendra à mon secours... et je vous livrerai à la justice.

— A votre aise, réplique le baron, et pendant que vous me ferez arrêter, si tant est que vous y réussissiez, M. le comte de Frontenay...

— Lucien!

— Vous comprenez?

— Oh! le misérable! le misérable!

Et succombant sous le poids de toutes ces émotions, la malheureuse comtesse s'affaissa évanouie sur le divan.

Le baron Lippari profita de ce répit pour disparaître.

Quand madame de Frontenay revint à elle, sa femme de chambre était près d'elle... et derrière la femme de chambre se tenait un homme qu'il lui sembla avoir vu déjà, et quelle ne reconnut pas tout de suite.

— Quel est cet homme?... demanda-t-elle avec un dernier frisson.

L'inconnu salua avec humilité.

— Madame la comtesse ne se souvient pas de moi, dit-il en souriant, et pourtant, elle m'a déjà vu.

— C'est possible... mais je suis si troublée... si terrifiée plutôt, qu'en vérité... qui êtes-vous?...

— Secrétain...

— L'agent de M. Saurin.

Lui-même!

La comtesse se leva : le nom de cet homme la reje-
tait dans un autre ordre d'idées, et une sorte vague
espoir pénétra son cœur.

— C'est M. Saurin qui vous envoie? interrogea-t-
elle vivement.

— Oui, madame.

— Sait-il que mon fils a disparu... cette nuit?

Il l'ignorait, et je viens de l'apprendre moi-même à
l'instant ; mais peut-être y a-t-il entre l'objet de ma
visite, et la disparition de M. le comte une de ces
coïncidences que certains philosophes s'accordent à ne
pas considérer comme le pur effet du hasard.

— De quoi s'agit-il donc?

M. Secrétain tira de sa poche un porte-cigares qu'il
présenta à la comtesse.

Celle-ci jeta un cri.

— Ah! ah! fit l'agent... ceci est d'un bon augure...
vous reconnaissez l'objet?

— Parfaitement.

— Il appartient bien à M. le comte?

— Voici ses initiales et les armes de notre famille.

La duchesse n'acheva pas.

Tout à coup elle devint pâle comme un suaire et ses
doigts se crispèrent sur le porte-cigares.

— Qu'y a-t-il? demanda Secrétain.

— Là! là! voyez ce sang!... Ah! ils l'ont tué... Il est
mort... Mon Dieu!...

Secrétain remua la tête en signe de dénégation.

— Eh! non! non... rassurez-vous, madame, dit-il,
nous ne croyons, ni M. Saurin, ni moi, qu'il y ait lieu
de redouter un pareil malheur.

— Cependant...

— Il y a eu lutte, c'est certain. Mais nous avons des
raisons de croire que l'on ne voulait pas attenter aux
jours de monsieur le comte... Il s'agit d'un enlève-

ment... non d'un assassinat... et dans cette hypothèse, j'ai besoin d'apprendre de madame la comtesse...

— Quoi? que puis-je vous dire pour vous éclairer?

— Pouvez-vous nous dire en quel endroit M. de Frontenay a passé sa soirée d'hier?

— Mais je l'ai laissé chez M. Beaulieu.

— Rue de la Chaussée-d'Antin?

— C'est cela.

— A quelle heure?

— Vers dix heures.

— Ainsi, au moment où vous l'avez quitté, il se trouvait chez M. Beaulieu?

— Précisément.

— Et il n'a point dit qu'il dût aller...

— Il devait rentrer à l'hôtel... Depuis plusieurs mois le comte a cessé de fréquenter son cercle... et à moins qu'une circonstance particulière...

— Ce n'est pas probable. Seulement ce renseignement suffit pour le moment; nous prendrons notre piste de la Chaussée-d'Antin, et j'espère...

— Ah! vous viendrez me dire...

— Je vous le promets. Du reste, dès à présent, nous sommes aussi vivement intéressés que madame la comtesse. Il y a là guet-apens... et il faudra que nous sachions...

— N'épargnez rien, monsieur, et ne perdez pas de temps.

— Dès ce soir, je viendrai sans doute vous apporter des nouvelles rassurantes.

Et M. Secrétain s'éloigna, laissant la comtesse livrée aux appréhensions les plus poignantes.

XVI

Or, pendant que cela avait lieu chez madame de Fontenay, il est important de raconter au lecteur ce qui s'était passé chez Rodolphe à la suite de sa conversation avec madame la comtesse.

Une fois seul, Rodolphe était resté quelques heures comme anéanti sous la révélation qui venait de lui être faite.

Désormais, il ne serait plus isolé dans la vie! il avait une mère qui l'aimait! et qu'il se sentait disposé lui-même à entourer de l'affection la plus tendre et la plus dévouée.

Pauvre et excellente mère! — Il comprenait, en se rappelant son propre isolement, combien elle avait dû souffrir dans la vie sans espoir qu'on lui avait faite, et il se reprochait presque de ne pas s'être montré plus tendri et plus aimant.

Puis, la pente de son émotion l'emportant à travers le passé, jusque dans les aspirations de l'avenir, il s'arrêtait à supputer quel sort lui était réservé, et ce qui l'attendait au lendemain de cette révélation.

Et alors, pour la première fois, une autre image passait dans son rêve.

Lucy allait devenir la femme de son frère, le com
de Frontenay !

A cette perspective, une ombre glissait devant se
yeux, et son cœur se soulevait. Il entendait de sourde
révoltes gronder dans sa poitrine !

Certes, il était bien résolu à ne rien tenter qui pût
compromettre le bonheur de la comtesse. Son part
était irrévocablement pris, et, dût-il s'éloigner, quit
ter la France, il ne devait pas hésiter. Mais quoi !

Il lui était bien permis, à lui, pauvre déshérité, de
se plaindre de la vie et de songer que le lot qui lui était
échu en partage était particulièrement accablant e
amer !

Qu'avait-il fait cependant, pour que le hasard lu
eût imposé une destinée si lourde? Pourquoi Lucien
avait-il tous les bonheurs?

Quand ces pensées l'assaillaient, un farouche éclai
traversait le regard de Rodolphe, ses poings se cris
paient, sa bouche se tordait avec rage...

Et de singulières tentations lui venaient.

Pourquoi, après tout, ne demanderait-il pas à la vie
ces jouissances dont les autres s'étaient rassassié
avant lui? pourquoi n'irait-il pas à son tour tremper
sa lèvre à cette coupe des plaisirs parisiens, où il de
vait peut-être trouver l'oubli dans la satiété ! Qui le
retenait? Quel sentiment serait assez puissant pou
l'arrêter, lui, l'enfant né du hasard, et que la société
avait si longtemps rejeté de son sein?

Il passa une partie de la nuit dans ces rêves plein
de désordre, et, comme la comtesse, il ne put goûter
de repos que le matin, quand, brisé de fatigue, satur
d'émotion, il alla enfin se jeter sur son lit.

Le lendemain, il se leva moins agité.

Le sommeil avait calmé son sang, d'autres idées plu
saines s'étaient emparées de son esprit, et s'il n'étai

pas tout à fait encore revenu à lui-même, du moins fit-il certaines résolutions qui devaient lui ouvrir l'entrée d'une vie nouvelle.

Et d'abord, il songeait au baron Lippari.

Dans l'entraînement d'un amour qui lui enlevait sa liberté d'esprit, il avait accepté de cet homme tout ce qu'il lui offrait, sans se demander ni qui il était, ni quel but mystérieux il poursuivait.

L'intervention du baron servait trop bien ses projets pour que la pensée lui fût venue de la repousser. Mais à cette heure, il ne lui convenait plus de continuer de semblables relations sans appeler la lumière sur ce qu'elles présentaient d'obscur et d'inavouable, et son premier mouvement fut de provoquer sans retard une explication catégorique.

Il s'habilla donc à la hâte, déjeuna sommairement et envoya son valet de chambre s'informer auprès de Lippari s'il pouvait le recevoir.

La réponse ne se fit pas longtemps attendre.

Dix minutes plus tard, le baron se présentait lui-même chez Rodolphe.

Il quittait la comtesse de Frontenay, et son visage ne gardait rien des impressions qu'il en rapportait.

— Vous m'avez fait demander, dit-il d'un ton enjoué ; je venais de rentrer... et j'ai voulu vous épargner l'ennui d'un dérangement... Vous avez à me parler, me voici prêt à vous écouter. Dites-moi vite de quoi il s'agit.

Rodolphe indiqua un siége à son interlocuteur, et lui-même s'assit à ses côtés.

— Ce que j'ai à vous dire, répondit-il, j'aurais dû déjà vous en faire part ; mais j'étais tellement tourmenté d'autres préoccupations, qu'en vérité, je me croyais presque excusable de m'être tu jusqu'à présent.

— De quoi s'agit-il donc ?

13

— Vous n'avez pas oublié, sans doute, la rencon
à la suite de laquelle je suis venu habiter cet appar
ment, non plus que les paroles que vous m'avez di
ce jour-là.

— A Dieu ne plaise, que je l'oublie jamais, et
suis prêt à vous les répéter, si vous-même...

— C'est inutile... J'aimais mademoiselle Beauli
d'un amour qui m'enlevait toute raison, vous m'offri
la chance inespérée de devenir son époux, et j'acce
tai sans prendre le temps de m'enquérir des moye
à l'aide desquels vous espériez atteindre ce but.

— Eh bien?

— Eh bien... depuis j'ai réfléchi.

— Ah! ah!...

— La situation que vous m'avez faite, acceptal
dans les circonstances où elle s'est offerte, deviendr
inavouable si elle se prolongeait plus longtemps...
je suis bien décidé...

— A ne plus continuer d'accepter ce que je fais po
vous?

— C'est cela.

— Alors, vous renoncez à mademoiselle Beaulie

— J'y renonce!...

— Vous ne l'aimez plus?

— Je ne dis point cela.

— Enfin, vous vous résignez à la voir devenir, a
premier jour, la femme du comte de Frontenay?

Rodolphe proféra un cri aussitôt étouffé.

— Soit! soit! dit-il, les dents serrées... je me sou
mets à tout, entendez-vous! et si cela doit être, si c
hymen doit s'accomplir, je n'ai point besoin, je cro
inutile de vous faire connaître les raisons qui m'on
amené à cette résignation.

Le baron approuva du geste.

— Sans doute, sans doute, répondit-il d'un ton rail

...ur, et cette confidence serait d'ailleurs superflue, ...tendu que ces raisons que vous prétendez me ca-...er, je les connais.

— Vous les connaissez! fit Rodolphe avec un haut le ...orps.

— Eh! parbleu! ne vous ai-je pas dit que je savais ...en des choses, et je me doutais, au surplus, que cela ...nirait ainsi.

— Cependant...

— Cependant, mon jeune ami, vous avez vu la com-...esse cette nuit?

— Qui vous l'a dit?

— Elle-même.

— Et vous a-t-elle fait connaître aussi...

— Elle ne m'a rien caché des aveux qu'elle a faits... ...le vous a révélé le secret de votre naissance, et vous ...evez savoir à cette heure que le comte Lucien de ...rontenay est votre frère.

Rodolphe fit un mouvement.

D'où venait que cet homme connaissait si bien ce ...ui le concernait?... quel lien d'intimité assez puissant ...unissait à la comtesse pour que celle-ci ne craignît ...as de lui confier de pareils secrets?... Il hésitait à com-...prendre et se sentait tourmenté de vagues appréhen-...ions.

Il voulut réfléchir; Lippari ne lui en laissa pas le temps.

— Vous voyez que je ne vous ai pas trompé, reprit-...au bout d'un instant, et cela doit vous disposer à ...écouter favorablement ce qui me reste à vous dire.

— Qu'est-ce donc? demanda Rodolphe.

— Vous me rappeliez tout à l'heure l'engagement ...ue j'ai pris envers vous, lors de notre rencontre au ...ois de Boulogne; je vous ai promis alors que vous ...eriez l'époux de mademoiselle Lucy Beaulieu, et je ...ous réitère ici ma promesse...

— Mais le comte?

— Le comte n'y mettra aucun obstacle, et votre mèr
prendra l'initiative des démarches à faire dans ce bu

— Vous raillez, sans doute?

— Pas le moins du monde.

— J'ai juré à la comtesse que je renoncerais à tout
prétention, et que je me résignerais à voir le comt
devenir l'époux de mademoiselle Beaulieu.

— Ça, c'est d'un bon cœur! Mais je vous répèt
que vous n'aurez qu'à vous laisser faire.

— Je ne comprends plus.

— Je vais essayer de me faire comprendre. Lucie
de Frontenay aime mademoiselle Beaulieu, et celle-
ne se cache pas de l'amour qu'elle lui porte.

— Après... après...

— Leur union est décidée, et elle doit avoir lie
prochainement.

— Eh bien?

— Seulement il peut se produire tel incident qu
remette tout en question.

— Quel incident?

— Je viens d'apprendre que le comte Lucien d
Frontenay avait disparu.

— C'est impossible... la comtesse...

L'enlèvement est de cette nuit; la comtesse l'ignora
quand elle est venue vous trouver.

— Et il a disparu?

— Du moins, n'est-il pas rentré à l'hôtel; sa mèr
se désole, et j'ai tout lieu de croire que la police me
en ce moment, tout en œuvre pour le retrouver.

Rodolphe haussa les épaules et fit un geste d'incr
dulité.

— Il m'est impossible, répliqua-t-il, d'accorder
cet incident l'importance que vous prétendez lui don
ner... le comte est jeune; il aura passé la nuit a

cercle ; mieux encore, il aura soupé avec quelques-uns de ses amis, sous prétexte, comme on dit, d'enterrer sa vie de garçon... peut-être est-il rentré déjà chez la comtesse... et tout votre échafaudage de suppositions...

Le baron remua lentement la tête.

— Croyez-en ce que vous voudrez, dit-il, moi, j'ai des raisons de penser qu'il en est autrement.

— Pourquoi, quelles raisons?

— Je viens de vous annoncer que la police est sur pied.

— Eh bien?...

— Eh bien! elle sait déjà, à n'en pas douter, qu'il y a eu guet-apens.

— Vous en êtes sûr?

— Comme de mon existence même...

— Mais qui peut en vouloir au comte? Il n'a pas d'ennemis... tout au plus quelques envieux. On n'enlève pas un homme, à notre époque, pour des motifs aussi futiles, et le temps des disparitions mystérieuses est passé.

— Vous croyez?

— On le retrouvera.

— Et qui dit le contraire! Seulement, on le retrouvera vivant... ou mort!...

— Mort ! répéta Rodolphe, qui, malgré lui, frissonna.

Le baron se pencha à son oreille.

— Et s'il meurt... continua-t-il, si le hasard ou la fatalité veut qu'il soit ainsi ravi à l'amour de sa mère et de sa fiancée... ne voyez-vous pas quel changement cette catastrophe peut amener dans votre situation, et ce qu'il y a d'espoir pour vous dans cette supposition.

Rodolphe se rejeta brusquement en arrière, et son regard s'attacha avec effroi sur son interlocuteur.

— Horrible ! c'est horrible ! s'écria-t-il, hors de lui...
et vous avez pensé...

— Qu'y a-t-il là de si effrayant?... pourquoi re-
pousseriez-vous cette chance due à un malheur dont
après tout vous n'êtes pas coupable? Songez que vous
seriez dès lors le seul héritier des Frontenay... que
votre fortune personnelle qui serait considérable
viendrait se joindre celle de mademoiselle Beaulieu
qui ne l'est pas moins! et cette perspective n'est pas
de celles que l'on doive repousser sans réflexion !

Pendant que le baron parlait, Rodolphe s'était remis à parcourir la chambre avec agitation.

Déjà une pensée nouvelle l'avait saisi avec une autorité souveraine, et il entrevoyait mille choses qui
étaient restées confuses ou cachées jusqu'alors.

De temps à autre, il s'arrêtait pour plonger son
regard frémissant sur le baron, et une flamme ardente passait alors sous sa paupière qui battait.

Enfin, il alla se jeter sur un fauteuil auprès duquel
Lippari se tenait debout, attendant vraisemblablement
une réponse.

— Oui! oui! balbutia-il... Qui sait? J'ai tort peut
être, mais dans le premier moment.

— Cela fait toujours cet effet-là... interrompit le
baron... seulement à la réflexion...

— C'est cela.

— Donc, vous avez compris.

— Sans doute...

— Une catastrophe... qui rendrait définitive la disparition de votre rival...

— Apporterait des chances à la satisfaction de mon
amour.

— N'est-ce pas?

— Vous avec raison...

Rodolphe se releva — il était fort pâle..... Un

eur froide perlait à son front et le glaçait... il
tendait le sang affluer à son cœur jusqu'à l'étouf-
f...

Lippari lui prit la main... il le laissa faire.

— Allons, lui dit le baron, vous voilà tout à fait
raisonnable... vous irez voir la comtesse... ne lui dites
rien de ce que je viens de vous confier... et, ce soir,
venez souper avec moi...

— Où cela ?

— Chez Rose...

— Vous voulez que j'aille chez cette fille...

Le baron sourit.

— Vous n'ignorez pas qu'elle vous aime... répondit-
il. Je lui ai dit que vous étiez libre... et pendant l'in-
terrègne...

Rodolphe fit un violent effort sur lui-même pour
demeurer calme.

— Soit ? fit-il, soit ! vous faites de moi ce que vous
voulez, mais il me semble qu'en ce moment, j'ai perdu
toute volonté.

— A ce soir, alors.

— A ce soir... oui... je serai exact.

Le baron s'éloigna.

Rodolphe l'accompagna jusqu'à la porte, et quand
il l'eut fermée derrière lui, il se détourna avec horreur, et prit sa tête dans ses mains.

— Cet homme ! cet homme ! murmura-t-il: oui,
certes, je serai exact, et avant que la nuit soit passée...
j'aurai pénétré le secret qu'il cache à tous.

XVII

Le soir, vers sept heures, ainsi qu'il s'y était en
gagé, Rodolphe se faisait conduire chez mademoisel
Rose Pompon.

Comme sa voiture atteignait le seuil du pet
hôtel, il se rencontra avec le baron Lippari qui arr
vait.

Lippari vint à lui la main tendue.

— Voilà qui est parfait, dit-il avec enjouemen
vous êtes exact et c'est d'un bon augure pour l'av
nir.

— Je vous l'avais promis, répondit Rodolphe.

— Et c'est ce dont je vous loue, mon jeune ami
tenir sa parole n'est pas, à notre époque, chose
fréquente, que je ne tienne à vous en féliciter...
puis, à vrai dire, je craignais que vous ne vinssie
pas.

— Pourquoi donc?

— Eh! le sait-on, j'ai remarqué une certaine hésita
tion tantôt, dans votre attitude, et je redoutais qu'
la réflexion...

— C'est justement parce que j'ai réfléchi, que m
voici.

— A la bonne heure! j'ajoute que vous avez bien

fait, car, de la résolution que vous avez prise, dépendent votre bonheur et votre fortune à venir.

— Entrons-nous ! interrompit Rodolphe, en faisant un pas pour quitter le trottoir.

— Entrons ! répondit le baron.

Et ils se dirigèrent vers l'hôtel.

Rose Pompon les attendait; dans l'après-midi, elle avait été prévenue par Lippari, et s'était préparée à recevoir ses deux hôtes.

— Je n'ai pas besoin de vous rappeler que Rose vous aime! reprit Lippari, en traversant la cour de l'hôtel; il y a longtemps que la pauvre enfant cache cet amour dédaigné, et c'est avec une véritable ivresse qu'elle a accueilli l'espoir de vous posséder toute une soirée.

— Nous y serons seuls! objecta Rodolphe.

— Oui et non, répondit le baron.

— Comment.

— Nous dînerons seuls! mais c'est le jour de Rose... et ce soir, il y aura réception.

— Après tout, cela importe peu.

— Voilà qui est parler ! répliqua le baron avec une satisfaction non équivoque, et permettez-moi de vous dire que votre tenue m'enchante particulièrement.

— Que voulez-vous dire ?

— Eh! sans doute, depuis que je vous connais, j'ai souvent déploré, de votre part, cette sorte de détachement des choses du monde où nous allons entrer. Que diable! il faut être de son siècle, et je constate avec plaisir que vous n'êtes plus le même homme.

— Vous trouvez.

— J'en suis ravi! dans la vie, voyez-vous, il importe de rester toujours supérieur à ce que l'on fait, et à vous voir ainsi résolu, je suis désormais assuré qu'aucun obstacle humain ne pourra plus nous arrêter.

Rodolphe s'inclina sans répondre... mais si Lippa
l'eût observé attentivement à ce moment, il eût re
marqué sur sa lèvre un pli railleur qui ne lui éta
pas habituel.

Ils venaient de pénétrer dans le vestibule ; un val
en livrée les avait débarrassés de leurs pardessus,
et ils entrèrent dans le salon du rez-de-chaussée.

Rose Pompon vint au-devant d'eux, le visage ép
noui.

— Ah ! que c'est bien à vous, et que je vous reme
cie, dit-elle en s'adressant à Rodolphe, vrai ! c'e
gentil de votre part, et vous me voyez bien he
reuse.

— Vous me comblez, ma chère enfant, répon
Rodolphe, et croyez...

— Non ! n'expliquez rien, fit la jeune femme, vo
voilà, c'est tout ce que je pouvais espérer. Donne
moi votre bras, et passons dans la salle à manger.

Quelques secondes après, ils se mettaient
table.

Le dîner fut charmant et Rodolphe y prit un plai
extrême.

Le baron était un délicieux causeur ; il avait bea
coup voyagé, il vivait à Paris dans un monde, —
demi-monde, — dont il connaissait tous les mystèr
et toutes les intrigues ; il avait une manière à lui
parler de certaines choses, et ses paradoxes audacie
empruntaient un accent particulier qui n'était p
sans saveur.

Quand à Rose, elle était merveilleusement dou
pour donner la réplique à un pareil partenaire. E
avait cet esprit primesautier des femmes libres q
rien ne déconcerte et qui, une fois dégagé de ses d
nières entraves, saute et pétille comme le champag
qui a jeté sa coiffe d'argent au plafond.

Rodolphe, d'ordinaire si calme et si réservé, était ébloui. Il buvait peu, mais il écoutait et regardait, et les yeux de Rose, ainsi que les reparties du baron lui communiquaient une sorte d'ivresse relative.

A un moment, Lippari se leva de table et alla fumer un cigare dans un boudoir voisin.

— Eh bien!.. il nous lâche! fit la jeune femme avec cet accent que l'on n'entend qu'à Paris.

— Vous vous en plaignez! repartit Rodolphe en souriant.

— Il vous plaît donc que nous restions seuls? interrogea-t-elle.

— Sans doute..... puisque nous avons à causer.

— De quoi?.. demanda encore la jeune femme en plongeant son regard effronté dans les yeux de Rodolphe.

Ce dernier allait poursuivre, mais la porte de la salle à manger vint à s'ouvrir et un valet entra.

En même temps un timbre retentit et l'on entendit un frou-frou de robes dans l'antichambre.

Rose eut un mouvement de contrariété.

— Voilà les gêneurs qui arrivent, dit-elle, et il faut bien que j'aille les recevoir... Mais vous ne partez pas?

— Dieu m'en garde! répondit Rodolphe.

— Eh bien, allez fumer avec Lippari. Causez ensemble de tout ce que vous voudrez... Ne dites pas trop de mal de moi; et dans une heure, trouvez-vous dans le petit boudoir du premier, j'irai vous y rejoindre; est-ce convenu?

— A moins que je meure d'ici-là, vous pouvez être assurée que j'y serai...

La jeune femme effleura de ses lèvres le front de Rodolphe, et rougissante, émue, troublée plus qu'elle ne l'avait jamais été à aucune autre époque de sa vie, elle gagna rapidement la porte et disparut.

Une heure au moins se passa.

Les habitués de l'hôtel étaient arrivés en gra[n]
nombre; les salons du premier étage et ceux du r[ez]
de-chaussée regorgeaient de monde, et, autant po[ur]
s'isoler de cette foule insipide que pour se rapproc[her]
de Rose, Rodolphe s'était réfugié dans le boudoir [qui]
lui avait été indiqué par la jolie pécheresse.

Le boudoir était désert, du moins n'y aperçut-[il]
personne au premier regard qu'il y jeta.

Mais il y eut à peine fait quelques pas, qu'il rema[r]
qua un singulier personnage, assis, le dos tourné à [la]
porte et qui paraissait absorbé dans la lecture d'[un]
journal du soir qu'il tenait à la main.

Au bruit qu'il fit en entrant, le personnage se [re]
tourna, et Rodolphe surprit sur ses traits l'expressi[on]
instantanée d'une profonde surprise.

Cela l'intrigua et il s'approcha de l'inconnu.

— Je vous dérange! dit-il en saluant.

— Mais, pas du tout, au contraire, répondit l'i[n]
connu dont le regard mobile et clair parut vouloir [le]
percer de part en part; et même, puisque nous somm[es]
seuls, je vous avouerai franchement que je ne suis p[as]
fâché de vous rencontrer.

— Vous me connaissez?

— Parfaitement, vous êtes monsieur Rodolphe,
ami du baron Lippari, et quoique je fusse loin
m'attendre à vous trouver chez Rose Pompon, cep[en]
dant, je le répète, je suis enchanté de vous voir.

— Pourquoi?

— Parce que j'ai un service à vous demander.

— A moi?

— A vous.

— Mais, j'ignore qui vous êtes. C'est la premi[ère]
fois...

— Qu'importe... si vous voulez bien me rendre

service que je réclame de votre obligeance, je m'engage, en retour, à ne pas dire à madame de Frontenay, que je vous ai vu ici.

— Monsieur...

— L'inconnu allait poursuivre, la parole s'arrêta brusquement sur ses lèvres.

— Pardon ! dit-il vivement... nous n'avons plus le temps de marivauder... je vois venir mademoiselle Rose Pompon, et c'est d'elle précisément qu'il s'agit.

— D'elle ?... répéta Rodolphe.

— Elle m'a vu causer avec vous, elle vous demandera qui je suis : eh bien, le service que je vous demande, c'est de lui répondre que je suis un de vos amis.

— Mais, cela n'est pas.

— Mon Dieu, vous n'en savez rien ; et d'ailleurs quand votre entretien avec la jeune femme aura pris fin, je vous jure que je viendrai vous retrouver, et que je vous donnerai alors toutes les explications que vous pourrez désirer : donc, c'est convenu, je vous laisse et vous dis à bientôt.

Il achevait ces mots quand Rose Pompon entra dans le boudoir.

Ainsi que l'avait prévu l'inconnu, la première parole de la jeune femme fut une parole d'étonnement et d'interrogation.

— Quel est donc cet homme qui s'éloigne ? demanda-t-elle avec un sourire narquois... Je ne l'ai jamais vu chez moi, avec sa perruque fauve et ses favoris en côtelettes... il vous parlait... vous le connaissez.

— Oh ! fort peu, balbutia Rodolphe avec embarras... seulement...

— Du reste, cela m'est bien égal, poursuivit la jeune

femme ; j'ai reçu mes amis sans trop savoir ce que
leur disais... je vous avais aperçu dans ce boudoir,
j'avais hâte de venir vous y trouver.

— Vous êtes tout à fait bonne.

— N'avez-vous pas à me parler.

— Si vraiment.

— Eh bien, nous voici seuls... nul ne viendra nous
déranger, et nous pouvons causer tout à notre aise.

Rodolphe garda un moment le silence : puis il prit
la main de la jeune femme qui s'était assise à ses côtés.

— Je vous remercie de cette heure que vous m'ac-
cordez, reprit-il peu après... Hier peut-être je n'aurais
pas attaché à cet entretien tout le prix qu'il mérite,
mais aujourd'hui...

— Aujourd'hui, le vent a tourné, acheva Rose-
Pompon.

— C'est cela, parce que depuis hier, il s'est passé
dans mon existence des choses...

— Le baron m'a tout dit.

— Quelle indiscrétion !

— Oh! il n'y a à cela aucun danger; Lippari sait
combien je lui suis dévouée... les secrets qu'il me
confie, je les garde au plus profond de mon cœur,
et il n'y a qu'un homme au monde, pour lequel, s'il
le fallait, je renoncerais à l'attachement que je lui ai
voué.

— Et cet homme ?

— Ai-je besoin de vous le nommer !

Rodolphe ne releva pas ces derniers mots ; évide-
ment, un sentiment supérieur dominait sa pensée,
il poursuivit un but dont il ne voulait pas se laisser
détourner.

— Ainsi, interrogea-t-il, vous savez qui je suis ?

— Je sais du moins, répondit la jeune femme, que
vous êtes le fils de la comtesse de Frontenay.

— C'est le baron qui vous a révélé le mystère de ma naissance?

— Sans doute.

— Et vous a-t-il dit aussi que j'aimais mademoiselle Beaulieu?

— Assurément... Mais comme mademoiselle Beaulieu est fiancée au comte de Frontenay; que l'union des deux jeunes gens doit avoir lieu prochainement. Le baron m'a annoncé que vous étiez revenu à un sentiment plus calme, et que...

— Eh bien! s'il vous a dit cela, le baron vous a trompée.

— Comment?

— Depuis hier, un grave incident s'est produit.

— Lequel?

— Le comte a disparu.

— Est-ce possible?

— Et Lippari qui me paraît prendre une part mystérieuse, mais importante, à tous les événements qui s'accomplissent autour de moi, Lippari est convaincu que le comte pourrait bien ne pas revenir.

La jeune femme eut un mouvement d'effroi, et elle pressa ses tempes de ses mains glacées.

— Disparu!... dit-elle comme si elle se fût parlé à elle-même; disparu... mais alors...

— Qu'avez-vous! fit Rodolphe subitement intéressé.

— Rien! je cherche à me rappeler... hier, dites-vous, mon Dieu : c'est cela!

— Quoi donc?

— Un guet-apens, il me trompait! et je n'ai rien compris, rien deviné!

— Rose!

La jolie pécheresse secoua la tête, et eut un regard fulgurant.

— Ah ! qu'ils y prennent garde, cependant, mu...
mura-t-elle, ils se jouent de moi, et si je le voulais...
mon tour...

— Que feriez-vous ?

Rose Pompon se prit à frissonner.

— Chut ! fit elle, d'un ton mystérieux, et en pron...
nant un regard soupçonneux autour d'elle, si on n...
entendait ce serait fait de moi.

— Que dites-vous ?

— Ah ! c'est effrayant, voyez-vous, ils seraient s...
pitié, ces hommes.

— De qui voulez-vous parler ?

— Plus bas ! plus bas !... Il y en a peut-être...
derrière ces draperies, quelques-uns qui nous éc...
tent.

— Enfin, que craignez-vous ?

— Tout.

— Est-ce le baron ?... Est-ce...

— Silence ! vous dis-je... Mais je vous dirai tout...
vous... je vous confierai tout ce que je sais... et pe...
être...

Elle n'acheva pas. La voix s'étrangla dans sa go...
et elle fit un mouvement effaré comme si une pen...
nouvelle, terrible, s'était tout à coup emparée d'e...

Mais presque aussitôt, un sourire radieux revi...
sa lèvre pâle.

— Non ! non ! Cette pensée est horrible, dit-e...
vous êtes un cœur loyal et droit... il n'est pas poss...
que vous prêtiez la main à d'aussi épouvantables...
chinations... ah ! je ne vous aurais pas aimé, co...
je vous aime, si j'avais pu croire...

— Expliquez-vous... Rose... je vous en suppli...
il y a sur vos lèvres un aveu que vous n'osez me...
fier... et cependant....

La jeune femme ne répondit pas. Une hésitation...

...rême semblait suspendre ses résolutions; c'est à peine si elle osait regarder Rodolphe.

Tout à coup, elle jeta ses deux bras autour de son cou et l'attira sur sa poitrine.

— Taisez-vous! taisez-vous! dit-elle d'un ton âpre. Ne vous occupez de rien. Laissez-moi faire. Je saurai tout, avant peu; et dès que je serai renseignée...

— Mais vous allez courir de grands dangers!...

— Peut-être.

— Et il serait plus prudent de me mettre de moitié dans ce que vous allez entreprendre...

Rose s'était levée. Elle alla à une glace, donna un coup d'œil à sa toilette, et, adressant un dernier regard à Rodolphe:

— Cette nuit... demain... dit-elle; j'aurai appris la vérité. D'ici là, promettez-moi d'attendre, et je vous jure que je vous dirai tout...

— Surtout, soyez prudente.

— Merci, ne vous inquiétez pas. Soyez discret, et attendez.

Et elle disparut.

Rodolphe l'avait accompagnée jusqu'au seuil de la porte.

Quand il rentra dans le boudoir, il s'aperçut avec stupéfaction que l'inconnu à la perruque fauve et aux favoris en côtelettes, s'était assis à sa place et l'observait.

Il fit un geste irrité.

— Vraiment, monsieur, dit-il, je trouve que vous abusez étrangement du droit d'indiscrétion. Est-ce donc moi que vous observez ainsi?

L'inconnu s'inclina en souriant.

— C'est vous-même, répondit-il; je n'ai aucune raison de le cacher, et je m'empresse d'ajouter qu'il n'y a rien là qui puisse vous blesser.

14

— Dois-je vous céder la place? interrompit vivemen
Rodolphe en se levant à demi.

L'inconnu l'arrêta du geste.

— N'en faites rien, répliqua-t-il, car vous re
gretteriez d'avoir cédé à un mouvement qui vous éloi
gnerait d'un homme dont les conseils sont bons
suivre.

— Mais, qui êtes-vous donc?

— Quand je vous aurai dit que je m'appell
Secrérain, cela ne vous apprendra pas grand'chose.

— Secrétain!... répéta Rodolphe, comme s'il e
cherché à rappeler ses souvenirs.

— Vous voyez! ce nom ne répond à rien, et pou
que vos soupçons ne s'égarent pas, je suis obligé d
vous confier que je suis l'ami de M. Saurin, lequel o
cupe un emploi important dans l'administration de l
police.

— Monsieur!

— Nous disons cela entre nous... il est inutile d'él
ver la voix.

— Alors, vous êtes...

— Il ne faut mépriser personne. Un grand génér
a dit que c'est l'homme qui honore la fonction et no
la fonction qui honore l'homme.

— Enfin, quel but poursuivez-vous? Quel no
oserez-vous donner à cette surveillance que vous exe
cez sur moi?

— Nous y voici! approuva Secrétain, et je cons
tate que nous sommes bien prêts de nous cor
prendre.

— Expliquez-vous.

— Je ne demande que cela..... maintenant que vor
savez qui je suis, vous devez vous douter de ce que
viens faire en ces lieux; la police a du bon, croye
moi, et il n'est pas indifférent qu'elle ait un œil ici

…n autre ailleurs. Donc, je suis venu pour voir, et écouter… et à cette heure, j'ai déjà recueilli certaines indications qui nous permettront de diriger utilement nos investigations.

— Qu'avez-vous donc recueilli ?

— Quand ce ne serait que votre conversation avec Mademoiselle Rose Pompon.

— Vous écoutiez !

— Ecouter est encore le seul moyen d'entendre, et bien m'en a pris… car j'ai acquis la certitude que la jolie pécheresse n'est pour rien dans la disparition du comte de Frontenay.

— Vous la soupçonniez !

— C'était logique… la jeune femme est fort liée avec Lippari et pour des raisons que je ne puis vous faire connaître, j'ai tout lieu de soupçonner que le baron n'est pas étranger à l'événement.

— Quel intérêt ?

— Je crois l'avoir deviné… seulement, je crains encore de me tromper, et ne veux rien laisser au hasard.

— Que ferez-vous pour vous en assurer ?

— Êtes-vous curieux de le savoir ?

— Oui, certes.

— Et vous sentez-vous le courage d'affronter des dangers sérieux pour satisfaire votre curiosité ?

— Vous en doutez !

Secrétain garda un moment le silence et parut réfléchir.

Puis il releva la tête.

— Au surplus, reprit-il, il est manifeste que vous avez à cette constatation que je poursuis, un intérêt particulier qui engage votre loyauté même.

— Moi ! fit Rodolphe confondu.

— Pardieu ; le jeune comte que l'on a enlevé cette

nuit, n'est-il pas le fiancé préféré d'une jeune fille q
vous aimez?

— Quand cela serait ?

— Puisque cela est, il nous est facile de conclur
il y a, en affaire criminelle, un proverbe latin qu
prévu la situation... vous êtes celui auquel le cri
doit profiter : *cui prodest*... et les premiers soupço
se sont naturellement portés sur vous.

— Quelle infamie !

— Eh ! eh ! cette supposition n'est pas aussi
pourvue de bon sens que vous paraissez le croire
votre âge, on est ambitieux ; dans votre position,
ne se montre généralement pas très-scrupuleux sur
choix des moyens... dès lors, il était logique
penser...

Rodolphe eut un geste de dénégation énergique.

— Bon ! bon ! ce n'est pas vous... répliqua Secr
tain... j'en suis absolument convaincu, et le dé
que vous manifestiez, il n'y a qu'un instant, témoig
surabondamment de votre innocence. Voyons...
proposition que je vous ai faite vous agrée-t-elle...
tenez-vous toujours ?...

— Ah ! plus que jamais.

— Tout est bien qui finit bien !

— D'ailleurs... je suis loin de partager vos impr
sions... et à voir la légéreté avec laquelle vous m'
cusiez moi-même, je m'imagine que vos suppositio
ne s'égarent pas moins, en s'attachant à la person
du baron Lippari.

— Vous croyez?

— Le baron m'a témoigné beaucoup de sympath
jusqu'à ce moment ; il a mis à me servir un zèle pe
être excessif... Mais de là à ajouter foi à vos insinu
tions...

— Il n'y a qu'un pas.

— Quel intérêt personnel pourrait-il avoir dans cette aventure ?

— Nous le découvrirons.

— Alors, vous persistez.

Secrétain eut un fin sourire et son œil brilla d'une flamme narquoise.

— Je persiste avec d'autant plus de raison, répondit-il, que vous ne paraissez pas vous-même tout à fait sincère, quand vous prenez la défense de Lippari.

— Que voulez-vous dire ? fit Rodolphe interdit.

— Eh ! sans doute ! J'ai l'œil américain, ne l'oubliez pas, et je ne suis pas né d'hier, — or, en vous voyant aussi simulant pour la jolie Rose qui vous aime, un amour que vous n'avez jamais éprouvé... cherchant par votre attitude nouvelle à endormir l'attention de Lippari... et poursuivant enfin un but qui n'est autre, j'en suis sûr, que celui que je poursuis de mon côté, j'ai compris tout de suite que vous jouiez la comédie de l'indifférence, et c'est ce qui m'a inspiré à moi-même la résolution de me dévoiler à vous... Ai-je eu tort ?

Au lieu de répondre, Rodolphe jeta autour de lui un regard inquiet, comme s'il eût redouté que quelque oreille indiscrète n'eût surpris les paroles de son interlocuteur.

— Oh ! soyez sans crainte, dit celui-ci, j'ai pris mes précautions. Cette porte est fermée, et nul ne peut nous entendre... Parlez franchement... Ai-je deviné ?

— Oui, répondit Rodolphe à voix basse.

— Vous voulez savoir ?

— C'est cela.

— Et vous vous sentez disposé à avoir confiance en moi ?

Rodolphe fit un signe affirmatif.

— Plus un mot, cela suffit! fit Secrétain, rent[...]
dans les coulisses... jouez, riez, causez, ne lais[...]
soupçonner à personne que vous avez dans l'es[...]
quelque sombre préoccupation; promettez à Rose t[...]
ce qu'elle voudra, excepté cette nuit qui m'appartie[...]
et quand vous remarquerez que le baron se dispos[...]
à sortir, gagnez la porte, et sortez à sa suite, s[...]
avoir l'air.

— Mais vous! vous! où vous retrouverai-je!

Secrétain sourit avec bienveillance.

— Moi! répliqua-t-il avec un clignement d'yeux[...]
vous attendrai dans une voiture dont le cocher est[...]
ami, et où j'aurai eu le temps de changer de costu[...]
Le fiacre en question stationnera de l'autre côté d[...]
rue, et pour qu'il n'y ait pas d'erreur, je vous en [...]
mets le numéro. C'est bien convenu?

— Soit! consentit Rodolphe.

— A bientôt, alors...

— Oui, oui, à bientôt, et Dieu veuille que v[...]
réussissiez dans ce que vous allez entreprendre.

Sur ces mots il se leva et rentra dans les salons [...]

La première personne qu'il y aperçut fut F[...]
Pompon, qui avait pris le bras de Lippari et pa[...]
sait engagée dans une conversation des plus inté[...]
santes, car elle ne remarqua pas la présence de [...]
dolphe.

Elle était animée; une audace et une résolution[...]
traordinaires se traduisaient sur son visage, [...]
baron avait peine à la rappeler à la modération e[...]
calme.

Ils passèrent près de lui, à le toucher, et il put[...]
cueillir quelques mots de leur conversation.

— Non, non, je ne veux pas que cela soit! disa[...]
jeune femme d'un ton ardent... C'est une trahiso[...]
je déjouerai vos projets.

Le baron fronça les sourcils.

— Tais-toi ! répliqua-t-il, tais-toi ! et surtout prends garde à ce que tu vas faire.

— Je ne te crains pas.

— Tu as peut-être tort.

— Je lui dirai tout.

— Et si tu fais cela, regarde-moi bien, retiens bien mes paroles... si tu fais cela...

Rodolphe n'en entendit pas davantage ; à l'accent dont ces mots étaient prononcés, à la pâleur qui envahit les traits de la jeune femme dès qu'elle les eût entendus, il soupçonna quelque mystère de sang ou d'infamie.

Il se perdit dans la foule, et ce ne fut guère qu'une heure plus tard qu'il rencontra de nouveau Rose Pompon.

Elle était pâle, comme affaissée sur elle-même ; une sorte d'égarement se lisait dans ses yeux.

— Qu'avez-vous ? interrogea Rodolphe avec intérêt. Vous paraissez émue... troublée...

Rose secoua brusquement la tête :

— Oui... peut-être... Je ne sais, répondit-elle d'un son vague.

Puis, elle arrêta son regard profond sur le jeune homme. On devinait qu'elle voulait parler, et que la parole restait suspendue à ses lèvres.

Enfin, elle fit un effort.

— Rodolphe ! dit-elle d'une voix brisée, j'ai espéré quelquefois que je parviendrais à vous inspirer une amitié sincère. Je ne parle pas d'amour ; les femmes comme nous, il est bien rare qu'on les aime, mais je voudrais être estimée, de vous surtout.

— Je vous jure...

— Ne m'interrompez pas ; tenez, il se passe des choses que je n'ose vous confier, et dont il y aurait dan-

ger de vous faire la confidence, en ce moment... Mais
demain !

— Demain ?

— Je pourrai parler... et alors, je voudrais vous
voir.

— Ah ! je viendrai si vous le désirez.

— Vous me le promettez ?

— Je le jure.

— Eh bien... quittons-nous... je ne veux pas que l'on
nous voie ensemble, et je suis trop émue d'ailleurs
pour prolonger cet entretien.

Rodolphe ne s'attarda pas davantage, il venait de
voir le baron qui gagnait le rez-de-chaussée... il s'empressa de s'éloigner, conformément au conseil que lui
avait donné Secrétain.

Il sortit de l'hôtel quelques secondes après Lippari.

Il s'était enveloppé dans son pardessus dont il avait
relevé le col de fourrure, et il eût fallu une attention
particulière pour le reconnaître. Il traversa la rue e
se mit à examiner chaque fiacre jusqu'à ce qu'il eût
trouvé le numéro du véhicule où devait s'être réfugié
l'agent de M. Saurin.

Ce ne fut pas long.

La voiture n'était qu'à quelques pas, et, presque
aussitôt, il vit la portière s'ouvrir d'elle-même et la
tête de Secrétain se présenter à lui.

Maître Secrétain était transformé.

Il portait maintenant un collier de barbe grise
qui montrait à nu le bout de son menton rasé de
près, et une perruque qui accusait une audacieuse
calvitie.

Rodolphe prit place dans la voiture, et le cocher qui
avait reçu des instructions précises, ne tarda pas à se
mettre en marche.

— Où allons-nous? demanda Rodolphe, dès qu'il se
engagé dans la rue de Rivoli.

— Où le baron voudra? répondit Secrétain... notre
cher est un homme particulièrement habile, que j'ai
sisi moi-même, et à moins d'événements imprévus,
suis assuré du succès.

— Vous croyez dès lors que Lippari n'est pas étran-
à l'enlèvement du comte.

— Je n'en ai jamais douté.

— Vous connaissez le baron.

— Un peu.

— Cependant, vous n'hésitez pas à l'estimer capable
une pareille infamie.

— Ce n'est pas d'aujourd'hui que j'ai conçu cette
nion.

— Qu'est-ce donc que ce Lippari?

— A vrai dire, je ne sais pas bien au juste. C'est
de ces individualités interlopes qui sont le pro-
it d'une civilisation excessive et dont l'existence est
pendue à tous les expédients; un de ces aventu-
rs comme nous sommes exposés à en rencontrer
ucoup, qui vivent sur les marges du code, côtoient
cessamment la police correctionnelle, jusqu'au
jor où ils vont échouer sur les bancs de la cour d'as-
ses.

— Malgré l'impression un peu troublée que j'avais
rsentie à la suite de certaines confidences du baron,
voue que j'hésite à ajouter foi...

— J'espère que cette hésitation cèdera avant
u.

— Enfin, vous n'avez pu vous-même m'expliquer
core le genre d'intérêt auquel il faudrait rapporter
blte dont vous l'accusez.

Secrétain eut un ricanement.

— Tout vient à point à qui sait attendre... répon-

dit-il. Il se peut que je me trompe... et je ne dema[...]
pas mieux que de rendre au baron l'estime et la co[...]
dération que je lui refuse... Laissons les événeme[...]
suivre leur cours, et remettons notre appréciat[...]
définitive jusqu'à l'heure prochaine où nous dev[...]
être complètement édifiés.

La voiture continuait d'avancer.

Elle venait d'atteindre la Bastille, et enfilait la [...]
du Faubourg-Saint-Antoine.

— Nous gagnons la barrière du Trône, dit Secré[...]
-qui avait jeté un coup d'œil au dehors.

— C'est bien le coupé du baron qui nous précè[...]
interrogea Rodolphe.

— C'est bien lui, répondit Secrétain, et j'ajoute q[...]
n'est pas seul.

— Qui donc l'accompagne?

— Un assez mauvais garnement que l'on app[...]
tantôt Chrétien, tantôt François, selon les lieux et [...]
circonstances.

Rodolphe leva un regard étonné sur son com[...]
gnon.

— Vraiment, dit-il, voilà qui me surprend tou[...]
fait. Comment, vous savez que cet homme est un [...]
sérable qui cache sa personnalité sous des n[...]
d'emprunt ; vous connaissez sa vie, ses agissem[...]
coupables, ses vices dangereux, et vous le laissez tr[...]
quillement vaquer à ses ténébreuses affaires !

— Il y a une raison à cela, cher monsieur.

— Laquelle?

— C'est que ce Chrétien, ce François, n'existe q[...]
l'état d'instrument, et qu'il nous importe surtou[...]
connaître celui qui le dirige, et aux ordres duque[...]
obéit. Si nous l'arrêtions aujourd'hui, nous don[...]
rions l'éveil aux autres, et le coup serait manq[...]
Dans cette armée du crime que nous surveillons [...]

essamment, ce ne sont pas les soldats obscurs, mais bien les chefs que nous visons. Ces derniers, une fois pris, le reste va tout seul. Le procédé a été expérimenté souvent, et il a toujours réussi ; comprenez-vous ?

Pendant que Rodolphe s'entretenait de la sorte avec M. Secrétain, la voiture qui les précédait gravissait lentement la montée qui aboutit au rond-point de la barrière du Trône.

Ainsi que l'avait dit l'agent de M. Saurin, il y avait deux personnes dans le coupé : le baron Lippari et son fidèle Chrétien.

En quittant l'hôtel de Rose Pompon, Lippari avait allumé un cigare, et, rejeté dans le fond de la voiture, il s'était renfermé dans un mutisme complet.

Chrétien, de son côté, gardait le silence ; mais moins absorbé que son compagnon, il jetait de temps en temps un coup d'œil au dehors, pour se rendre bien compte du chemin qu'ils suivaient.

Jusqu'à la hauteur de la Bastille, rien d'extraordinaire ne se produisit ; mais quand ils eurent dépassé la colonne de Juillet, et qu'il se furent engagés dans la rue du faubourg Saint-Antoine, soit instinct, soit pure curiosité, notre homme crut devoir plonger son regard en arrière.

Et alors il ne put réprimer un mouvement de surprise et presque de stupéfaction.

— Oh ! oh ! murmura-t-il en même temps, voilà qui dépasse la permission... et faudrait voir de quoi il retourne.

Cette exclamation arracha le baron à sa rêverie.

— Qu'y a-t-il ? qu'as-tu vu ? demanda-t-il vivement.

— Regardez vous-même ! répondit Chrétien.

Et Lippari se pencha à son tour, et regarda.

La rue était déserte; il n'y avait sur le trottoir q
de rares passants, mais derrière le coupé, à une fail
distance, il remarqua un fiacre.

— En effet, dit-il, en fronçant les sourcils; voi
qui est singulier.

— N'est-ce pas ?

— Qui cela peut-il être ?

— La *rousse* probablement.

Le baron eut un éclair dans les yeux :

— Non ! non ! répliqua-t-il. Ce n'est pas cela, et
crois avoir deviné.

— Quoi donc ?

— Ah ! si cela est, malheur à elle.

— A qui en avez-vous ?

— A Rose.

— Quelle idée !

— Rose aime Rodolphe... Le mariage du comte l
offrait des chances d'être aimée... Sa disparition r
met tout en question, et je la lui avais cachée — el
l'a apprise, ce soir, et peut-être...

— Que faire alors ? objecta Chrétien.

Les ongles de Lippari s'enfoncèrent dans le bras d
son compagnon.

— Il faut en finir, répondit-il d'un ton violen
l'endroit est propice, le bois est tout près, il n'
a que les morts qui ne reviennent pas... tu m'entends

— Parfaitement.

— Quel est celui des nôtres qui veille ce soir ?

— Ils sont deux : le *Philosophe* et Bervic.

— Un nouveau ?

— Oui, un nouveau... qui ne demande qu'à fair
ses preuves.

— Eh bien, c'est dit, et demain, l'amour de la com
tesse ne sera plus tenté d'hésiter entre ses deux enfants.

A ce moment la voiture fit brusquement arrêt.

Elle venait de franchir la barrière, et s'était arrêtée au coin de la rue Monginot, devant une maison isolée qui se dissimulait aux passants sous un épais bouquet d'arbres.

Avant de descendre sur le trottoir, Lippari invita Chrétien à s'assurer si personne ne les observait.

— Le fiacre a disparu!... répondit Chrétien... Mais, si je ne me trompe, je crois qu'il stationne aux environs de la barrière. Dès lors, j'en reviens à ce que j'ai dit: on nous file — et il n'y a pas de femme dans l'affaire.

— Tu crois?

— J'en jurerais.

— Et bien... ne les dérangeons pas; et s'ils poussent l'audace plus loin je suis sans inquiétude, c'est moi qui les recevrai !

En parlant ainsi, il sauta sur le trottoir et disparut dans la maison suivi de près par son compagnon.

XVIII

La maison dans laquelle ils venaient d'entrer semblait avoir été construite exprès pour la ténébreuse
entreprise que le baron tentait en ce moment.

Elle est isolée, ainsi que nous l'avons dit ; un chemin de piéton la sépare des fortifications, dont les
fossés creusent une sorte de gouffre sombre à deux
pas. Les murs qui l'entourent sont élevés, et elle est
située au point extrême d'une rue où la circulation
cesse presque complètement à l'approche des premières ombres de la nuits.

Un véritable coupe-gorge.

La cour par laquelle on y accède est large : la maison en occupe le fond, et se compose d'un rez-de-
chaussée et d'un étage.

A peine eurent-ils pénétré dans la maison, que Lippari et Chrétien gagnèrent la salle à manger où ils
trouvèrent le *Philosophe* assis à une table, en présence
de plusieurs bouteilles vides, qui témoignaient des
pieuses libations auxquelles il s'était livré.

Dans un coin, Bervic — le *nouveau*, comme l'avait
désigné Chrétien, — ronflait bruyamment, en attendant que son tour de veiller fût venu.

A l'aspect de Lippari qui venait à lui, le *Philosophe*

un mouvement nonchalant, et lâcha une bouffée
tabac qui monta en spirales bleues vers le pla-
d.

— Ah ! ah ! nous recevons cette nuit, dit-il d'un
goguenard ; c'est donc toi, monsieur le baron...
l y a du nouveau, puisque te voilà à cette heure.

— Du nouveau, oui, répondit Lippari d'un ton
sque.

— Dame... je ne suppose pas que ce soit unique-
nt pour me contempler que tu est venu.

Au lieu de répondre, Lippari s'était approché... il
pencha à l'oreille du *Philosophe*.

— Et ton prisonnier ? interrogea-t-il ardemment.

— Il est aussi bien que possible, — répondit le *Phi-
ophe* avec un clignement d'yeux significatif, — seu-
ent, il me semble bien peu résigné à son sort, et
conversation manque d'aménité.

— Il ne se doute de rien.

— J'en réponds.

— Il ignore en quelles mains il est tombé.

— Il suppose qu'on veut le faire *chanter*... et nous
offert de l'argent à Bervic et à moi.

— Vous avez refusé, au moins !

— Il ne faut pas confondre autour avec alentour.
il prudence ordonne de ne jamais désespérer les
as. Nous avons accepté tout ce qu'il avait sur lui,
elques centaines de francs, et c'est avec ces sub-
es que nous charmons depuis hier les loisirs d'une
veillance qui peut être intéressante, mais que je
clare fort monotone.

Lippari approuva du geste.

— Tu as raison, répondit-il ; cette situation ne sau-
it se prolonger plus longtemps sans danger, et il
t qu'elle cesse au plus tôt... cette nuit... tout sera
fi !

— A la bonne heure! J'aime les positions nettes, j'ajoute que je ne crois pas très-sain de traîner p[l] longtemps nos guêtres dans ce quartier.

Le baron le regarda avec attention.

— Aurais-tu quelque sujet sérieux d'appréhensio[n] demanda-t-il.

— Pas précisément!... on n'est point mal ici... c'[est] isolé... la *rousse* n'y fait que de rares et courtes ap[pa]ritions... mais tout de même... je ne sais pas pour quoi, je me trouve plus en sécurité au cloître Not[re] Dame, qui touche cependant à la rue de Jérusale[m.]

— Tu es superstitieux.

— Qu'est-ce que tu veux... on n'est pas parfait. .

Lippari secoua la tête avec force.

— Au surplus, reprit-il aussitôt, tu n'as peut-ê[tre] pas tout à fait tort.

— Il y a quelque chose?

— En venant ici, Chrétien a cru remarquer q[ue] nous étions suivis.

— Mille millions de tonnerre!

— C'est peut-être une erreur, une pure coïncidenc[e,] la voiture s'est arrêtée à la barrière, mais il faut t[out] prévoir. Nous allons aviser au plus pressé; la mais[on] où nous sommes n'a que deux entrées :

— Celle de la rue.

— Et la petite porte bâtarde qui donne sur le ch[e]min des fortifications.

— Quelle est ton idée?

— Elle est simple; tu vas avec Bervic le poster à [la] porte de la rue, et quand à l'autre, cela me regarde[.] Chrétien et moi, nous y veillerons... c'est bien co[n]venu?

— Oh!... ils n'ont qu'à venir.

— Eh bien, réveille ton compagnon, et rendez-vo[us] immédiatement à votre poste.

Il achevait à peine ces mots qu'un ronflement so-
ore se fit entendre.

Lippari se retourna vers Bervic.

— Il ronfle bien fort, pour un homme seul, dit-il
vec un froncement de sourcils.

— On ronfle comme on peut, répondit le *Philosophe*.

— Tu es bien sûr de ce *nouveau?*

— De l'intelligence, du zèle et de la tenue, voilà
es principales qualités. Quant aux autres, nous al-
ons le voir à l'œuvre.

— En parlant ainsi, le *Philosophe* s'était rapproché
u ronfleur, et lui avait appliqué un vigoureux coup
e pied.

Bervic se réveilla en sursaut, et se dressa sur son
séant.

— Quoi? que me veut-on? demanda-t-il en se frot-
ant énergiquement les yeux.

Le *Philosophe* éclata en un rire cynique.

— Ah! ça, répliqua-t-il, crois-tu donc que l'on te
aye pour ne rien faire? Allons, debout, animal... et
à l'œuvre!... il n'est que temps.

Et pendant que Bervic se levait encore étourdi, le
Philosophe tournait un visage enjoué vers le baron.

— Tu vois, dit-il, ce n'est pas plus malin que ça. En
oute donc!... et je plains ceux qui vont nous tomber
ous les phalanges.

Les deux hommes s'armèrent alors chacun d'un re-
olver et d'un couteau, et ils se dirigèrent vers la
orte de la rue, tandis que Lippari, accompagné de
hrétien, gagnait à travers le jardin celle qui donnait
ur le chemin des fortifications.

La nuit était sombre; il régnait de tous côtés une
bscurité et un silence lugubres. Lippari et Chrétien
'avançaient qu'à pas lents, et pour ainsi dire à tâ-
ons.

15

Au bout d'un instant, ce dernier s'arrêta.

— Nous y voici, dit-il à voix basse. L'ombre nous protége; s'ils viennent de ce côté, nous pouvons régler leur compte avant qu'ils nous aient reconnus.

— Sais-tu à qui nous avons affaire? interrogea le baron.

— A Secrétain... pour sûr!... Pendant que vous causiez avec le *Philosophe*, j'ai poussé une reconnaissance et je ne crois pas me tromper.

— Il n'est pas seul?

— Ils sont deux, jusqu'à présent, mais Secrétain est un gaillard habile... qui aime à avoir tous les atouts dans son jeu... et il a dû demander du renfort rue de Jérusalem.

— En ce cas, ils tenteront l'aventure par les deux côtés à la fois.

— C'est vraisemblable.

— Attendons, alors.

— C'est le parti le plus sage. A moins que vous ne préfériez...

— Quoi donc?

— Oh! une idée qui m'est venue.

— Laquelle?

L'œil de Chrétien lança un éclair.

— Vous ne tenez pas, dit-il en baissant encore davantage la voix, vous ne tenez pas, je suppose, à la vie de votre prisonnier?

— J'ai résolu qu'il mourrait cette nuit.

— Pour lors... un peu plus tôt ou un peu plus tard... moi, j'aurais brusqué le dénoûment, et quand Secrétain aurait fait irruption dans l'immeuble... il n'y aurait trouvé qu'un cadavre.

— Oui... oui, tu as raison... c'est le plus sensé, le plus pratique; et peut-être est-il encore temps.

Lippari se tut brusquement; des pas venaient de

se faire entendre le long du mur, et l'on s'était arrêté
au seuil de la porte bâtarde.

Par une coïncidence bizarre, les nuages noirs qui
interceptaient les rayons de la lune s'étaient tout à
coup dissipés, et maintenant une vive lumière éclairait le jardin.

— Trop tard! fit le baron; ce sont eux... viens de
ce côté... place-toi ici... et attention!

Il y eut un moment de silence sinistre.

La porte était vermoulue, et la serrure ne tenait
plus, que par quelques clous que la rouille avait depuis longtemps oxydés. Une simple poussée suffit à
Secrétain pour l'ouvrir et presque aussitôt il fit quelques pas en avant.

Lippari et Chrétien abattirent leur arme, prêts à
faire feu; mais ils attendirent pour lâcher la détente
que le compagnon de Secrétain eût fait son entrée.

Ce ne fut pas long, dix secondes au plus; puis Rodolphe parut dans le cadre de la porte, éclairé en
plein corps par les rayons de la lune.

— A nous! murmura Chrétien à l'oreille du baron.

Mais ce dernier s'était retiré en arrière, et d'un
geste prompt comme la pensée même, il avait repoussé
l'arme de Chrétien.

Les deux hommes passèrent.

— Eh! quel diable vous prend, dit Chrétien, dès
qu'ils se furent éloignés; voilà notre coup manqué, et
nous pouvons nous fouiller! Ah! çà, vous protégez
donc Secrétain, à présent!

Le baron s'appuyait contre le mur. Sa poitrine se
soulevait avec force; ses doigts crispés se tordaient
sur la poignée de son revolver.

— Lui! lui! balbutia-t-il, une seconde d'hésitation et c'en était fait.

— Qu'avez-vous? demanda Chrétien.

— Rien.

— Et qu'allons-nous faire ?

— Je ne sais.

Chrétien enveloppa son compagnon d'un regard soupçonneux.

— Oh! oh! voilà qui est grave, reprit-il, il faut soigner ça. Voyons, que se passe-t-il?

— Je t'expliquerai tout...

— Mais le *Philosophe* va être pincé.

— Oui.

— Secrétain va délivrer le jeune comte?

— C'est probable...

— Et quand on songe qu'il suffisait d'un simple mouvement de l'index...

Le baron eut un cri effaré.

— Tais-toi! tais-toi! interrompit-il violemment; rien qu'à cette pensée, je sens mes os se glacer... il eût été tué par moi... et avant de mourir... il m'eût reconnu peut-être... Ah! c'est horrible...

Chrétien eut un ricanement.

— Bon ! dit-il, nous tournons à la vertu ; avant peu nous concourrons pour le prix Monthyon, mais encore une fois, je le répète, qu'allons nous faire ?

— Il faut nous éloigner.

— Et les autres ?

Lippari frappa du pied avec rage.

— C'est vrai ! c'est vrai ! répondit-il, je l'oubliais, il va se heurter au *Philosophe*, à Bervic, et c'est misérables sont capables de l'assassiner.

— Avec ça qu'ils se gêneront.

— Viens ! viens ! à tout prix, entends-tu, à tout prix il faut empêcher qu'un pareil meurtre s'accomplisse ; ne perdons pas de temps, hâtons nous !

Et il s'élança en avant, suivi par Chrétien qui ne comprenait rien à ce revirement inattendu, et était bien près de penser que son compagnon venait d'être subitement frappé de folie.

Ils n'avaient pas fait cinquante pas, que le baron suspendit sa course, et proféra une imprécation de fureur.

Une détonation s'était fait entendre dans la direction de la rue.

— Ah ! le malheureux ! le malheureux !... s'écria-t-il.

Et poussé par un sentiment plein de désordre, il reprit sa marche et arriva en quelques bonds sur le lieu d'où le coup de feu était parti.

Un affreux spectacle l'y attendait.

Secrétain, frappé en pleine poitrine, avait roulé sur le pavé de la cour, et il se tordait sanglant dans d'atroces convulsions.

Le *Philosophe* s'était précipité sur lui, et examinait avec une farouche attention l'état de sa blessure, pendant que Bervic maintenait Rodolphe au bout de son revolver.

Une seconde plus tard et c'en était fait de ce dernier !

Lippari se rua sur Bervic, lui arracha son arme, et la rejeta au loin.

Tout cela s'accomplit avec la rapidité de l'éclair.

Bervic interdit, irrité, avait lancé un mauvais regard au baron... mais celui-ci ne parut pas y prendre garde, et marcha aussitôt vers Rodolphe qui de son côté se disposait à faire feu sur son adversaire...

— Ah ! j'arrive à temps ! dit le baron d'un ton exalté, vous avez été bien imprudent, monsieur, de vous mêler à une pareille avanture.

— Mais vous-même, balbutia Rodolphe, qui, au comble de la surprise, cherchait à démêler le rôle que jouait le baron.

— Moi ! moi ! répondit ce dernier, ma présence ici s'explique d'elle-même, je connaissais la disparition du comte depuis hier, je cherchais sa trace, et c'est ce soir seulement que je l'ai trouvée.

— Vous veniez donc pour le sauver ?

— Et nous le sauverons tous deux ! Laissez-moi faire, ne dites rien, fiez-vous à moi.

Le baron adressa alors un geste impérieux à Bervic et se pencha vers le *Philosophe*.

— Enlevez cet homme ! dit-il à voix basse ; il ne faut pas qu'il revienne à lui, vous comprenez ; et faites en sorte que l'on en entende plus parler.

Puis, se tournant vers Chrétien :

— Viens, ajouta-t-il ; rien n'est perdu encore ; conduis-nous vers le comte, et tâche de profiter de toutes les circonstances qui se présenteront.

Chrétien fit quelques pas pour rentrer dans la maison, et Lippari invita Rodolphe à le suivre.

Ils disparurent.

XIX

Cependant depuis la veille, la comtesse était en proie à la plus poignante inquiétude, aux plus douloureuses angoisses.

Son fils avait disparu, et personne n'avait pu lui dire ce qu'il était devenu.

Elle avait passé une journée affreuse, attendant toujours quelque nouvelle, appelant Dieu à son aide, n'osant croire à la réalité d'un malheur, se demandant enfin s'il était possible que le ciel lui eût réservé cette épreuve, plus terrible cent fois que toutes celles qui avaient jusqu'alors déchiré son cœur maternel.

Elle avait vu Secrétain. M. Saurin lui-même était venu l'assurer du zèle qu'il allait déployer ; toutes les brigades de la sûreté étaient sur pied. On devait remuer tout Paris, et rechercher le jeune comte ; il n'était pas possible que l'on ne trouvât pas la piste des coupables, et qu'ils ne fussent avant peu sous la main de la justice.

A vrai dire, la comtesse s'intéressait peu aux coupables ; ce qu'elle voulait, c'était Lucien ! et chaque heure qui s'écoulait lui communiquait une terreur de plus.

Le matin elle n'y tint plus ; elle était brisée. Elle

avait compté toutes les heures, l'âme suspendue au
moindre bruit, retenant son souffle, prêtant l'oreille.
A force d'écouter dans l'ombre et de regarder dans la
nuit, un certain égarement se traduisit sur ses traits.
Elle ne savait plus bien ce qui était arrivé, ni quelle
catastrophe il lui fallait redouter. Un trouble inouï
était en elle, fait d'inquiétude, de désespoir, au-dessus
duquel surnageait je ne sais quelle foi obstinée en la
bonté divine.

Elle appela sa femme de chambre qui accourut.

— Il n'est venu personne? demanda-t-elle le cœur
serrée et les yeux brûlés de larmes.

Elle savait bien que personne n'était venu;
mais elle voulait tromper ainsi sa propre défaillance.

La petite Yvonne répondit qu'elle avait passé la nuit
comme sa maîtresse, et que nul n'avait apporté de
nouvelles du jeune comte.

— Eh bien, va dire d'atteler, ajouta la comtesse
d'un ton brusque.

— Madame va sortir.

— Oui, va, va... hâte-toi.

— Mais il est huit heures à peine.

— Quimporte! va, te dis-je, et ne perds pas une
seconde.

La voiture fut prête peu de minutes après et la
comtesse s'éloigna bientôt en compagnie d'Yvonne.

Elle avait donné au cocher l'adresse de M. Saurin.

Le coupé brûla le pavé.

Au bout d'un quart d'heure, la comtesse sauta à
terre, ramena son cachemire sur ses épaules, et gagna
la porte de la maison habitée par M. Saurin.

Ce fut ce dernier lui-même qui vint lui ouvrir.

Il fit un geste, presque ému, en reconnaissant la
comtesse.

— Mon fils ! le comte ! dit celle-ci en entrant dans l'antichambre.

M. Saurin remua tristement la tête.

— Rien ! répondit-il ; nous ne savons rien encore ; mais je ne suis pas fâché cependant que vous soyez venue, car je serais allé vous voir ce matin même, pour vous faire part de certains renseignements qui me sont parvenus depuis hier.

— Ils concernent le comte ?

— Indirectement, au moins.

— Oh ! parlez ! parlez !

M. Saurin fit passer la comtesse dans son cabinet, lui offrit un siége, et s'assit lui-même en face d'elle. Madame de Frontenay était plus morte que vive.

— Je regrette, croyez-le bien, dit M. Saurin, de n'avoir encore aucune nouvelle favorable à vous apprendre. Mais l'agent que j'ai chargé de rechercher le comte est l'un des plus habiles de la préfecture, et je ne doute pas que, dès la première heure, je ne le voie accourir ici, j'ajouterai que je m'étonne même qu'il ne soit pas encore arrivé.

— Mais ces renseignements... insista la comtesse.

— Voici ; vous comprenez, n'est-ce pas, que nos premiers soupçons se sont portés presque immédiatement sur l'homme qui se fait appeler le baron Lippari, espèce d'aventurier qui nous est depuis longtemps suspect, mais que jusqu'à présent nous avons dû laisser librement circuler, puisque nous n'avons pu le prendre en flagrant délit. Nous avons tout lieu de supposer qu'il vit à l'aide de moyens qui relèvent de la correctionnelle ou de la cour d'assises. Seulement, nous n'avons encore que des présomptions, et cela ne suffit pas pour qu'on lui mette la main au collet. Toutefois, nous ne le perdons pas de vue, et celui qui a la mission de le surveiller, Secrétain, m'a assuré

qu'il devait s'être formé des liens d'étroite intimi
entre ce Lippari et un autre jeune homme dont l'exi
tence ne nous paraît pas moins problématique.

— De qui voulez-vous parler? demanda la comtesse
anxieuse.

— Du sieur Rodolphe, dont vous-même m'aviez,
crois, déjà entretenu.

— En effet.

— Or, remarquez ceci!... Ce Rodolphe qui aban
donne tout à coup le vieil Hermann par lequel il
été élevé, pour accepter une existence de luxe et d
plaisirs, de ce baron Lippari qu'il ne connaît pas.
Ce Rodolphe amoureux de mademoiselle Lucie Beau
lieu, a dû avoir un intérêt puissant à la disparitio
du comte qui est son rival, et de là à penser qu'il n'e
pas étranger au guet-apens, il n'y a qu'un pas.

— Ah! c'est impossible! s'écria la comtesse, vou
calomniez ce jeune homme, il est incapable d'une p
reille infamie, je le connais!... et...

M. Saurin se prit à sourire.

— Vous le connaissez! répliqua-t-il; nous auss
madame, et nous savons qu'il est l'ami du baron
qu'ils se sont vus hier dans l'après-midi, et qu'ils o
dû nîedr ensemble, chez mademoiselle Rose Pompo
une jolie pécheresse où ils ont passé la soirée, et pr
bablement la nuit.

La comtesse pâlit.

— C'est horrible! ce que vous dites là, monsieu
interrompit-elle.

— C'est la vérité.

— Non! non! je vous répète que c'est impossib
Rodolphe est un homme d'honneur, qui eût expo
sa vie pour défendre le comte; mais je l'ai vu, vo
dis-je, il m'a parlé et il sait...

— Quoi donc ?

— Ah! mieux vaut la honte pour moi, que le soupçon indigne sur le pauvre enfant; ce Rodolphe :

— Achevez.

— C'est mon fils !

— Que dites-vous?

— Je lui ai tout dit, à lui... il a pleuré dans mes
bras... il devait se battre avec le comte, et il a renoncé
au duel... il m'a promis de l'aimer comme un frère,
et vous voulez que je croie! pauvre et cher Rodolphe... c'est l'âme la plus pure... le cœur le plus
honnête.

M. Saurin ne fit aucune objection... il avait été
surpris par l'aveu inattendu de la comtesse... et semblait réfléchir profondément : de temps en temps seulement, il relevait les yeux et s'oubliait à contempler
madame de Frontenay avec un intérêt particulier.

Celle-ci n'y prenait pas garde : de douces larmes
voilaient ses regards, et en évoquant l'image de Rodolphe, elle avait un moment oublié son autre enfant.

— Que madame la comtesse me pardonne, dit tout
à coup M. Saurin, sans cesser de l'observer... j'ignorais qu'elle eût un autre fils, et j'étais loin de me
douter que ce Rodolphe...

Une vive rougeur monta aux visage de madame de
Frontenay.

— Vous n'avez pu cependant, répondit-elle, oublier
entièrement le passé, et quand, après la mort violente
du comte, mon mari, vous fûtes chargé de l'enquête
ordonnée à cette occasion, je crois vous avoir fait
connaître...

— Vous m'aviez dit que cet enfant était mort.

— On me l'avait assuré.

— Et cela n'était pas?

— Vous comprenez...

— A merveille, de sorte qu'aujourd'hui...

— Par miracle... il m'a été rendu, et Dieu a voulu
qu'il fût tel que le cœur d'une mère pouvait le désirer

M. Saurin garda le silence.

De singulières idées lui venaient, et c'était moins
Rodolphe qui le préoccupait à cette heure, que cette
histoire bizarre du passé où venait se présenter par
instant une image dont il ne pouvait détacher ses regards et sa pensée.

— Ne vous offensez pas de mon insistance, reprit-il
au bout d'un instant : mais la situation est grave, je
n'ai pas besoin de vous le faire remarquer, et il importe qu'il ne reste aucune obscurité dans notre esprit. Donc, vous avez retrouvé votre enfant, que vous
aviez cru perdu, et, à ce propos, voulez vous me permettre de vous parler... de son père.

— Monsieur ! fit la comtesse d'un ton douloureux.

— Si vous le désirez, je m'arrêterai...

— Non ! non. Poursuivez, vous avez raison, et vous
savez mieux que moi...

— Le père de Rodolphe avait passé dans votre
existence, au moment où isolée, sans protection, vous
n'aviez pu vous défendre. Vous ignoriez la vie, et vous
n'aviez même pas le soupçon du mal... Alors un homme
est venu vers vous et quand vous avez appris que ce
n'était qu'un misérable aventurier, capable de toutes
les infamies... il était trop tard.

La comtesse étouffa un sanglot, et M. Saurin s'arrêta.

— Voulez-vous que je continue ? interrogea-t-il.

— Oui ! oui, continuez, monsieur.

— A la suite de cet événement, quelques années
après, quand j'eus l'honneur de vous voir pour la première fois, vous étiez mariée au comte de Frontenay,
et peut-être auriez-vous trouvé dans cette union un
bonheur relatif, entre votre époux et votre enfant,

and un nouveau crime vint troubler votre existence
vous rendre à toutes vos appréhensions. Le comte
nait d'être assassiné dans des circonstances mysté-
uses qui ne permettaient pas à l'accusation de se
er; mais ni votre père, ni moi, ni vous-même,
ûmes une seconde de doute.

— Mon Dieu!

— Le coupable, l'assassin, c'était l'homme qui, déjà
e première fois, avait porté le déshonneur dans la
mille des Kersaint.

— C'est horrible.

— Mais il avait fui, le crime avait été commis avec
e adresse merveilleuse, qui devait lui assurer l'im-
nité, et depuis, on n'a plus entendu parler de lui.
bien, laissez-moi vous adresser un reproche, ma-
me.

— A moi! à moi! fit madame de Frontenay.

— C'est de nous avoir caché que vous aviez revu cet
mme, que vous lui aviez parlé, et, par peur du scan-
e ou par un autre sentiment, de ne pas nous l'avoir
noncé...

— Si vous saviez!... balbutia la malheureuse
ère.

— Oui... je sais... Vous redoutiez quelque mal-
eur... Vous aviez peur pour vos enfants... pour l'un
eux, du moins; et vous voyez cependant que le mi-
érable n'a pas hésité, lui...

— J'ai eu tort, c'est vrai. Ah! pourquoi ai-je été si
usillanime... Mais tout n'est pas désespéré encore,
est-ce pas? Il n'est pas possible que Dieu me réserve
n aussi épouvantable chagrin. L'agent que vous avez
hargé de rechercher le comte ne peut tarder à reve-
ir, et nous saurons...

La parole s'arrêta glacée sur les lèvres de la comesse. M. Saurin venait de faire un pas vers la porte

qu'il avait ouverte, et le corps penché en avant, écoutait.

En même temps, un pli soucieux s'était creusé su son front, et une sorte d'inquiétude se trahissait su son visage d'ordinaire impassible.

La comtesse proféra un cri de détresse.

— Qu'y a-t-il? interrrogea-t-elle.

— Silence! fit M. Saurin, d'un ton grave.

— Qu'avez-vous?

— Écoutez, la porte s'ouvre : nous allons savoir

La porte de l'appartement venait en effet de s'ouvrir et deux commissionnaires étaient entrés portant, l'un par la tête, l'autre par les pieds, un homme qui ne faisait aucun mouvement, ne proférait aucune plainte et paraissait être mort !

A cette vue, la comtesse s'affaissa sur elle-même, e roula inanimée sur le divan.

Pour elle, l'homme que l'on portait ainsi, ce ne pouvait être que son fils.

Elle se trompait.

C'était tout simplement M. Secrétain, et M. Saurin le reconnut tout de suite.

Un mouvement de rage lui échappa tout d'abord, mais il revint bien vite à lui-même, donna aux porteurs l'ordre de déposer leur fardeau sur son propre lit; et, s'adressant à un personnage, cravaté de blanc, qui était entré à la suite :

Monsieur est médecin, sans doute, demanda-t-vivement.

— Oui, monsieur, répondit le docteur.

— De quel quartier?

— Saint-Mandé.

— C'est donc à Saint-Mandé que l'on a trouvé ce malheureux?

— Précisément. Ce sont les douaniers de service à

barrière qui, ce matin, ont aperçu le corps dans fossés des fortifications.

— Et quel a été le résultat de vos premières cons-ations ?

— Le pauvre diable était dans un état pitoyable ; même craint un moment qu'il ne me passât dans mains ; mais je lui ai administré un cordial, et il u rouvrir les yeux.

— A-t-il parlé ?

— Des paroles incohérentes, sans suite, et qui lui ient arrachées par la souffrance ou le délire.

— Qui vous a donné l'idée de le faire transporter ?

— Une carte qu'il portait sur lui et à l'aide de uelle nous avons pu établir son identité. Puis, re nom qu'il a prononcé à plusieurs reprises et c une insistence toute particulière.

M. Saurin approuva du geste.

— C'est bien, dit-il, et je vous remercie. Ne partez encore ; je vais prévenir le médecin de service à réfecture et dès qu'il sera arrivé, je vous rendrai re liberté.

t se tournant vers madame de Frontenay qui était ée étendue sans mouvement sur le divan.

— Seulement, ajouta-t-il, veuillez, en attendant, ner à cette dame les soins que réclame son état. e s'agit, je crois, que d'un évanouissement sans vité ; mais il importe qu'elle reprenne au plus tôt session d'elle-même, et vous ne la quitterez, je vous , que lorsqu'elle sera revenue à elle.

ur ces mots, M. Saurin marcha vers le lit où Se-ain venait d'être déposé.

e malheureux était dans un piteux état. Il ne bou-t pas, ses yeux étaient clos, ses bras roidis, sa poi-e sans souffle.

Une paleur de mort couvrait ses traits. Seulemei quelques fines gouttes de sueur perlaient à son fron

Le trajet l'avait fatigué. S'il avait eu une syncopi c'était fait de lui.

M. Saurin se tint debout près du lit et attendit.

Le médecin que l'on avait prévenu à la hâte s'em pressa d'accourir.

C'était un homme familier avec ces sortes d'acci dents. Il salua à peine son confrère, et alla vivemei à Secrétain.

Puis il examina la blessure.

— Hum ! fit-il en remuant la tête, le pauvre diabi a été bien touché, et il n'y a qu'une chose qui m'étoi ne, c'est qu'il ne soit pas mort sur le coup.

— Mais il vit ! fit M. Saurin.

— Oh ! si peu...

— Enfin, il y a quelque espoir de le sauver.

— Je vous dirai cela ce soir, et nous aurons fort faire d'ici là.

— Croyez-vous qu'il puisse parler ?

— Ce serait dangereux ; il faut le laisser provisoire ment à lui-même. Son évanouissement remonte pro bablement au moment où on l'a déposé sur le brancar et il ne doit pas tarder à revenir à lui, s'il doit reve nir !

— Ah ! les misérables ! grommela M. Saurin e serrant les poings avec énergie ; s'il meurt il me paieront cher.

— Qui l'a mis en cet état ?

— Je l'ignore.

Le médecin mit brusquement un doigt sur ses lè vres.

— Chut ! fit-il d'un ton impérieux.

— Qu'y a-t-il ? demanda M. Saurin.

— Il a fait un mouvement.

— Vous croyez.

— Oh ! cela ne peut m'échapper, c'est imperceptible pour tout autre, mais pour nous.

Il se tut, M. Saurin s'était penché en avant.

Secrétain venait de bouger, un tressaillement avait contracté les muscles de son visage, ses yeux s'étaient ouvert démesurément. En même temps une plainte douloureuse soulevait sa poitrine.

M. Saurin retenait son souffle, et impatient, curieux, il attendait.

Quelques secondes s'écoulèrent.

Enfin le regard de Secrétain ayant rencontré celui de son maître; le moribond eut comme un soubresaut.

— Secrétain ! dit M. Saurin, c'est moi, me reconnais-tu ?

Secrétain fit un signe affirmatif.

— Et bien parle, alors, parle ; il faut que tu nous dises ce qui s'est passé, qui t'a mis en cet état. Est-ce le baron ?

— Non, répondit le moribond.

— Qui est-ce donc ?

— Le *Philosophe*.

Le docteur toucha légèrement le bras de M. Saurin.

— Qu'y a-t-il demanda ce dernier.

— Vous fatiguez inutilement ce pauvre diable, répondit le médecin. Voyez... il vient de retomber inerte sur son lit. Il ne voit plus rien et est incapable de vous entendre. Il faut le laisser mourir en paix.

— Croyez-vous donc que ce soit fini ?

— J'en ai bien peur, et il ne reste plus qu'une seule chance.

— Laquelle ?

— C'est qu'avant de mourir il recouvre quelques minutes de lucidité, et que vous puissiez l'interroger.

16

— Ah ! qui donc nous renseignera sur ce qui s'est passé ! qui nous fera connaître la vérité?...

Saurin n'acheva pas.

Madame de Frontenay avait jeté un cri terrible, et comme il se retournait pour en rechercher la cause, il demeura lui-même pétrifié à sa place.

Le baron Lippari venait de pénétrer dans la chambre et il s'avançait à pas lents vers le lit.

M. Saurin n'était pas facile à émouvoir, et il avait appris depuis longtemps à se rendre maître de ses impressions. Mais la présence du baron, dans un pareil moment, était chose si imprévue et si inexplicable qu'il ne put réprimer un geste de stupéfaction.

— Non !... vous !... ici, interrogea-t-il avec plus de vivacité qu'il n'eût voulu en mettre dans son accent.

Le baron sourit.

— Eh ! qu'y a-t-il donc là de si étonnant, répondit-il d'un ton dégagé et avec une assurance parfaite ; par hasard, j'oserai dire par bonheur, je me suis trouvé mêlé cette nuit à la plus singulière des aventures, j'ai vu tomber un homme qui, je crois, est un de vos agents les plus habiles, j'ai constaté qu'il se trouvait dans un fort triste état, et que par conséquent, il ne pourrait vous donner aucun éclaircissement sur ce qui était advenu. Alors dans l'intérêt de la justice, j'ai pris le parti de venir moi-même, et non-seulement de vous raconter la part qui me revient dans l'aventure, mais encore de vous rassurer sur les quelques personnes qui y étaient engagées.

Pendant que le baron parlait, M. Saurin n'avait cessé de l'observer. Quand il eut fini, il s'inclina en signe de remerciement.

— Je vous suis obligé, monsieur, dit-il, et je ne vous dissimule pas que j'ai hâte de connaître à quels misérables j'aurai à demander compte de la vie de mon agent.

— Ce sont, en effet, approuva Lippari, des gens de la pire espèce; mais je crois qu'ils n'attendront pas le bon plaisir de la police, et qu'à l'heure où je vous parle, ils doivent être déjà loin de la capitale.

— Qui vous le fait supposer?..

— Ah! je les connais.

— Vous?

Le baron eut un geste plein de désinvolture.

— Eh! sans doute! répondit-il; il faut tout connaître dans la vie, et d'ailleurs j'avais déjà eu affaire à eux.

— Dans quelles circonstances?..

— Ce n'est pas à vous, monsieur, que j'apprendrai qu'il existe à Paris, presque à l'état permanent, certaines associations mystérieuses d'aventuriers qui y vivent d'expédients, tantôt se dissimulant avec art dans les bas-fonds de la société, ou plus souvent encore affichant une audace qui intimide le soupçon et leur assure l'impunité pour un temps plus ou moins long... Or, j'avais, je vous le répète, à me défendre contre leurs tentatives; ils avaient organisé une sorte de *chantage* persistant, qui, s'il n'avait visé que moi, m'aurait, je vous le jure, laissé bien indifférent; mais ils menaçaient une personne dont l'honneur m'est plus cher que le mien, et j'ai dû mettre tout en œuvre pour les démasquer et les réduire à l'impuissance.

— Quels étaient ces hommes? demanda M. Saurin.

— Je viens de les désigner: l'un s'appelait le *Philosophe*, l'autre Chrétien; c'étaient les plus importants de la bande, et le plus récent exploit qu'ils eussent imaginé consistait dans l'enlèvement du comte de Frontenay.

— Et c'est vous...

— Je les surveillais depuis quelque temps, et quoique je n'eusse pas à ma disposition tous les moyens dont la police dispose, cependant j'étais parvenu à découvrir la retraite qu'ils avaient choisie...

— Saint-Mandé.

— Rue Monginot. C'est cela. Cette nuit donc, par une coïncidence bizarre, il s'est trouvé que M. Secrétain, poursuivant le même but, arrivait sur les lieux quelques minutes avant moi. C'est là le malheur. Les misérables, voyant leur antre forcé, se sont défendus et M. Secrétain a reçu l'accueil qui, probablement, n'était réservé qu'à moi.

M. Saurin écoutait, et pour tout dire, il prenait un réel intérêt au récit qui lui était fait.

L'audace de cet homme l'étonnait, lui qui pensait bien en avoir fini avec tous les étonnements, il ne doutait pas que ce Lippari ne fût le chef même de cette association d'aventuriers dont il prétendait dévoiler l'existence, et pourtant il n'y avait rien à reprendre à la conduite qu'il disait avoir tenue, et il fallait bien provisoirement accepter pour vrai ce qu'il racontait.

Au surplus, l'habileté consistait encore en ce moment à paraître admettre la version qu'il donnait de l'aventure, sauf à réserver les mesures ultérieures qu'il conviendrait de prendre.

— Il y a là, en effet, reprit peu après M. Saurin, une coïncidence bizarre, et que l'on serait tenté de taxer d'invraisemblable, si nous n'avions votre parole qui est une garantie. Mais permettez-moi, je vous prie de vous adresser à ce propos une dernière question.

— Je suis prêt à répondre, dit le baron.

— La maison de la rue Monginot est bien réellement la retraite où le comte de Frontenay avait été conduit après son enlèvement.

— Oui, monsieur.

— Quand vous y êtes arrivé, cette nuit, il y était encore ?

— Certainement.

— Et vous l'y avez trouvé ?

— Parbleu.

— Vivant ?

— Oui, vivant !

La comtesse qui écoutait, agenouillée à quelques pas, se rapprocha les mains jointes et les yeux voilés de larmes :

— Par pitié, — monsieur, — je vous supplie, dit-elle en sanglotant, ne me trompez pas. C'est bien vrai, mon fils, mon Lucien, il vit !

— Je le jure.

— Et où est-il, qu'est-il devenu, je veux le voir. Si vous saviez par quelles épouvantes j'ai passé depuis ces deux nuits fatales.

Le baron parut hésiter ; son regard alla alternativement de M. Saurin au docteur, et revint s'arrêter sur la comtesse.

— Le comte Lucien vous attend à votre hôtel, répondit-il à voix basse, et si vous vous y rendez sans retard, vous y retrouverez vos deux enfants !

Madame de Frontenay se dressa de sa place, et, machinalement, elle fit quelques pas vers la porte.

— Lucien !... Rodolphe !... balbutia-elle éperdue et chancelante.

— Oui, tous les deux. Ils se connaissent... ils s'aiment et vous attendent.

— Ah ! Dieu est bon !... Et c'est vous que je dois remercier aussi d'un tel bonheur.

— Moi, allons donc !.. dit le baron d'un ton singulier.

— Cependant, sans votre intervention...

— Ils étaient arrivés au seuil de la porte. Sur les derniers mots de la comtesse, Lippari eut un ricanement sinistre.

— Vous me trompez encore! s'écria la malheureuse mère en sentant le sang se figer dans ses veines.

— Ne le croyez pas!

— Vous préparez quelque nouveau malheur.

— Peut-être!

— Mais ce n'est donc pas à vous que je dois la vie du comte!

Un hideux rictus tordit la lèvre de Lippari.

— Le comte! répondit-il, la voix ardente; le comte! il a pris la place de Rodolphe, et il n'existerait plus à cette heure si Rodolphe ne s'était jeté en travers de ma route.

La comtesse prit sa tête dans ses mains, par un mouvement d'horreur, et franchissant le seuil de la porte, elle descendit rapidement l'escalier et gagna la rue où sa voiture l'attendait.

XX

Quelques jours s'étaient écoulés, et rien n'eût manqué au bonheur de la comtesse de Frontenay, si elle avait pu oublier les paroles menaçantes que Lippari lui avait dites chez M. Saurin.

Quoi qu'elle fît, elle les entendait toujours, et craignait qu'un nouveau malheur ne vint atteindre le comte qui venait d'être rendu à son amour.

— Elle eût pu être si heureuse entre ses deux enfants désormais amis.

Lucien avait voué le plus tendre attachement à Rodolphe; il savait que ce dernier avait renoncé à ses prétentions à la main de mademoiselle Beaulieu; il l'avait vu exposant sa vie pour sauver la sienne... Enfin, bien qu'on ne l'eût point complétement renseigné sur ce point, il avait deviné une partie du secret qu'on lui cachait, et sa sympathie pour Rodolphe s'était augmentée en raison même du mystère qui entourait sa naissance.

D'ailleurs, il voyait la comtesse lui témoigner une affection si vraie que pour rien au monde, il n'eût voulu troubler le bonheur apparent dont elle jouissait, et l'amitié était née dans son cœur sous l'influence de

ces impressions, à la cause desquelles il n'avait même
pas essayé de remonter.

Il était donc heureux comme jamais il ne l'avait été
encore. La violence dont il avait été l'objet restait
bien dans sa pensée, comme un point noir sur lequel
il appelait vainement la lumière; mais il ne cherchait
point à voir dans ce fait bizarre, autre chose qu'un
des mille accidents de la vie parisienne, et on l'eût
bien étonné lui - même, si on lui avait dit la vérité.

Peut-être n'y eût-il pas cru.

Et puis, il avait revu mademoiselle Beaulieu; il
passait maintenant de longues heures auprès d'elle,
l'accompagnait souvent au théâtre, et depuis l'événement, on avait parlé à plusieurs reprises de fixer enfin
la date de leur union.

Ce fut à partir de ce moment, un enchantement de
tous les instants, au milieu duquel il perdit bien vite
le souvenir du guet-apens qui avait menacé sa vie.

Mademoiselle Beaulieu s'abandonnait de son côté à
toute la joie d'un amour que son père approuvait...
On ne lui avait pas dit les causes réelles de l'absence
de Lucien qui, du reste, n'avait duré que deux jours,
et elle n'avait aucune raison pour s'alarmer. L'avenir
se présentait à elle sous les plus riants aspects; du
fond de son cœur, elle appelait secrètement de ses
vœux l'heure fortunée où, unie à celui qu'elle aimait,
elle irait cacher à l'étranger les premières ivresses
d'un bonheur si nouveau pour elle. Quelle appréhension fut venue ébranler sa quiétude? Dans tous les
regards elle voyait comme un reflet de son propre
enchantement, et jamais pareille félicité n'avait encore
pénétré son cœur.

Quant à Rodolphe, ce qui se passait en lui était
pour ainsi dire un mystère pour lui-même.

Au lendemain des événements qui venaient de s'accomplir, il s'était retrouvé dans une situation d'esprit des plus étranges.

En se rendant avec Secrétain au secours du comte de Frontenay, son rival, il avait obéi à un entraînement spontané de sa nature chevaleresque, et il eut certainement, s'il l'eut fallu, donné sa vie pour sauver celle du fils de la comtesse.

Il ne regrettait donc rien de ce qu'il avait fait ; au besoin, il se sentait prêt à recommencer cet acte d'abnégation et de générosité.

D'ailleurs, la joie, les larmes émues, les caresses de la mère l'avaient bien amplement récompensé, et dans les premiers moments, ce souvenir sacré suffit à le protéger contre les incitations des sentiments d'égoïsme et d'envie qui veillent incessamment au fond du cœur humain.

— Voilà, certes, qui est d'un cœur généreux !... lui avait dit le baron Lippári, la première fois qu'ils s'étaient revus ; et, certes, la comtesse doit être contente de vous... Un frère n'est pas plus désintéressé... et l'antiquité nous offre peu d'exemples d'un aussi héroïque renoncement.

— Vous raillez ! avait répondu Rodolphe.

— Moi ! allons donc... Seulement, à votre place, il me semble que j'aurais abandonné moins facilement mes prétentions à la main de mademoiselle Beaulieu.

— Mais elle ne m'aime pas !

— Bah ! à l'âge de cette enfant, on croit aimer le premier homme qui vous parle d'amour... et si vous ne vous étiez pas jeté à la traverse des événements et que le jeune comte eut péri entre les mains des misérables qui l'avaient enlevé ; je vous le répète le cœur de mademoiselle Lucy eût été de lui-même au-devant de la substitution.

— Vous ne croyez ni à l'amour ni à l'amitié.

— Soit! et je n'insiste pas. Ce qui est fait est fait. Bien fou est celui qui tenterait de remonter le cours des événements. Toutefois, je suis curieux d'apprendre ce que vous comptez faire?

— Mais, je ne sais.

— Voulez-vous que je vous donne un conseil?

— Lequel?

— Je vous ai prouvé déjà que j'avais quelque expérience, et que je savais observer les choses et les hommes.

— Eh bien?

— Eh bien, si voulez m'en croire, ne faites rien qui puisse d'une manière quelconque, engager l'avenir.

— Que voulez-vous dire?

— Rien, que ce que je dis; il y a loin, toujours, de la coupe aux lèvres, et peut-être le comte n'est-il pas aussi près du bonheur qu'il se l'imagine.

— Est-ce qu'un nouveau malheur le menacerait?

— On ne sait pas.

— Ah! vous me faites frémir.

— Ne vous occupez de rien, laissez les événements suivre leur cours naturel et logique, et, je le répète, ne faites rien qui engage l'avenir.

— Mais expliquez-moi au moins...

— Tenez-vous à l'écart, voyez la comtesse, continuez de témoigner au comte la même affection fraternelle; mais n'allez pas trop souvent du côté de Passy!

Rodolphe fit un mouvement à ces derniers mots, et regarda son interlocuteur avec surprise.

— Du côté de Passy, répéta-t-il. Est-ce d'Hermann que vous voulez parler?

— De lui-même.

— N'est-il pas naturel que j'aille voir l'homme qui a pris soin de mon enfance.

— A Dieu ne plaise que je dise le contraire. Seulement, vous y êtes allé, vous l'avez trouvé mieux portant;
vous savez qu'il est hors de danger ; et je crois que
cela doit suffire. Est-il besoin que j'en dise plus long
pour que vous me compreniez ?

Rodolphe n'avait pas répondu, et Lippari s'était
éloigné en souriant.

XXI

Les dernières paroles que venait de prononcer l'
baron visaient certains faits qui s'étaient passés depuis
l'aventure du comte de Frontenay.

Il s'agissait, en effet, d'Hermann et de sa fille que
Rodolphe était allé voir quelques jours auparavant
et, ce qui s'était passé lors de cette visite mérite d'être
raconté.

Grâce aux soins dont l'entourait Bertha, le vieillard
revenait peu à peu à la santé ; le médecin répondait
maintenant de sa vie ; quelques semaines encore et il
serait rendu à l'amour de sa fille.

Celle-ci ne le quittait pas ; Rodolphe l'avait trouvée
assise à son chevet, et ç'avait été une grande joie
pour la pauvre enfant de revoir celui qu'elle avait si
longtemps appelé son frère.

En la revoyant, Rodolphe ne put se défendre d'un
tressaillement douloureux.

La pauvre enfant avait bien changé en quelques
jours, et elle était maintenant presque aussi pâle que
son père.

— Bertha, lui dit-il d'un ton attendri, j'ai de
reproches à me faire pour vous avoir abandonnée
ainsi que je l'ai fait... Mais tant d'événements se sont

accomplis, je me suis trouvé mêlé à tant d'aventures singulières, qu'aujourd'hui même, je ne sais pas bien encore si je m'appartiens tout à fait. Je vous ai fait de la peine et je suis venu vous en demander pardon.

La jolie enfant remua lentement la tête... Ses yeux étaient voilés de larmes ; elle oublia un moment son beau et pur regard sur le front de celui qui lui parlait.

— Vous êtes tout pardonné, puisque vous voilà, répondit-elle en s'efforçant de sourire, et je n'ai plus rien à demander à Dieu, qui, en même temps qu'il rendait mon père à la vie, vous inspirait la pensée de revenir vers nous.

— Vous avez souffert?...

— Oui... et cela se comprend, du reste... Un instant j'ai cru que j'allais être orpheline, et c'est bien triste de voir que l'on va rester seule au monde, sans famille, sans ami.

— Chère Bertha ! je suis bien coupable.

— Qui s'en souviendra... voyez, mon père vous a serré la main, et j'ai surpris une larme de reconnaissance dans ses yeux quand vous êtes entré... il faudra venir voir souvent.

— Ah ! tous les jours.

— Il ne faut pas trop promettre ; peut-être ne pourrez-vous pas tenir, et je préfère ne pas trop compter ; les déceptions font tant de mal !...

Rodolphe serra muettement la main de Bertha, qui s'empressa de se dégager, sous prétexte de répondre à son père qui ne l'appelait pas.

Le jeune homme sentit son cœur se briser.

Ce n'était plus la petite Bertha d'autrefois, la sœur aimée dont il partageait la vie.... et qui s'oubliait en des confidences naïves ; et puis, elle ne le tutoyait plus, et cela donnait à sa voix des intonations nouvelles qu'il ne lui connaissait pas et qui le troublaient.

Rodolphe se sentait mal à l'aise ; il était indécis e
ne savait plus quelle contenance tenir.

Il resta cependant quelques minutes encore ; mai
la conversation devint bientôt embarrassée et pénible
et après avoir balbutié certaines excuses banales
il se retira l'esprit soucieux, emportant dans son cœu
un sentiment singulier dont il ne put, tout d'abord
démêler le caractère.

Toutefois, cela ne tint pas en présence des autre
préoccupations bien plus graves qui l'attendaient a
dehors, et, le lendemain il avait presque oublié ce
incident.

Lippari le lui remit en mémoire, et le força à repor
ter sa pensée vers le petit coin charmant où vivaien
les deux êtres avec lesquels il avait passé les belle
années de son enfance et de sa jeunesse.

C'était bien là sa véritable famille, celle que Dieu
lui avait faite, où on l'avait toujours aimé, où on l'ai
mait plus que jamais peut-être.

Il n'y retourna pas tout de suite cependant, on eû
dit qu'il s'était élevé en lui certaines résistances in
conscientes qui l'arrêtaient, quoi qu'il voulut...

Il y avait les paroles railleuses du baron, cette vi
nouvelle qui lui était promise, cet espoir malsain qu
mêlait son poison à ses plus pures aspirations.

Vaguement, il attendait. Sa lèvre avait encore par
fois des frémissements fiévreux, quand elle se tendai
vers l'inconnu, et il avait bien de la peine à retrouve
le calme et la paix, à la suite de ces désordres don
les causes lui échappaient.

Enfin, une après-midi, il s'engagea dans l'avenu
des Champs-Élysées et prit la direction de Passy d'u
pas ferme et résolu.

Il se rendait chez le vieil Hermann ; il allait revoi
Bertha !...

Depuis qu'elle avait revu Rodolphe, Bertha avait espéré que, soit pour prendre des nouvelles d'Hermann, soit pour un autre motif, il reviendrait comme autrefois, et qu'ils pourraient renouer leurs douces et calmes relations du passé...

Rien qn'à cet espoir, dès le lendemain, l'incarnat revint à ses joues, une expression plus vivante éclaira son regard, et la vieille Gertrude remarqua avec ma-ce qu'elle prenait un soin tout particulier de sa personne.

Cependant, quelques jours s'écoulèrent, sans que Rodolphe reparût.

C'est en vain que Bertha allait et venait inquiète et soucieuse, du rez-de-chaussée au premier étage... descendant quelquefois jusque dans le jardin, pour mieux écouter les bruits du dehors... les heures passaient monotones et lentes, sans aucun incident et quand le soir, elle regagnait la chambre où elle couchait, c'est d'un cœur dolent et presque désespéré si'elle appelait le sommeil à son aide.

Rodolphe ne venait pas.

Qui pouvait le retenir? Pourquoi cet oubli ou ce dédain?

Qu'était-il arrivé de nouveau et d'où venait qu'il manquait à la promesse faite!

La pauvre enfant n'y comprenait rien... et elle était malheureuse... elle se fût contentée de si peu !... le soir, de loin en loin, pendant quelques minutes, entendre sa voix, sentir sa main dans la sienne, c'était tout! Elle savait que son amour était à une autre... elle ne demandait pas qu'il revint à elle... elle eut tout accepté sans murmure... tout, excepté son indifférence...

Ce jour-là, elle s'était levée encore plus triste que de coutume, une amère mélancolie pesait sur sa pen-

sée ; elle se sentait gagner par un détachement de
toutes choses, et elle semblait prête à faire le sacrifice d'une vie où devait manquer le seul bonheur
qu'elle eût jamais rêvé.

Elle s'assit morose et taciturne au chevet de son
père, et les yeux fixés sur sa broderie, l'âme perdue
dans l'infini; elle se prit à songer.

Combien d'heures passèrent ainsi — elle n'eût pu le
dire ; de temps à autre, elle se levait et marchait d'un
pas empressé vers la fenêtre dont elle entr'ouvrait les
rideaux avec une impatience fiévreuse. Puis elle plon-
geait son regard au dehors.

Depuis la veille, son père l'observait sans qu'elle
s'en doutât, et l'excellent vieillard avait deviné ce qui
se passait dans cette âme endolorie.

A un moment, il lui fit signe d'approcher, et elle
alla à lui.

— Chère enfant, dit-il alors d'un ton de doux reproche, il faut que je te gronde, car tu n'es pas raisonnable.

— Moi ! fit Bertha avec étonnement.

— Et ! sans doute ! Voilà plusieurs jours que tu ne
sors pas, et que tu restes ici sans distraction et sans
air. Si cela continuais, tu finirais par tomber malade
toi-même, et je ne veux pas que cela soit.

— Mais je ne puis vous quitter, répondit la pauvre
enfant.

— Il n'est pas nécessaire de me garder, je vais
mieux, et le médecin assure qu'avant huit jours je
serai sur pied... d'ici là, la présence de Gertrude
suffit à rassurer tout le monde.

— Rien ne m'attire au dehors. Ici, au contraire,
avec ma broderie, les livres que vous m'avez donnés.

Le vieillard montra le ciel bleu à travers les fenêtres :

— Vois! dit-il, l'air est pur, le soleil réconfortant; je veux que tu sortes; tu restes trop livrée à toi-même, et la solitude n'est pas bonne à ton âge : et puis, on ne trompe pas facilement le regard d'un père; depuis quelques jours je t'observe, et j'ai bien vu que tu étais triste, il faut chasser cela, mon enfant. D'ailleurs, où te conduiraient de semblables rêveries. Notre vie, c'est Dieu qui la fait, et le mieux est encore de s'abandonner à lui!... tu me comprends.

— Oui, père, répondit Bertha.

— Tu seras raisonnable.

— Je vous le promets.

— Et tu oublieras...

Un sanglot s'étouffa dans sa gorge.

— Je ferai tout ce qu'il me sera possible, répondit-elle à voix basse.

Le vieillard allait continuer, il s'arrêta.

Bertha avait brusquement relevé la tête, et elle s'était dressée haletante et oppressée.

Des pas venaient de se faire entendre dans la cour; quelqu'un avait passé la porte de la rue et marchait vers la maison. Bertha croisa ses deux bras sur sa poitrine qui s'était prise à battre avec une violence désordonnée, une lueur sillonna son regard.

— C'est lui! balbutia-t-elle, sans savoir qu'elle parlait.

Hermann eut un sourire radieux.

— C'est Rodolphe, dit-il, je reconnais son pas... Rodolphe n'est plus mon fils, mais il restera notre ami. Va... va le recevoir, et dis-lui...

Le vieillard n'avait pas achevé que Bertha était déjà partie.

Elle arriva dans le vestibule, au moment où Rodolphe en franchissait le seuil... elle était essoufflée

17

comme si elle avait fourni une longue course, et fut obligée de s'arrêter pour respirer.

Rodolphe vint à elle.

— Bertha !... cher Bertha ! dit-il d'un accent pénétré, vous voilà toute pâle et toute tremblante. Ah ! j'espère au moins qu'il n'est rien arrivé de fâcheux à notre père.

Bertha ne répondit pas tout de suite, tant elle était émue...

Rodolphe avait dit *notre père*... C'était une preuve qu'il ne voulait pas oublier le passé, et elle s'en trouva tout à coup réconfortée.

— Non... non !... Dieu merci ! dit-elle enfin ; notre père est beaucoup mieux, et nous sommes tout à fait rassurés. Il vous a entendu venir, car lui aussi connaît votre pas, et il désire vous voir avant que vous ne partiez.

Rodolphe approuva du geste ; puis, suivant Bertha, il pénétra dans un petit salon qui donnait sur le jardin, et qui, naguère encore, était entretenu par la jolie enfant, à l'égal d'une véritable serre d'hiver...

— Je vous fais entrer ici, dit-elle, avec un reste de confusion, quoique tout y soit bien en désordre. Depuis huit jours il s'est produit tant d'incidents dans notre existence, que je n'ai pas eu la tête à moi, et vous voyez, mes pauvres plantes en ont souffert.

Pendant qu'elle parlait, Rodolphe ne la quittait pas des yeux.

Une subite transformation s'était opérée en elle ; une subite rougeur avait monté à ses joues, donnant à sa physionomie une animation inaccoutumée. Son regard reprenait, peu à peu, son expression de candeur assurée, et je ne sais quelle grâce heureuse se manifestait dans chacun de ses mouvements.

Rodolphe ne pouvait se lasser de l'admirer ; il l'avait jusqu'alors toujours considérée comme une sœur, et ne s'était jamais aperçu qu'elle était jolie... ce fut pour ainsi dire une révélation ; et il en était presque ébloui.

Bertha devina-t-elle ce qui se passait en lui, ou n'eut-elle qu'une vague intuition de l'impression qu'elle produisait, il serait difficile de le dire... Ce qu'il y a de certain, c'est qu'elle puisa dans cette intuition, si faible qu'elle fût, une assurance nouvelle, et que le sang afflua plus chaud sur son cœur depuis si longtemps glacé et morne.

Rien n'est d'ailleurs communicatif comme le bonheur, et Rodolphe se sentit illuminé lui-même par l'éclat radieux qui, un moment, sembla envelopper la pauvre enfant.

— Il faut bien que je l'avoue, dit-il avec un doux sourire ; je ne suis pas tout à fait innocent de l'abandon dont vos plantes ont été victimes... mais maintenant que me voici revenu, j'espère qu'elles retrouveront les soins qui leur ont fait défaut, et je compte vous offrir mon concours pour les rendre à la vie !

— Dites-vous vrai ! fit Bertha avec joie.

— Sur ce que j'ai de plus sacré au monde.

Rodolphe s'était assis ; Bertha avait pris place à ses côtés, ils se tenaient par la main, l'un près de l'autre, comme aux jours calmes et purs de leur enfance.

— Tenez ! reprit Rodolphe peu après, laissez-moi vous dire : ne vous offensez pas de mes paroles, et n'y voyez que l'expression sincère du sentiment d'affection profonde que je vous porte, — un instant, c'est vrai, j'ai paru oublier le passé ; j'ai fui cette maison où j'avais reçu si longtemps des preuves inéluctables d'amitié et de tendresse, et je me suis jeté dans le tourbillon des plaisirs parisiens, à la recherche de je ne sais quel avenir âprement désiré : j'étais coupable sans doute, et je ne m'en défends pas. Mais si vous saviez à quel degré de découragement et de désespoir j'en étais arrivé.

— Rodolphe.

— Vaguement, déjà, j'entrevoyais la vérité, un homme était venu me dire que je n'étais pas votre frère, que Hermann n'était pas mon père ; en même temps, il entr'ouvrait le voile qui couvrait ma naissance, et mon imagination, longtemps contenue, savourait d'avance toutes les satisfactions du luxe et de la fortune promises à mon ambition. J'aurais dû tout vous dire, la loyauté eût dû me faire un devoir de tout avouer, à celui à qui je devais tout : je n'en eus pas la force, je fis taire mes remords et je partis ! Ce fut le rêve de quelques semaines, mais je n'avais pu oublier les leçons d'honneur que m'avait données notre père, et un mois à peine s'était écoulé que je comprenais la faute commise, et que toutes les aspirations de mon cœur me rappelaient impérieusement vers vous.

— Pauvre ami !

Rodolphe passa sa main sur son front moite, et enveloppa la jeune fille d'un regard où il mit toute son âme.

— Si vous saviez, reprit-il, comme j'ai pensé à vous depuis que je vous ai revue... avec quel attendrissement je me suis rappelé une à une les pénétrantes émotions de notre passé commun, vos attentions, votre tendresse, votre dévouement de chaque jour, et alors, il y a une chose qui me frappait davantage encore, et de laquelle je ne parvenais pas à arracher ma pensée.

— Qu'est-ce donc ?

— Ces attentions, ces caresses que vous aviez pour moi, elles étaient toutes naturelles quand elles s'adressaient à un frère. Mais moi...

— Achevez...

— Vous connaissiez mon secret?

— Sans doute.

— Notre père vous avait dit que je n'étais pas votre frère.

— C'est vrai.

— Et malgré cela...

Le visage de Bertha s'empourpra tout à coup, et elle voulu cacher son front dans ses deux mains.

Rodolphe l'attira vivement dans ses bras.

— Non!... non!... s'écria-t-il avec transport, ne rougis pas, ne pleure pas, regarde-moi, chère âme, j'ai tout compris, et la certitude d'être aimé de toi, suffit désormais au bonheur de toute ma vie. Car je ne me trompe pas; n'est-il pas vrai, Bertha, ma sœur chérie, ma femme bien-aimée?

La pauvre enfant ne cherchait pas à se défendre : une ivresse sans nom s'était emparée d'elle; elle n'entendait et ne voyait plus rien, et était bien près de défaillir.

Les lèvres de Rodolphe qui brûlèrent ses yeux, la rappelèrent tout à coup à la réalité, elle se dégagea de l'étreinte du jeune homme, et recula de deux pas.

— Rodolphe! Rodolphe! s'écria-t-elle éperdue.

Rodolphe tendit vers elle ses deux mains jointes.

Ah! ne crains rien! répondit-il, mon amour est chaste comme celui d'un frère, tendre et dévoué comme celui d'un époux!... Bertha, tu m'aimes, n'est-ce pas? et désormais, je veux que toute ma vie soit consacrée à ton bonheur.

Il y eut un court moment de silence.

Bertha n'essayait plus de retenir ses larmes; une expression céleste éclairait ses traits; elle s'abandonnait sans contrainte à la joie qu'elle éprouvait.

C'était son rêve le plus doux qui se réalisait... elle

était aimée de Rodolphe... désormais elle n'avait plus rien à demander à Dieu, et aucun malheur ne pouvait plus l'atteindre dans les bras de l'homme qu'elle aimait.

Rodolphe reprit peu après.

— Ainsi, dit-il, tu as eu la force de garder ce secret au plus profond de ton cœur! tu m'appelais ton frère... et tu savais que je n'étais qu'un étranger pour toi... et rien jamais n'est venu m'avertir que tu me trompais.

— Il ne faut pas m'en vouloir, répondit Bertha, on m'avait fait promettre de me taire, et l'on m'avait dit qu'à la moindre indiscrétion, tu serais perdu pour moi.

— C'est Hermann qui t'avait fait cette recommandation.

— Oui, c'est lui...

— Il t'avait confié le nom de ma mère.

— Ah! bien souvent ce nom a été sur le bord de mes lèvres. Quand je te voyais rentrer le soir, soucieux ou tourmenté d'aspirations mystérieuses dont je devinais la cause et qui te rendaient si malheureux, plus d'une fois j'ai imploré mon père et lui ai demandé à mains jointes de tout te révéler : mais il ne voulait pas... il avait peur lui aussi, et vivait éternellement dans la crainte qu'une indiscrétion ne vint tout compromettre.

— Pourquoi...

— Il y avait une raison à cela.

— Laquelle?

— Ce n'est pas la comtesse qu'il redoutait.

— Qu'était-ce donc?

Bertha baissa les yeux ; un frisson passa sur ses épaules, et elle se tut.

— Tu ne réponds pas? insista le jeune homme surpris.

— Je préfère laisser à un autre le soin de tout t'apprendre...

— Oh ! je devine à moitié, sous tes réticences... répliqua Rodolphe ; il n'y a pas que la comtesse dans le passé... et celui dont Hermann avait à craindre l'intervention... c'est...

— Rodolphe !

— Mon père, n'est-ce pas ?

Et son front se pencha triste et sombre, pendant que son regard s'attachait fixement au parquet.

— Oui, je compreds, poursuit-il bientôt. C'est là l'énigme redoutable, la honte ineffaçable, le danger permanent ! oh, comme ma pauvre mère a dû souffrir...

Il secoua la tête avec une sorte de farouche impatience.

— Mais il vit donc, cet homme ! interrogea-t-il d'un ton âpre,

— Oui, il vit, répondit Bertha.

— Tu le connais ?

— Je l'ai vu quelquefois...

— Il habite Paris, tu sais son nom, tu peux me dire...

Bertha eut un geste suppliant.

— Rodolphe, dit-elle d'un accent brisé, par pitié, ne m'interroge plus ; si tu me pressais davantage, peut-être n'aurais-je pas le courage de te refuser, et je commettrais une imprudence dont la comtesse souffrirait... C'est son secret, et non le nôtre... elle seule a le droit de t'éclairer, et si elle ne l'a pas fait encore, c'est que...

Rodolphe l'interrompit vivement.

— Oui ! oui ! tu as raison, dit-il, et il ne m'appartient pas de lui en demander plus qu'elle n'a voulu m'en dire jusqu'à présent, mais je la verrai, je lui

parlerai, comme un fils respectueux doit parler à sa
mère, et si elle veut que j'ignore à jamais le nom de
cet homme, eh bien, je m'y soumettrai sans mur-
murer!

Rodolphe resta encore quelques heures auprès de
Bertha : la nuit était venue, sans que les deux jeunes
gens s'en fussent aperçus. Rodolphe voulait aller tout
avouer au vieil Hermann, mais Bertha l'en dissuada ;
il lui semblait qu'elle serait plus heureuse à connaître
seule, pendant quelque temps encore, l'aveu qui venait de lui être fait, et le mystère plaisait à l'état de
son esprit.

Rodolphe n'insista pas... quand dix heures sonnè-
rent, il se leva pour se retirer.

Bertha l'accompagna jusqu'à la porte extérieure.

— Tu reviendras demain ? demanda-t-elle, le regard
suspendu à celui du jeune homme.

— Demain... et tous les jours, répondit ce dernier...
Maintenant mon bonheur est près de toi... et je n'en
veux plus d'autre...

— Si tu savais combien je suis heureuse.

— Tu m'aimes ?...

— Ah ! plus que ma vie !...

Le bruit d'un baiser troubla le silence mélancolique
de la nuit... et peu après, la jolie enfant, confuse,
enivrée, le cœur débordant, regagnait, à pas lents, la
chambre où elle avait tant pleuré naguère sur l'indifférence de Rodolphe.

Celui-ci avait repris son chemin vers Paris.

Il n'était pas moins troublé que la jeune fille qu'il
venait de quitter, et on eût dit qu'un sentiment puissant et tout nouveau l'avait pénétré tout à coup.

Cet amour qui venait de naître en son cœur, était
bien différent de celui qu'il avait éprouvé pour mademoiselle Beaulieu. C'était quelque chose de plus ten-

re et de plus profond en même temps. Il se sentait rasséréné et rafraîchi, le désordre de son esprit s'était dissipé. Le souvenir de la chaste et naïve enfant lui communiquait une sorte de sérénité exquise où ses sens se reposaient sans trouble et sans emportement, et il s'oubliait de longs moments à évoquer sa douce image.

Comme Bertha, il avait hâte de se retrouver seul ; tout un monde de pensées l'assaillait, il avait besoin de solitude et de recueillement.

Il ne rentra cependant que fort tard, et quand il atteignit l'hôtel, il était bien près de onze heures.

Un valet accourut au-devant de lui dès qu'il le vit.

— Qu'y a-t-il ? demanda Rodolphe surpris de cet empressement.

— Il y a une personne qui attend monsieur, répondit le valet.

— Qui est-ce donc ?

— M. le comte de Frontenay...

Rodolphe pressa le pas.

La présence de Lucien à une pareille heure avait dû de le surprendre, et la pensée d'un malheur se présenta tout de suite à son esprit...

Il trouva le jeune comte dans le vestibule, il l'avait aperçu à travers la fenêtre et venait au-devant de lui.

Rodolphe remarqua qu'il était fort pâle, et paraissait agité...

Depuis que, en compagnie du baron, il avait sauvé le comte, les deux jeunes gens s'étaient liés d'une étroite amitié, et Lucien savait que Rodolphe était son frère.

— Vous ! chez moi ! à cette heure, dit ce dernier en l'entraînant dans sa chambre ; que se passe-t-il donc, qu'avez-vous à m'apprendre ?

— Une chose fort grave, répondit Lucien, et po[ur] laquelle je viens réclamer votre concours.

— De quoi s'agit-il ?

— D'un duel.

— Vous vous battez ?

— Demain matin.

— Et contre qui ?

— Contre le baron Lippari !

Rodolphe se rejeta brusquement en arrière.

— Le baron de Lippari, répéta-t-il ; est-ce possib[le] lui qui vous a sauvé, lui à qui peut-être vous de[vez] la vie.

— Lui-même !

— Il faut alors qu'il se soit, comme vous le disi[ez] passé quelque chose de très-grave.

— C'est cela.

— Avez-vous quelque raison de tenir cachée [la] cause de cette rencontre.

— J'en aurais de très-sérieuses, s'il s'agissait d'[un] autre que vous ; mais...

— Il vous a insulté...

— Il a fait pis, mille fois.

— Qu'est-ce donc ?...

— Il a insulté notre mère !...

— La comtesse de Frontenay !... eh quoi... le m[i]- sérable a osé !... ah ! Lucien... ce n'est pas vou[s] qui vengerez l'honneur commun... je suis l'aîné... j'ai le droit de revendiquer pour moi...

— Non, mon ami... non... interrompit Lucien... c[ela] ne sera pas, parce que cela est impossible... la co[m]- tesse de Frontenay a été insultée... et c'est au com[te] son fils, seul, qu'appartient le droit que vous r[é]- clamez.

Et comme à ces paroles, Rodolphe faisait un mou[ve]- ment équivoque, Lucien s'empressa d'ajouter :

— Ne vous offensez pas de mes paroles, dit-il d'un grave, et comprenez bien la situation qui nous est ...e ; il y a dans la provocation du comte un mobile ...et que je n'ai pu encore démêler, mais, certaine- ...nt, ce n'est ni à la comtesse, ni à vous qu'il en veut. ...st à moi, à moi seul ! et plus j'y réfléchis depuis ...lques heures, plus la vérité se dégage des obscu- ...s qui me la dérobaient.

— Pourquoi le baron vous en voudrait-il ?

— Je cherche sans trouver.

— Vous ne lui avez rien fait ?

— Assurément, non.

— Enfin ! expliquez-moi au moins comment l'inci... s'est produit, et qui a pu pousser cet homme à ...mettre une aussi lâche action.

...ucien parut se recueillir un moment, puis relevant ...que aussitôt les yeux, il reprit d'une voix dont, ...instant, il avait beaucoup de peine à modérer les ...ts.

— Cela s'est passé cette après-midi, dit-il, j'avais ...pté de déjeuner avec deux de mes amis, Georges ...rébois et le vicomte d'Anglars et, vers midi, nous ...cions Tortoni où était le rendez-vous pour traver- ...le boulevard, et gagner le café Anglais. Quand ...y arrivâmes, la première personne que j'aperçus, ...récisément le baron qui venait de s'asseoir à une ...e voisine de la nôtre, en compagnie de deux jeunes ...ol dont l'un m'est inconnu, mais dont l'autre, Gon- ...de Trévern, est un de ces personnages dont ...tence problématique est un mystère pour tout le ...de et avec lequel je m'étais trouvé plusieurs fois ...ivalité, quand je fréquentais les artistes des petits ...ères. Je savais qu'il me gardait une mortelle ran- ...m, mais je n'y avais jamais fait grande attention. ...que nous entrâmes, j'allai saluer le baron ; nous

échangeâmes quelques paroles banales, et je rev
vers mes deux amis qui avaient pris place à l
table.

— Vous connaissez ce Lippari? me dit alors Geor
de Prébois avec ironie.

— Sans doute, je le connais, et je serais d'aut
moins recevable à le désavouer, qu'il m'a rendu
réel service et m'a presque sauvé la vie !...

— C'est différent.

— Seulement, il a des fréquentations bizarres; o
voit lié de temps à autre avec des personnalités s
pectes, et j'espère que nos relations cesseront dès
je serai marié.

L'entretien sur ce sujet en resta là. Il eut lieu à
fort basse, et je ne puis imaginer que le baron ait
l'entendre.

Cependant, lorsqu'au bout d'un quart d'heure,
regards se portèrent machinalement du côté de l
pari, je surpris sur ses lèvres un sourire qui me se
bla singulier, pour ne pas dire impertinent. L'attit
de Gontran de Trevern soulignait d'ailleurs ce sour
et je vis bien que ma personne était sur le tapis
me contins cependant et je cherchai à m'étour
mais quelques minutes s'étaient à peine écoulées q
me devint impossible de persister dans mon indi
rence. Malgré moi, je prêtai l'oreille et j'enten
mon nom mêlé à celui de mademoiselle Be
lieu.

Le sang commença à brûler mes veines. Mes a
Prébois et d'Anglars devenaient soucieux. Com
moi ils avaient entendu et pressentaient vaguen
que cela allait mal finir. Ils voulurent provoquer
diversion, élevèrent le diapason de leurs voix p
dominer et couvrir celles de nos voisins. Mais au
ment où ils pouvaient espérer d'avoir réussi, je

ai la lèvre tordue avec violence, et en proie à un désordre inouï, je fis un pas vers la table du fond.

— Qu'avez-vous donc entendu ?

— Une chose horrible, mon ami ; après avoir prononcé mon nom et celui de la femme que j'aime, il venait de prononcer le nom de la mère que je vénère.

— Qu'avaient-ils dit ?

— Une infamie !

— Mais encore ?

— Et ils n'avaient pris aucun ménagement, et d'Anglars et Prébois avaient dû l'entendre, car lorsqu'ils voulurent me retenir, et que je me tournai vers eux, pour me dégager, je vis bien qu'ils étaient aussi pâles que moi, et que la même indignation se peignait sur leur visage.

— Enfin ! enfin !

— Eh bien ! le baron venait de dire qu'après tout il pouvait bien y avoir des comtes plus authentiques que moi... attendu que, même avant son mariage, la comtesse avait eu des aventures...

— Lucien !..

— Ah ! il n'avait pas achevé de proférer sa calomnie impie, que ma main vengeresse le soufifletait en plein visage...

— Le misérable...... et je n'étais pas là..... et je ne puis...

— L'affaire a été arrangée immédiatement, continua le jeune comte ; d'Anglars et Prébois convinrent sur-le-champ de tous les détails de la rencontre avec les deux amis du baron, et demain, à huit heures, nous nous rencontrerons à Saint-Mandé... Seulement, j'ai pensé qu'il convenait que nous fussions présents tous deux à cette rencontre... vous êtes

mon frère, Rodolphe, et j'ai prié Prébois de v
céder sa place... il y a consenti; d'Anglars, de
côté, a accepté la substitution... et demain...

— Demain! interrompit Rodolphe, demain...
vous deviez succomber dans cette cause si just
c'est moi que le baron trouvera devant lui... et j'
père que Dieu ne nous abandonnera pas!..

Il était tard... les deux jeunes gens avaient bes
de prendre du repos pour se retrouver vaillant
forts en présence des émotions qui les attendaien
lendemain.

Ils ne tardèrent pas à se séparer.

— Surtout, que notre mère ne se doute de rien,
Lucien au moment de s'éloigner.

— Chère et sainte mère, dit Rodolphe, ah! qu
nouveau déchirement, si l'un de nous doit périr da
cette rencontre!

— N'arrêtons pas notre pensée sur d'aussi doulo
reuses éventualités. Vous l'avez dit, Rodolphe, Di
est avec nous, et jamais cause plus sacrée n'a n
une épée entre les mains d'un homme.

Et, gagnant la porte, il s'empressa de disp
raître.

XXII

Le lendemain, vers sept heures, Rodolphe achevait de s'habiller quand il entendit sonner à sa porte.

C'était Lucien qui venait le prendre, accompagné du vicomte d'Anglars.

La présentation fut faite en termes rapides ; d'Anglars fit connaître à Rodolphe qu'il avait été convenu que la rencontre aurait lieu à l'épée, et que le combat ne cesserait que si l'un des deux adversaires se trouvait hors d'état de continuer.

On se serra la main et l'on partit.

Pendant les premières minutes, aucune parole ne fut échangée : chacun comprenait la gravité de la situation... il s'agissait d'une rencontre où il pouvait y avoir mort d'hommes... les deux adversaires étaient d'une force également redoutable et nul n'eût osé dire d'avance quelle serait l'issue de ce duel.

Le jeune comte de Frontenay songeait à sa mère et à Lucy, et son cœur se serrait douloureusement chaque fois que la pensée d'une éventualité terrible se présentait à son esprit. Rodolphe, de son côté, tout en s'abandonnant aux tristes impressions que la situation comportait, trouvait un dérivatif puissant dans sa position personnelle, et la conversation qu'il avait eue la veille avec Bertha, lui communiquait une sorte de fièvre qui l'arrachait par instants aux sombres préoccupations du moment.

Quant au vicomte d'Anglars, plus dégagé ou plus léger, il était absorbé par un souci tout spécial, et qui provenait de ses habitudes de Parisien et de viveur.

Il pensait à l'adversaire de Lucien, à ce baron Lippari qui allait se trouver, l'épée à la main, en présence d'un jeune homme qui portait un des noms les plus estimés de la noblesse française.

Quel était ce Lippari, d'où venait ce baron? d'Anglars ne le connaissait guère et l'aimait peu.

Il s'était lié avec lui, comme Lucien l'avait fait lui-même, et rien n'expliquait une telle liaison, si ce n'est cette facilité de relations qui est dans les mœurs parisiennes, et à l'aide de laquelle un honnête homme, à quelque rang de la société qu'il appartienne, peut se trouver en contact avec le premier aventurier venu.

Cela se voit chaque jour, et nul ne paraît s'en étonner.

Quel était ce Lippari et d'où venait ce baron?

Cette question s'imposait obstinément à l'esprit du vicomte, et il s'évertuait vainement à y faire une réponse.

Au bout d'un moment, il releva tout à coup la tête, et son regard interrogateur s'adressa à Lucien.

— Qu'avez-vous? mon ami, demanda ce dernier, surpris de ce brusque mouvement.

— Oh! presque rien, répondit d'Anglars... une idée qui me vient!... et quoiqu'elle soit un peu tardive... elle n'en a pas moins son importance.

— De quoi s'agit-il?

— De votre adversaire.

— Le baron.

— Oui... le baron — et je m'effraie de l'imprudence chevaleresque avec laquelle nous accueillons ces étrangers dont nul de nous ne connaît le plus souvent les répondants... et qui, s'ils étaient poussés à bout, seraient vraisemblablement fort empêchés de produire leur état civil.

— Qu'importe!.. fit Lucien avec insouciance.

— Au point où en sont les choses, vous avez raison... mais si nous prenions l'habitude de réfléchir, nous n'agirions pas avec tant de précipitation... car, enfin, le connaissez-vous, ce Lippari?.. Monsieur, je gage, ajouta le vicomte, en se tournant vers Rodolphe, ne pourrait pas en dire plus long.

— Assurément.

— De sorte que tout à l'heure, vous allez mettre, vous, Lucien, comme enjeu dans cette partie terrible, votre sang qui est généreux, votre fortune qui est honorable; enfin, le nom de votre famille dont vous êtes le dernier représentant, et tout cela, contre le nom, la fortune, la vie de quelque inconnu, qui n'est peut-être qu'un chevalier d'industrie destiné à aller échouer avant peu sur les bancs de la correctionnelle.

— Quelle idée! fit Lucien.

D'Anglars haussa les épaules.

— Il ne faut mépriser personne, répliqua-t-il vivement, pendant qu'une vive rougeur montait à ses joues; mais, croyez-vous, cher ami, que je me puisse trouver bien honoré des relations que j'ai nouées depuis hier avec ce Gontran de Trévern que nous avons chassé de notre cercle, parce qu'on l'a surpris trichant au jeu, comme le plus éhonté des grecs, et cet autre témoin, dont je ne parviens pas même, en ce moment, à me rappeler le nom.

18

Lucien se prit à sourire.

— Je ne dis pas non, répondit-il, et j'admets que vous avez raison dans une certaine mesure; mais vous reconnaissez vous-même que les choses sont trop avancées pour s'attarder en de pareilles considérations, et l'enquête que vous regrettez de n'avoir pas faite, nous pouvons la commencer après la rencontre. Au surplus, de quelque nom que cet homme s'appelle, quelle que soit l'infamie qu'il médite, je ne retiens que ce fait, c'est qu'il a insulté la comtesse, et qu'il me faut sa vie pour cette injure!

D'Anglars serra énergiquement la main du comte.

— A la bonne heure, dit-il, et je ne demande pas autre chose... La rencontre, d'ailleurs, a lieu à l'épée, et je me rassure en songeant que vous êtes de première force; mais tout de même, prenez garde, ayez l'œil sur votre adversaire, et jouez serré avec un pareil homme.

La conversation dura encore quelque temps sur ce ton, la voiture filait rapidement, et l'on avait dépassé la barrière du Trône... Bientôt, on atteignait Saint-Mandé, et l'on s'engagea sous bois.

Il était huit heures moins cinq minutes, quand ils arrivèrent sur le lieu du rendez-vous.

Au moment où ils mettaient pied à terre, une autre voiture tournait l'angle du chemin, et s'arrêtait à quelque distance.

Elle contenait le baron et ses deux témoins, plus un médecin que ces derniers s'étaient engagés à amener.

Le médecin était également connu des deux adversaires, et sa présence ajoutait encore, si l'on peut dire, à la gravité de la scène qui se préparait.

On se salua courtoisement, et les témoins s'éloignèrent de quelques pas pour régler les dernières dispositions.

Rien d'extraordinaire ne se passa à partir de ce moment, jusqu'à celui où les combattants furent mis en présence l'un de l'autre.

Toutefois, un spectateur plus attentif que ne l'étaient les quatre témoins, eût pu faire alors une singulière remarque.

Le baron de Lippari venait de mettre pied à terre; son visage était calme, sa lèvre presque souriante; aucune émotion ne se manifestait sur ses traits.

On eût dit qu'il allait à ce duel comme à un rendez-vous banal où sa vie ne courait aucun danger.

Seulement il tourna alors un rapide coup d'œil vers le comte de Frontenay, et éprouva un tressaillement involontaire.

Il venait de reconnaître Rodolphe parmi les témoins de ce dernier.

Emporté, malgré lui, par un sentiment plus fort que sa volonté, il fit quelques pas en avant, et se trouva en sa présence.

— Je ne m'attendais pas à vous rencontrer ici, dit-il d'un ton légèrement troublé, il y a donc eu substitution de témoin?

— Est-ce que cela vous contrarie? interrogea ironiquement Rodolphe.

— Pas le moins du monde; seulement...

— Comptez-vous élever quelque objection à ce propos, et seriez-vous disposé à y trouver un prétexte à refuser le combat?

— A Dieu ne plaise.

— Je l'espérais ainsi; toutefois, si vous le désirez, je suis prêt à vous expliquer les raisons de cette substitution.

— Pardieu... je serais, en effet, très-curieux de connaître...

— C'est facile, répondit Rodolphe. Le comte Lucien

de Frontenay m'a prié d'être son témoin... parce que, pour le cas où il viendrait à succomber... c'est moi qui me chargerais de le venger.

— Vous!... vous!

Le baron fit un mouvement et resta frappé de stupeur pendant que Rodolphe allait rejoindre le vicomte d'Anglars.

Georges de Trévern n'avait rien perdu de ce qui s'était passé, et il venait à son tour de se rapprocher de Lippari.

— Eh bien, qu'avez-vous donc, baron, demanda-t-il, vous voilà presque pâle; que vous a dit ce M. Rodolphe.

— Lui! lui! répondit le baron, comme au sortir d'un horrible cauchemar; mais rien, je vous jure.

— Cependant, vous êtes ému.

— C'est possible.

— Vous aurait-il insulté?

— Allons donc!

— C'est que si cela était...

Lippari fit un geste énergique.

— Eh non! répliqua-t-il d'un ton de violence mal contenu. Cela ne regarde que ce jeune homme et moi, et je n'entends pas que l'on se mêle de mes affaires; vous comprenez?

— A votre aise.

D'ailleurs, tout doit être arrêté, je suppose. Il est temps que le combat commence, et j'ai hâte d'en finir avec ce Frontenay.

En parlant de la sorte, Lippari eut une hideuse contraction de fureur et de haine.

Trevern remua la tête.

— Eh! eh! dit-il, prenez garde, mon ami, il me semble que vous n'êtes pas tout à fait dans votre assiette.

— Qu'importe?

— Je ne vous ai jamais vu ainsi.

— Soit! soit! mais hâtez-vous, et je vous réponds que jamais peut-être, non plus, je n'aurai mieux tué mon homme.

Le colloque en resta là.

Les deux adversaires reçurent chacun une épée des mains de leurs témoins; ils tombèrent en garde; un silence profond s'établit et le combat commença.

Dès les premières passes aucun des spectateurs ne put se faire illusion sur l'issue probable de la rencontre. Un éclair farouche avait jailli en même temps des regards de chacun des adversaires; les épées s'étaient croisées avec une ardeur qui témoignait d'une égale colère, et l'on n'entendit plus bientôt que le bruit du fer contre le fer.

Le comte de Frontenay était une des meilleures lames de Paris; il avait eu plusieurs duels déjà et jouissait d'une réputation depuis longtemps consacrée. Quant à Lippari, on le connaissait moins; mais on l'avait vu quelquefois manier le fleuret dans des luttes courtoises, et l'on savait qu'il ne le cédait ni en adresse, ni en force à l'adversaire qu'il avait devant lui.

Pendant deux minutes on put se croire transporté dans la salle d'armes de quelque maître à la mode; les épées s'observaient, tantôt tournoyant avec la rapidité de l'éclair, tantôt se caressant lentement avec une grâce toute féline, et le soleil, qui s'était levé, mettait comme une étincelle au bout de chaque lame.

Jusque-là, cependant, aucun incident ne s'était produit, et il était facile de remarquer que le baron commençait à s'impatienter d'une lutte qui se prolongeait trop à son gré... Sa main devenait plus nerveuse, ses doigts serraient plus énergiquement la poignée de son épée, et le souffle passait plus ardent entre ses lèvres.

Et alors, multipliant les dégagements avec une habileté de prestigitateur, il cherchait à se frayer un passage jusqu'à la poitrine de son adversaire; deux ou trois fois même il faillit y parvenir.

Mais Lucien ne perdait pas une ligne de sa garde. Droit, en apparence impassible, l'œil assuré et clair, il ne se laissait ni éblouir ni intimider; pendant que Lippari s'épuisait en feintes vaines, il se contentait d'écarter doucement son épée, et attendait avec un sang-froid inébranlable que l'occasion se présentât de se fendre à son tour, et d'aller plonger sa pointe vengeresse au cœur même du baron.

Tout à coup, un cri se fit entendre, et les quatre témoins virent avec surprise Lippari reculer de deux pas, et ficher son épée en terre.

— Touché, dit-il en même temps, s'adressant à Lucien.

Une petite marque rouge tachait la chemise du cemte à deux doigts du cœur.

Lucien se prit à sourire.

— Une égratignure! répondit-il, cela ne vaut pas la peine que l'on s'y arrête; continuons, je vous prie.

— Cependant, intervint Rodolphe, si le docteur...

— Non, mon ami, laissez-moi... Le combat dure depuis assez longtemps déjà, et il importe qu'il finisse promptement.

— Vous n'êtes pas fatigué?

— Vous allez en juger.

Et coupant court à ces observations, il lança un regard résolu à Lippari, et se remit en garde.

La lutte recommença aussitôt.

Mais cette fois, elle prit presque instantanément une toute autre allure, et nul ne douta plus que l'issue dût en être prompte et terrible.

Maintenant, c'est Lucien qui avait pris l'offensive, et son épée s'était mise à tournoyer autour de celle de Lippari avec une rapidité vertigineuse.

Ce dernier avait fort à faire à se couvrir. Une aussi vive attaque le troublait manifestement, et, à plusieurs reprises, la pointe du comte effleura sa chemise sans la déchirer.

Trévern fronça le sourcil, pendant qu'un pli ironique relevait le coin de la lèvre du vicomte d'Anglars.

— Le malheureux est perdu, murmura Trévern en se penchant avec un mouvement de rage à l'oreille du second témoin du baron.

— Nous touchons au dénoûment, dit de son coté le vicomte à voix basse en se tournant vers Rodolphe, ce diable de Frontenay est vraiment très remarquable sur le terrain.

Lucien était tout entier à son adversaire. Une intuition divine lui faisait comprendre l'importance de ne point le laisser respirer, et le front haut, le corps droit, le bras souple et dégagé, il se multipliait en attaques incessantes.

Quelque chose d'inattendu, d'anormal, se passait d'ailleurs dans l'esprit de Lippari.

Était-ce son passé criminel qui s'était tout à coup dressé devant lui. Le fantôme de la comtesse lui était-il apparu à travers le voile sombre qui obscurcissait sa vue, où n'était-ce pas plutôt l'image de Rodolphe qui avait inopinément réveillé en lui tous les sentiments de la paternité?

Qui le dira?

Ce qu'il y a de certain, c'est qu'il se sentit perdu, que son énergie l'abandonna; et, qu'à un moment, il ne vit même plus l'épée de Lucien, qui passait foudroyante, écartant ses parades incertaines et pénétrant profondément sa chair.

Il ne proféra pas une plainte. Son arme s'échappa de sa main défaillante, il ferma douloureusement les yeux et s'affaissa lourdement sur la terre.

Le médecin et Trévern coururent à lui à cette vue et Rodolphe alla se jeter dans les bras du comte.

— Sauvé ! sauvé ! s'écria-t-il hors de lui.

Lucien était encore tout étourdi et ému ; il ne put que lui serrer la main.

— Je crois qu'il n'en reviendra pas ! dit le vicomte d'Anglars, qui s'était appoché à son tour, et on ne tue pas plus proprement un homme. Mes compliments, mon cher comte.

— Vous pensez donc qu'il est mort, fit Rodolphe, avec un intérêt dont il ne put se défendre.

— Et la perte n'est pas grande, tenez-le pour assuré.

— Qu'allons-nous faire, cependant ?

— Eh ! une chose fort simple ; le Lippari est entre bonnes mains ; le docteur lui donnera tous les soins nécessaires. Saluons ces messieurs pour ne point être impolis, et s'ils n'ont pas autrement besoin de notre présence, ne restons pas plus longtemps ici.

Il fut fait comme le proposait d'Anglars, et quelques minutes plus tard, Lucien et ses deux témoins se dirigèrent vers la voiture.

Le comte et d'Anglars y avaient déjà pris place et Rodolphe se disposait à imiter leur exemple, quand il sentit une main lui toucher légèrement l'épaule.

Il se retourna.

C'était le docteur.

— Pardon, monsieur, dit ce dernier, c'est vous, je crois, qui vous appelez M. Rodolphe ?

— C'est moi, répondit ce dernier.

— Vous partiez ?

— J'allais partir, en effet ; mais si vous avez besoin de moi, je resterai.

— C'est ce que je viens vous demander.

— Je suis à vos ordres.

Rodolphe expliqua à Lucien ce qui se passait, le pria de s'éloigner sans lui, et promit d'aller le rejoindre dès qu'il serait rendu à la liberté.

Puis, il salua d'Anglars, et la voiture ayant disparu, il suivit le médecin qui attendait.

— Maintenant, dit-il, me voici tout à vous, monsieur, et si vous voulez me dire ce dont il s'agit ?

— Il s'agit du baron, répondit le docteur.

— Il n'est pas mort ?

— Pas encore.

— Sa vie est en danger ?

— Il en a tout au plus pour quelques heures, et encore, ne faut-il pas que quelque incident vienne tout compromettre. Je ne pense pas d'ailleurs qu'il puisse être transporté, et j'ai envoyé chercher un de mes confrères de l'hôpital de Vincennes.

— Quel service avez-vous donc à réclamer de moi ? demanda curieusement Rodolphe.

— C'est le baron qui désire vous parler.

— A moi !

— A vous, oui, monsieur ; pendant que je pansais la blessure, il a prononcé votre nom à plusieurs reprises, et avec des intonations impérieuses qui ne permettaient aucun doute sur sa ferme volonté de vous parler. J'ai pensé qu'il pouvait avoir quelques confidence suprême à vous faire, et dans l'état désespéré où il se trouve, je ne pouvais lui refuser cette satisfaction.

— Vous avez bien fait, monsieur, et je suis prêt à vous suivre.

Ils marchaient tout en causant, Rodolphe achevait de parler quand il se trouva en présence du baron.

Georges de Trévern ne l'avait pas quitté ; on lui

avait improvisé un lit avec les coussins de la voiture ;
il était là, la poitrine ouverte par le blessure qu'il venait de recevoir, et d'où le sang coulait en flots abon-
dants.

Son visage était livide, un souffle haletant contrac-
tait sa lèvre torve, ses yeux, grands ouverts, proje-
taient alentour des regards où la curiosité mêlait sa
flamme aux affres de la mort !

Dès qu'il aperçut Rodolphe, il eut un soubressaut
violent, et fit mine de vouloir se lever.

Le docteur se pencha vivement vers lui.

— Prenez garde ! dit-il à voix basse ; une imprudence
et c'est fait de vous.

Un sourire railleur éclaira les traits du moribond.

— Vous avez désiré parler à M. Rodolphe ? continua le docteur, et je vous l'amène. Seulement, soyez
calme, ne vous laissez pas emporter par quelque sentiment violent, car, je suis obligé de vous le dire, je ne
répondrais pas de vous.

Lippari haussa les épaules, fit un signe qui ordonna
à Trévern et au docteur de s'éloigner, et quand il se
vit seul avec Rodolphe, il lui indiqua une place près
de lui, et l'invita à s'y agenouiller.

Rodolphe obéit.

Sans parvenir à démêler à quel sentiment il devait
rapporter ce qu'il éprouvait, il se sentit pris d'une
profonde pitié pour ce malheureux, qui, au dire du
docteur, n'avait plus que quelques heures à vivre
et dont la dernière pensée s'était adressée à lui.

Instinctivement il se rappela que cet homme lui
avait promis un jour de lui révéler le secret de sa
naissance, et au bout d'un moment, il ne douta plus
que ce ne fût le véritable motif pour lequel il lui avait
demandé cet entretien.

Cette conviction le troubla au dernier point, et quand

s'agenouilla auprès du moribond, il était tout à coup venu sérieux et grave.

Et puis, il se dégage de la mort une majesté qui impose, même quand elle frappe un inconnu, et Rodolphe se laissait, malgré lui, gagner par la solennité de la situation.

Cependant Lippari avait fait un effort pour maîtriser l'émotion mêlée de fièvre à laquelle il était en proie, et il venait de tourner son regard ardent vers son interlocuteur.

— Je vais mourir ! dit-il d'un ton mal contenu.

— N'en croyez rien ! voulut répliquer Rodolphe.

— Je vais mourir ! répéta le baron, je sais que mes moments sont comptés, et c'est pour cela, que j'ai voulu vous voir. Vous ne me connaissez pas, mon ami ; vous m'avez à peine vu, et je n'ai pas eu le temps de faire pour vous tout ce que j'avais projeté. D'ailleurs, je succombe dans la tâche que j'avais entreprise, Dieu ne veut pas que j'aille jusqu'au bout, et maintenant, il ne s'agit plus que d'un dernier service à vous rendre. Ah ! j'ai hésité cependant, je me demandais s'il ne valait pas mieux emporter avec moi dans la tombe, ce secret que j'avais promis de vous révéler. Mais, j'ai été pris de faiblesse au moment suprême, et je n'ai pas eu le courage de me taire.

— Qu'avez-vous donc à me dire ? interrogea vivement Rodolphe.

— J'ai à vous parler de votre père !

— Monsieur...

Écoutez-moi, Rodolphe, écoutez-moi. Quoi que l'on ait pu vous dire, vous ne savez pas qui il était, et vous ne le connaîtrez bien que lorsque j'aurai cessé de vivre !

Et comme Rodolphe baissait la tête sans répondre, Lippari poursuivit.

— Votre père fut un grand coupable, dit-il, et n'ai pas l'intention d'atténuer les fautes qu'il a commises; abandonné dans la vie comme un enfant perdu n'ayant jamais connu ni son père ni sa mère, livré lui-même à l'âge où l'on n'a encore que des impressions, où l'esprit ne sait distinguer le bien du mal, se jeta, avide de plaisirs, impatient de la fortune dans un monde où le plus souvent le vice prend audacieusement la place de la vertu... et sans contre-poids en lui-même, sans appui au dehors, il marcha devant lui, sans se demander si le chemin où il s'engageait n'aboutirait pas à quelque abîme inconnu d'où il ne pourrait jamais remonter...

C'est ce qui eut lieu.

Dès les premiers pas, il roula jusqu'au fond du gouffre... et, ayant perdu jusqu'à la conscience de son abaissement et de sa dégradation, il y resta parce qu'il y trouvait la satisfaction des appétits malsains qui l'y avaient poussé !...

Lippari s'arrêta pour respirer et son regard se tourna inquiet vers Rodolphe comme s'il eût voulu pénétrer ce qui se passait en lui.

Rodolphe n'avait pas bougé, il écoutait le front baissé, l'œil fixé à terre, la poitrine oppressée, et quelques gouttes d'une sueur glacée perlaient à ses tempes.

Le baron reprit :

— Cela dura de longues années !... dit-il, avec un soupir... le malheureux vivait d'aventures ou d'expédients, et son existence se serait prolongée de la sorte indéfiniment, si un événement inattendu n'était venu tout à coup l'arracher à son abjection, et lui faire entrevoir la possibilité d'une réhabilitation, à laquelle d'ailleurs il n'avait jamais songé auparavant.

— Quel événement ? murmura Rodolphe.

— Jusqu'alors, il avait oublié qu'il avait un fils...

— Ah !

— Mais un jour, par hasard, par miracle plutôt, des aventuriers dont il faisait sa compagnie habituelle, lui apprit que cet enfant existait, et si déchu qu'il fût à cette époque, si bas qu'il eût roulé dans le vice et le crime, le père se réveilla en lui, il vit dans ce nouveau sentiment un but à donner à sa vie, et se mit à rêver de relèvement et d'honneur !

— Il était bien tard ! balbutia Rodolphe.

— Il ne le crut pas... seulement, et c'était là le châtiment, la punition céleste, il ne vit pas tout de suite la voie qu'il lui fallait prendre, il hésita sur la route qu'il devait suivre, et le génie du mal l'égara une dernière fois dans son effort énergique vers le bien.

— Que voulez-vous dire.

— Il s'était rattaché avec une folle ardeur à cette pensée de vivre par son fils et pour lui, et dans son impatience du but à atteindre, il ne s'attarda pas dans le choix des moyens : d'ailleurs, toute sa vie passée protestait contre la vie nouvelle qu'il rêvait, dans ses projets d'ambition, il n'hésitait pas à recourir à ses procédés ordinaires, pour écarter tous les obstacles, et l'idée d'un crime ne l'arrêta pas, quand il s'agit de la fortune de ce fils qui lui était rendu.

— Le malheureux !

— Oui, le malheureux ! vous avez raison ! Mais lui, ce n'est qu'au moment de quitter cette vie misérable qu'il a tout compris, et à cette heure que n'eût-il pas donné pour racheter le passé, ou tout au moins, pour obtenir un pardon, qu'il n'a pas mérité sans doute.

En prononçant ces derniers mots, Lippari s'était presque dressé sur son séant et avait levé son regard sur Rodolphe.

Ce dernier était en proie au plus violent désordre.

Il avait pris sa tête dans ses mains et cherchai
étouffer les sanglots qui montaient à sa gorge.

Une pâleur de suaire s'était répandue sur ses trai
son esprit s'épouvantait à ce qu'il venait d'entend
et mille sentiments contraires se disputaient
cœur.

Enfin, il secoua le front avec une farouche éner
et osa regarder le moribond en face.

— Et ce malheureux, ce père? interrogea-t
anxieusement, il est mort?

— Il va mourir... répondit Lippari avec un acce
déchirant.

— C'est donc vous?...

— C'est moi...

— Et cet enfant dont vous parlez, et par lequel...

— N'avez-vous pas deviné!...

— Ah! horrible... horrible!

— Rodolphe!

— Mon Dieu!

— N'aurez-vous pas pitié... dites, voulez-vous
refuser la suprême consolation de mourir dans
bras d'un fils!...

Rodolphe était à bout de forces; tout son cœur s'é
tait brisé; un cri de douloureuse angoisse souleva
poitrine, et il se précipita vers Lippari, poussé p
un sentiment de compassion et de pitié.

Mais au moment où il allait le prendre dans
bras, un incident inattendu se produisit, qui suspe
dit ses résolutions, et le rejeta brusquement dans
nouvel ordre d'idées.

Une voiture venait d'arriver sur le lieu du due
deux hommes en étaient descendus, et l'un d'eux s'é
tait approché à pas rapides du moribond.

Lippari le reconnut tout de suite, — c'était M. Sau
rin!...

Une imprécation de rage tordit ses lèvres, une écume sanguinolente rougit le coin de sa bouche.

— Ah! lui! lui!... murmura-t-il en cherchant à se soulever...

M. Saurin eut un geste narquois.

— Bon! toute violence vous est interdite, interrompit-il vivement. Le docteur que voici m'a dit que vous n'en aviez pas pour longtemps. Et si je me suis approché, malgré cette assurance, c'est que j'ai pensé que vous auriez peut-être quelque chose à me confier, avant de nous quitter pour un monde meilleur.

Lippari serra les poings avec fureur.

— Cet homme! éloignez cet homme! prononça-t-il d'un accent effaré.

Et sa face convulsée prit une expression hideuse; le sang afflua à son visage, son œil s'ouvrit béant et fixe.

Le docteur fit un signe à M. Saurin, qui recula.

— C'est la mort! dit le docteur, à voix rapide et basse..., dans quelques minutes, il ne sera plus... mieux vaut le laisser mourir en paix.

— Cependant!... objecta M. Saurin.

Rodolphe intervint.

— Cependant, acheva-t-il avec autorité cet homme appartient désormais à la mort, et vous me permettrez bien...

— Que voulez-vous faire?...

— Laissez-moi!...

— Songez que ce misérable...

— Ce misérable! — interrompit Rodolphe, — c'est mon père!... et qui osera reprocher à son fils de lui rendre les derniers devoirs.

Et sans attendre d'autre objection, il se laissa tomber à genoux, et saisit la main de Lippari.

Ce dernier n'avait plus qu'une vague conscience de

ce qui se passait autour de lui. Toutefois, quand il
sentit la main de Rodolphe se glisser dans la sienne,
il se prit à tressaillir, fit un soubresaut pour ainsi dire
désespéré, et un faible soupir passa entre ses lèvres.

— Rodolphe! balbutia-t-il.

— Oui, c'est moi! c'est moi! dit le jeune homme...
c'est Rodolphe... c'est votre fils!

— Dieu m'a donc pardonné!...

— Sa miséricorde est infinie... Il ne peut refuser le
pardon à un père qui meurt rependant dans les bras
de son fils.

— Oui... tu as raison! mon Dieu!... mon Dieu!
grâce!... pitié!...

La parole s'éteignit sur ses lèvres, pendant que son
regard, plein des visions d'une mort prochaine, allait
et venait autour de lui.

Peu après, un hoquet lugubre s'engagea dans sa
gorge; les veines de son cou gonflèrent démesurément, et se tordant en une horrible convulsion, ses
ongles labourèrent la terre humide, ses dents grin-
cèrent... et il retomba inanimé, après avoir proféré
une dernière fois le nom de Rodolphe!

Il était mort!

Pendant la nuit qui avait précédé la rencontre où
venait de succomber Lippari la comtesse de Frontenay
avait été singulièrement agitée.

Depuis qu'elle s'était vue menacée de perdre Lucien, elle veillait sur lui avec un redoublement de
tendresse, et elle eût voulu le voir près d'elle à toute
heure de jour et de nuit.

La veille, Lucien était rentré de bonne heure, et
elle l'avait trouvé plus soucieux que de coutume. Il
apportait dans la conversation un effort visible, et
quand il l'avait embrassée, en se retirant, il l'avait
serrée longtemps dans ses bras.

La pauvre mère en était restée tout émue.

Elle s'endormit tard, et se réveilla dès l'aube.

A son appel, la petite Yvonne accourut.

— Le comte?... demanda madame de Frontenay, sans s'inquiéter de l'étrangeté de sa demande.

La camériste la regarda avec des yeux étonnés.

— Monsieur le comte est sorti, répondit-elle d'une voix hésitante.

— Sorti?... à cette heure!... répliqua impétueusement madame de Frontenay. Et où est-il allé?

— Jean ne l'a pas dit... Seulement M. le comte n'est pas sorti seul.

— Ah! et qui l'accompagnait?

— M. le vicomte d'Anglars.

La comtesse tressaillit.

Le vicomte était un ami de Lucien; mais il n'était pas dans les habitudes des deux jeunes gens de se voir à une pareille heure...

Que pouvait-il s'être passé?

Elle allait renouveler ses questions... quand elle les arrêta.

Un roulement de voiture s'était fait entendre...

Elle courut à la fenêtre et vit son fils qui mettait pied à terre dans la cour de l'hôtel; il était suivi par le vicomte d'Anglars.

Peu après, la porte de la chambre s'ouvrit et Lucien rentra.

Elle ne l'eût pas plutôt aperçu qu'elle se précipita à sa rencontre et le prit dans ses bras.

Lucien était fort pâle. L'égratignure qu'il avait reçue l'avait fait souffrir beaucoup durant le trajet; il avait perdu du sang; il était fort affaibli.

— Lucien! mon Lucien! balbutia la comtessse. Que s'est-il donc passé, parlez?

— Madame, répondit le vicomte, tout est fini! La

19

blessure est insignifiante, demain il n'y paraîtra pas.

— Il s'est donc battu, il a été blessé.

— A peine touché.

— Mais quel était son adversaire ?

— Le baron Lippari.

La comtesse cacha son front dans ses mains, pendant qu'un sanglot déchirait sa poitrine.

— Lui ! dit-elle, l'œil égaré et les joues couvertes d'une pâleur livide. Ils se sont querellés ?

— Hier ; j'étais présent. Et le comte a châtié ce misérable comme il le méritait.

— Ah ! mes appréhensions, mes épouvantes ! Je ne vais plus vivre désormais à la pensée que cet homme...

D'Anglars eut un sourire singulier.

— Rassurez-vous, madame, s'empressa-t-il d'ajouter... Dieu fait bien ce qu'il fait... et le baron Lippari ne fera plus de mal à personne.

— Que dites-vous ?

— Lucien accomplissait un devoir sacré... le sort lui a été favorable.

— Mais le baron.

— A l'heure où je vous parle, le baron est mort !

Qu'ajouter à ce qui précède.

Peu de chose.

A quelque temps de là, mademoiselle Lucy Beaulieu devenait la comtesse de Frontenay, et Rodolphe épousait la fille du vieil Hermann.

Depuis cette époque, madame de Frontenay a fait deux parts de sa vie.

Elle passe l'hiver, à Paris, auprès de Lucien et de sa femme, — l'été, elle vit au château de Kersaint, entre Rodolphe et Bertha...

Et quand le souvenir du passé terrible se présente à elle, elle n'a qu'à tourner ses regards attendris, vers ses deux enfants, pour chasser ses dernières appréhensions et retrouver un bonheur que rien désormais ne peut plus menacer.

FIN

F. AUREAU. — IMPRIMERIE DE LAGNY.